Barbara Ott

Silberprinz und Scheidenrot
oder
MEIN SCHÖNES FRÄULEIN SCHLAMPE

edition sec 52

ISBN 3.908010.02.0
copyright: edition sec 52
2. auflage: 1500/1991
buchgestaltung: umschlag: barbara ott
kaspar schäubli
druck und herstellung: bruderer-druck, CH-8353 elgg
vertrieb: sec 52, josefstrasse 52, 8005 zürich
telefon 01/271 18 18
illustrationen: barbara ott

Ich liege in der Badewanne. Heiss! Ich atme tief durch und entspanne mich.
Es ist ein Samstagnachmittag. Ich habe ausgeschlafen. Mit Sophia gefrühstückt. Wir haben eine lange Nacht hinter uns, in der wir von einer Party zur nächsten gepilgert sind. Wir hecheln ein paar Leute durch. Wie wir es ab und zu gerne tun. Vor allem, wenn der Rest der "Familie" - Richard und Stefan - nicht zugegen ist. Klatschen, das ist, wie man weiss, eher Weibersache. Wenn man bei uns zu Hause ein Bad nehmen will, muss man den Badofen mit Holz einheizen. Das dauert etwa eine halbe Stunde. Ich mag das - so wird das Baden und Waschen gewissermassen zu einem kleinen Ritual. Ich freue mich schon seit Tagen auf diesen Abend. Ich liege bis zum Kinn im Wasser und schliesse die Augen. Überlege, welche Kleider ich anziehen soll. Es ist ein milder Januartag. Sophia kommt, drückt mir einen fetten Joint in die Hand und putzt sich die Zähne. Ich beobachte sie. Sie hat die Augen geschminkt, und eine pinkfarbene Locke fällt ihr ins Gesicht. Sie sieht schön aus. "Ein vielversprechender Tag!" denke ich und möchte Sophia umarmen. Stattdessen ziehe ich am Joint und sinke noch ein bisschen tiefer in die Wanne. Das Haschisch und die Hitze machen mich ganz schwer und ruhig. Am liebsten würde ich für den Rest meines Lebens so liegenbleiben.
So gegen fünf Uhr werden Sophia und ich mit dem Auto nach Winterthur fahren. Dort wohnen "unsere Männer". Sophias Freund und mein "Neuer" wohnen im selben Haus. Das trifft sich doch gut! Ich kenne Gilles erst seit einem Monat. Diese Begegnung habe ich Sophia zu verdanken. Sie hat mich in der Silvesternacht zu einem Hausfest nach Winterthur geschleppt. Und dort, beinahe punkt Mitternacht, bin ich auf Gilles gestossen. Wir haben jene Nacht zusammen verbracht. Seither sehen wir uns mehr oder weniger regelmässig. Heute also erwartet mich ein neues Rendezvous. Mein Herz klopft gespannt der Stunde entgegen, in der wir uns wiedersehen werden. Tja, sich zu verlieben ist alles andere als langweilig! Es ist sehr, sehr heilend für mich, dass ich mich wieder verliebt habe. Ich kann Mac vergessen. Gott, wenn ich nur daran denke, wie ich diesen

Sommer gelitten habe. Starke Erinnerungen schleichen sich ein, und mein Herz verkrampft sich ein bisschen. Heute ist Mac näher als an anderen Tagen, denn seine Freundin Lisa und alle seine Holländerfreunde sind zur Zeit im Lande. Heute Abend findet in Winterthur ein Konzert statt. Die Holländer spielen. Über das Buschtelefon habe ich bereits erfahren, dass Mac allein in Holland geblieben ist. "Er füttert die Hühner", hiess es. Die Hühner würden ohne ihn wohl verhungern... Es muss einen anderen Grund geben, der ihn dortbleiben lässt. "Bin ich vielleicht der Grund?" denke ich und verwerfe dies sogleich wieder, weil ich mir darüber gar nicht den Kopf zerbrechen will. Trotzdem bin ich aufgeregt bei der Vorstellung, dass ich heute Lisa sehen werde. Dass Gilles heute in meiner Nähe sein wird, macht mich stark. Gilles! Er ist der Grund, weshalb ich mich auf diesen Abend freue!

Wie ich das Zimmer betrete, liegt Gilles auf seinem Bett, im hinteren, höhlenartigen Teil seines grossen, schönen Raumes. Er lächelt, und ich spüre eine angenehme Schüchternheit in mir hochkommen. Ich stehe etwas zaghaft in seinem Reich. Von Kopf bis Fuss gestylt und mit einer vollbepackten Tasche unterm Arm. Ich setze mich zu ihm auf die Bettkante. "Ich hab´ dir etwas mitgebracht. Sieh mal!" sage ich verlegen und grabsche nach der Kerze, die ich in Vorfreude auf eine romantische Liebesnacht mit eingesteckt habe - zusammen mit dem Diaphragma und etwas Literatur ("Betty Blue"). Ich muss kichern, wie ich in die Tasche schaue. "Gut!" sagt Gilles, und "Mach es dir doch bequem, wie sonst auch immer. - Ich dreh noch einen Joint. Zwei Tage lang habe ich nur gekifft und mich unter der Bettdecke verkrochen. Ganz neu für mich! Ich stelle fest, dass Nichtstun auch erfrischend sein kann!"

Das weiss ich selber aus Erfahrung, denn ich bin manchmal ziemlich phlegmatisch. Ich verbringe viel Zeit damit, auf dem Bett rumzuliegen, den Gedanken nachzuhängen, zu lesen und zu schreiben. Das wirkt geistreinigend auf mich. Gilles ist eher ein aktiver Typ. Er muss immer was tun. Malen, Gitarre spielen, spazieren, eine kaputte Sicherung auswechseln oder sonstwas! Seine Aktivität spornt mich jedesmal an, selbst auch tätig zu werden.

Wir freuen uns beide auf das Konzert. Es findet in einem Haus statt, welches für den heutigen Zweck aufgebrochen und besetzt wird. Wir hoffen, dass sich die Bullen nicht einmischen.

Wir betreten den Raum. Das Konzert ist bereits im Gange. Ich muss mich regelrecht durchrempeln, wenn ich die holländischen Musikmacher sehen will. Alles bekannte Gesichter, die mich anscheinend nicht mehr wiedererkennen. Habe ich mich denn in diesem halben Jahr so verändert? Dort! Ganz hinten in der Ecke sehe ich Lisa. Sie hat alle Hände voll zu tun: Freunde begrüssen, die sie seit geraumer Zeit nicht mehr gesehen hat. Ich werde sie später ansprechen, wenn es sich ergibt, dass wir Zeit füreinander finden. Ich hole mir ein Bier an der Bar und hocke mich auf eine der Boxen neben der Bühne, von wo ich das Geschehen besser überblicken kann.

Gilles habe ich aus den Augen verloren. Ich lasse mich gerne allein durch das Getümmel treiben. Hier ein Bier und dort ein Schwatz.

Lisa sitzt auf einem Stuhl und blickt in die Runde. Ich gehe auf sie zu und rufe: "Hoi!" Sie schaut mir gerade in die Augen und stösst ein lautes **"WÜRG!"** aus. Ich bleibe abrupt stehen.

"Scheusslich dieser Mantel, den du da trägst!" ruft sie. Ich trage den braunen Kuhfellmantel, für den ich sonst immer viel Beifall ernte. Ich verschränke die Arme, so als wollte ich den geliebten Mantel an mich drücken und vor bösen Blicken schützen. "Den hat mir Marisa geschenkt." In dem Moment wird mir klar, dass Lisa den Mantel eigentlich kennen sollte, weil Marisa und sie gute Freundinnen sind. Marisa hat ihn jahrelang selber getragen. "Ich habe ihn sehr gern, den Mantel! Ich glaube, es ist ein Kuhfell."

"Weisst du was? Ich würde dir den Mantel am liebsten vom Leib reissen, mit Benzin übergiessen und anzünden!"

Ich bin baff. Mit einem Ruck mache ich eine Drehung auf dem

Absatz und zische ab. In der dunklen Ecke bleibe ich belämmert stehen und kämpfe gegen einen Schub von Tränenwasser, der sich nun ankündigt. Ihre harten Worte haben mir einen derartigen Stich versetzt, dass ich gar nicht mehr richtig bei Sinnen bin.
Ich erblicke Gilles. Schnurstracks renne ich zu ihm hin, werfe mich ihm um den Hals und heule los. Ich erzähle ihm alles. "Du glaubst nicht, wie weh das tut! Ich kann es kaum glauben! Warum sagt die sowas? Nachdem wir uns seit Portugal vier Monate nicht mehr gesehen haben, ist dies das erste, was sie zu sagen hat. Kein Gruss vorher, nichts. Weisst du, sie ist Vegetarierin. Und ich begreife das ja. Aber fährt sie denn über jeden so her, der Rindfleisch frisst?! Kein bisschen Toleranz. Ich trage keinen Nerz! Es kam mir vor, als würde sie am liebsten **MICH** mit Benzin übergiessen und anzünden! Diese Aggression hat sich ganz persönlich gegen **MICH** gerichtet! Warum?!" Ich heule Sturzflut. Ich bin todtraurig. "Weisst du, ich habe diese Lisa immer sehr bewundert. Ich kenne sie nicht gut, aber Mac hat viel von ihr erzählt, so dass sie für mich sowas wie eine Heilige geworden ist." Jetzt muss ich grinsen. "Das ist jetzt futsch. Das schöne Bild der heiligen Lisa bröckelt. Was soll denn der Quatsch! Das ist doch kindisch, wenn die mir mit dieser miesen Tour kommt. Wenn ihr was nicht an mir passt, dann soll sie es gefälligst sagen. Mac hat immer geschwärmt, wie ehrlich und gerade Lisa sei. Sie soll gefälligst meinen lieben, schönen Mantel in Ruhe lassen."
Jetzt werde ich richtig wütend. Ich wische mir die dummen Tränen weg und muss lachen. Gilles schaut mich an. Tröstend und gelassen zugleich. "Scheissfrau!" brülle ich. "Miststück!" Ich umarme Gilles. "Vielleicht sollte ich zu ihr hingehen und sie fragen, was das Ganze eigentlich soll. Könnte ja sein, dass sie noch was zu sagen hat... Ach nein! Ich lass´ es lieber. Was kümmert mich das überhaupt. Ich habe ja nichts falsch gemacht. Ich bin mit ehrlicher Freude zu ihr hingegangen. Es würde an ihr liegen, das Geschehene richtigzustellen. Wahrscheinlich ist ihr das alles wurscht. Die schnappt nicht mal, wie fies sie war. Ich

bin viel zu empfindlich. Ich bin selber schuld, wenn ich vergass, dass Lisa auch nur ein Mensch ist. Oder Mac ist schuld. Pffff! Alles Scheisse! Ich will nicht mehr dran denken."
Ich stelle fest, dass mir an der rechten Schläfe ein grosser Pickel angeschwollen ist. Ich kratze und freue mich: "Siehst du! Mein Körper reagiert immer gleich bei jeder kleinsten Seelenregung. Ein psychosomatischer Pickel!"
"Sieht aus wie ein Insektenstich", sagt Gilles.
"Hier hat Lisa ihr Gift in mich hineingelassen!" Ich schmunzle und nehme Gilles bei der Hand. "Komm, wir wollen mal die oberen Stockwerke dieses Hauses erkunden."
Wir kommen in einen grossen, leeren Raum. Das kühle Licht einer Strassenlaterne fällt ins Zimmer. Wir geniessen die Ruhe hier. Ich öffne eine Glastüre, die zu einem Balkon führt. Man sieht das Bahnhofsgebäude, nächtlich leere Strassen und ein paar Menschen, die den nassen Asphalt überqueren. Niemand scheint sich daran aufzuhalten, dass dieses Haus heute von jungen Leuten belebt wird. Von Bullen habe ich auch weit und breit nichts bemerken müssen. Ich lehne mich über das Geländer und sehe ein mit Parolen bespraytes Tuch, das hier an den Gitterstäben befestigt ist und einsam im Wind flattert. Lange Zeit stehen wir da und blicken auf die Stadt. Gilles sagt: "Wir könnten hierbleiben, diese Nacht."
Im Zimmer nebenan stehen einige Betten. Als ich reinkomme, liegt Gilles gedankenversunken auf dem Rücken. "Keine Angst vor Bettwanzen?" frage ich und lasse mich in einen tiefen Sessel fallen. Ich betaste den Pickel an meiner Schläfe. In Gilles Gegenwart fühle ich mich nie gedrängt, nur der Sprache willen etwas zu sagen. Oft fällt minutenlang kein Wort. Er ist nicht unbedingt ein grosser Plauderer. Aber er ist sehr klar und direkt. Manchmal legt er eine trockene Kurzangebundenheit an den Tag, die mich zum Lachen bringt. Während ich ab und zu von äusserst erregter Redseligkeit befallen werde, die ihn aber nicht zu befremden scheint. Ich entlockte ihm so auch schon ungewohnt grosse Wortpakete, durch die er mich an seiner Gedankenwelt teilnehmen liess. Und im umgekehrten Fall ge-

niesse ich den Zustand dieser wohligen Ruhe, in der ich keinen Moment lang das Gefühl habe, ich müsse ihm eine interessante Barbara bieten, damit er sich nicht langweilt. Hier sitzen wir in diesem seltsamen Zimmer und lassen unsere Gedanken die Wände hochkriechen. Bis kein Platz mehr da ist. Es überkommt mich ein Gefühl von Zärtlichkeit. Ich lege mich neben Gilles, nehme seine Hand in die meine, und nachdem ich alle fünf Finger, den Handrücken sowie ihre Innenfläche eingehend studiert habe, küsse ich sie sanft. Unseren Körpern gewähre ich etwa fünfzig Zentimeter Abstand, was soviel heissen soll wie: "Schön, so ruhig neben dir zu liegen. Meine Küsse fordern keinen Floh-Matratzen-Bums. Ich mag dich!"

Als wir später bei Gilles zu Hause im Bett liegen und einzuschlafen versuchen, muss ich wieder an die heutige Begegnung mit Lisa denken. Plötzlich tauchen noch andere Befürchtungen auf. Vielleicht hat Mac Aggressionen gegen mich. Wenn er aus irgendwelchen Gründen sauer auf mich ist und Lisa davon erzählt hat, dann überträgt sich dies vielleicht auf sie. So, dass nun Lisa den Dampf ablässt und sich gegen mich richtet. Ich habe schon eine Weile zuvor darüber nachgegrübelt, warum Mac wohl überhaupt nie mehr etwas von sich hören lässt. Kein Telefon. Kein Brief. Absolute Funkstille seit Monaten. Ist sein Desinteresse mir gegenüber so gross? Warum weicht er aus? Seit unseren Ferien ist für mich die Liebesgeschichte abgeschlossen, aber trotzdem interessiert es mich, was er so macht und wie es ihm geht. Ich würde ihn gerne mal wiedersehen. Ich möchte ihn als einen Freund behalten. Gerade er hat doch immer wieder betont, er habe Angst, ich würde ihn später einmal nicht mehr als Freund betrachten. Ich würde verleugnen, was er mir einst bedeutet habe. Dem ist allerdings nicht so. Zwar habe ich das Foto über dem Bett von der Wand runtergenommen und hinter einer Kiste verstaut. Den Holzschmuck, den er mir vor einem Jahr geschenkt hat, trage ich seit kurzem nicht mehr am Handgelenk. Ich denke immer noch viel an ihn.

Erstaunlich! Was sich doch innerhalb eines Jahres alles ändern kann. Vor zwölf Monaten wusste ich noch nicht, dass es Gilles gibt. Hätte man mir damals erzählt, was ich noch alles durchzustehen habe und dass ich in diesem Januar keine Ahnung haben würde, was Mac so treibt, dann hätte mich das bestimmt sehr traurig gemacht. Die Tatsache, dass ich dann einen anderen Mann kennen würde, mit dem ich es schön haben kann, hätte mich kaum getröstet. Ich hätte mir das alles nicht vorstellen können. Denn damals war ich verliebt in Mac - und vor einem Jahr war ja alles noch in Butter.

Ganz überwunden habe ich diese Liebe wohl noch nicht ganz. Ich bin allein mit der Verarbeitung dieser Geschichte. Mac ist nicht da, er entzieht sich mir. Ich habe keine Möglichkeit, ihm meine Gefühle mitzuteilen. Das heisst, ganz allein bin ich nicht. Ich habe ja noch Gilles, der mir dabei helfen kann, Mac zu vergessen. Nur möchte ich verhindern, dass der Name MAC zu oft in seiner Gegenwart fällt.

Eine neue Epoche hat begonnen, und die will ich reinhalten von altem Schlamassel!

Geschehenes, das mehr als ein Jahr zurückliegt, wieder aufleben lassen. Ich erinnere mich genau. Die Geschichte beginnt im November ...

Ich bin dreiundzwanzig Jahre alt. Ich arbeite vier Tage in der Woche in einer Galerie. Vom Sozialamt für arbeitslose Jugendliche kriege ich wöchentlich dreihundertzwanzig Franken. Ich habe viele Freunde, sehr gute Eltern und einen um drei Jahre jüngeren Bruder. Ich bin künstlerisch begabt. Mein Haar ist blau gefärbt, und ich trage gerne bemalte, altmodische Busenhalter. Seit fünf Monaten wohne ich allein in einer Zwei-Zimmer-Mansarde mit Küche, in Zürich, Kreis vier. Ich habe gescheiterte Beziehungen en masse hinter mir. Zur Zeit bin ich in niemanden verliebt, was eher selten vorkommt.

Wenn ich in um zwei Nummern zu grossen Schuhen durch den Tag spaziere und denke, den Sinn des Lebens nun bald gefunden zu haben, komme ich mir recht affektiert und unbescheiden vor. Wenn mich meine Selbstüberschätzung doch wenigstens dazu bringen würde, etwas zu tun! Ich meine, etwas Kreatives! Aber ich bin faul. Rettungslos!

Ich sitze gerne auf der Bettkante und philosophiere über die Menschen, das Leben und die Liebe. Ich komme mir dann so gefangen und klein vor in meiner Welt. In meinem Alltag. Ich bin von Details gefesselt. Alles dreht sich im Kreise. Ich brauchte etwas, worin ich mich vertiefen und verwirklichen könnte. Es sind peinliche Tage, die ich nichtstuend an mir vorüberziehen lasse. Wenn ich doch wenigstens einmal etwas **GROSSES** und **NEUES** denken könnte! ... Nein! Ich wandle in meinen kleinen Räumen von einer Ecke in die andere. Von einem Stuhl zum anderen. Von einer Zigarette zur nächsten. Ich fühle mich wie ein Tiger im Käfig! Ich habe weder den Mut, noch - wie es mir scheint - das Talent, meine Träume zu verwirklichen.

Ein ganz normaler Novembertag. Ich sitze in der Galerie und hätte Lust, wieder einmal einen Grund zu finden, der mich richtig zum Lachen bringt. Oder einfach mit einem wortlos rumzuschmusen. Jetzt höre ich mir dumme Radioschlager an: "Und keiner liebt dich so wie ich!" Das **"BRIO"**-Abwaschmittel, das dort in der Ecke steht, erinnert mich an meine stinkende, vernachlässigte Küche, die zu Hause darauf wartet, dass ich sie wieder in Schuss bringe. Auch das hat viel mit meinem inneren Befinden zu tun - und mit meinen seltsamen Fressmanieren. Seit ich allein wohne, koche ich nur noch selten. Ich kaufe meistens Nahrungsmittel in Familienpackung ein, weil das viel günstiger kommt. Aber das Zeug vergammelt schnell bei mir zu Hause, da ich unregelmässig esse. Das Gemüse lampt, die Milch wird sauer, das Brot wird hart. Das verführt mich zu ungesundem "Fast-Food" - um die Ecke. Oft stille ich meinen Heisshunger, indem ich lieblos eine fettige Wurst in mich hineinstopfe. Das allerdings ist sehr problematisch, da ich in der Öffentlichkeit nicht essen kann. Ich hungere lieber oder esse heimlich auf der Toilette, damit ich mich nicht in ein Restaurant setzen muss und mich beim Kauen und Gabeln beobachtet fühle. Also wirklich! Da muss ich ja selber lachen! Es fällt mir auf, dass es sich bei diesen Hemmungen um die natürlichsten Dinge handelt. Es ist doch selbstverständlich, dass sich niemand etwas dabei denkt, wenn er mich ein Sandwich essen sieht. Meine Unsicherheit in der Öffentlichkeit nervt mich entsetzlich. Im Extremfall bin ich zu schüchtern, in einen Laden zu gehen, um etwas zu kaufen. Ich flüchte mich dann lieber in einen anonymen Selbstbedienungsladen. Aber ich bin manchmal einfach zu verklemmt, meine Bedürfnisse der Bedienung gegenüber zu formulieren. Ich kaufe lieber einen Quatsch, den man mir andreht, oder ich verlasse das Geschäft mit nur der Hälfte von all dem, was ich brauchen würde. Entsetzlich! Das muss sich schleunigst ändern.

Ich bin müde. Fühle mich ausgelaugt und leer. Die letzten zwei Wochen war ich sehr selten zu Hause. Immer unterwegs - mit Leuten zusammen. Bei Freunden zu Besuch oder an irgendwelchen Anlässen. Natürlich freiwillig. Nun vermisse ich die Ruhe und das Alleinsein. Ich bin gern in meinem Zimmer und brauche viel Zeit zum Malen, Lesen, Musikhören oder auch nur TV-Glotzen. Andersrum gab es schon Zeiten, als ich mir sehr einsam vorkam: tagelang in meinem Zimmer hocken und das Telefon bleibt stumm; wenn ich keinen Menschen mehr sehe, dort oben, im sechsten Stock. Die einzigen Worte, die ich mit

jemandem wechsle, fallen, wenn ich zur Kioskfrau sage: "Ein Parisienne mild, bitte." An solchen Tagen erscheint mir alles immer unwirklicher. In meinem Kopf laufen Dinge ab, die sich immer mehr miteinander verspinnen. Ich fange an, Zusammenhänge herzustellen, die nicht mehr viel mit der Realität zu tun haben. Geräusche zum Beispiel, oder andere ehemals vertraute Dinge, nehme ich ganz anders wahr. Was am Anfang lebendigen Reiz für mich hat, wird beunruhigend. Hirngespinste! Ich bin unzufrieden und es kommt eine Art Lähmung auf. Bevor mir die Decke auf den Kopf fällt, muss ich raus. Mich unter Leute mischen. Das kann problematisch sein, weil ich durch meine Zurückgezogenheit schnell den Anschluss verpasse. Keine Ahnung, was wo läuft! Diese Schneckenhauszeiten dauern nie viel länger als eine Woche. Ich steigere mich sehr schnell in so grüblerische Einsiedlerstimmungen hinein, während die anderen gar nicht auf die Idee kommen, mich in dieser Woche zu vermissen. Ich bin jemand, der sich sehr schnell von der Wirklichkeit entfernen kann. Verborgene Ängste kommen manchmal in mir hoch, mit denen ich nicht richtig umzugehen weiss. Seit meiner Kindheit habe ich einen Hang zum Irrationalen. Aber ich kann das nicht richtig geniessen, es beängstigt mich. Seit kurzem ist das wieder aktueller geworden. Das hängt mit einem Erlebnis zusammen, das ich auf einem Haschischtrip vor zirka einem Monat durchmachen musste. Seither habe ich neben meinem Bett ein Valium bereitgestellt, das ich jederzeit einnehmen kann, sollte mich ein sogenanntes Flash-Back überfallen. Vor kurzem bin ich mitten in der Nacht aus dem Tiefschlaf aufgewacht. In panischer Angst: "Jetzt kommt es wieder!" Das "ES" ist eine undefinierbare Existenzangst, die mich befallen hat. Ich habe das Valium geschluckt und bin erleichtert wieder in den Schlaf gesunken. Am nächsten Morgen stellte ich fest, dass das Valium immer noch an seinem Platz lag. Ich habe mir das alles nur eingebildet.
Nun möchte ich dieses einschneidende Erlebnis schildern, welches ich nicht vergessen kann.

Ein warmer Herbstabend. Ich komme von einem Fest. Wie gewöhnlich konnte ich nicht nüchtern bleiben. Trotzdem bin ich tapfer mit dem Motorrad unterwegs. Saint-Juste sitzt hinten auf. Wir kommen auf die Idee, bei ein paar Freunden vorbeizuschauen. In der Küche sitzen die Leute um den Tisch herum. Es gibt sogar noch etwas zu saufen. Saint-Juste und ich bedienen uns tüchtig mit Schokolade-Keksen, die da so verführerisch in der Büchse auf dem Tisch stehen. Wie ich etwa beim fünften Keks angelangt bin, erfahre ich zufälliger- und netterweise, dass es sich hierbei um Haschischkekse handelt. Geil!, denke ich erst. (Sowas war noch nie in meinem Bauch.) "Rein mit allem, was dicht macht!" denkt eine besoffene, nicht mehr ganz zurechnungsfähige Barbara. Die anderen erzählen - apropos Haschischkekse - ein paar Horrorstories über Drogenerfahrungen. Sie berichten mir von Leuten, die einen Stechapfel gefressen haben und drei Tage nicht mehr runtergekommen sind. Von Halluzinationen und von Gesprächen mit Wesen, die alles andere als physisch anwesend waren. Ich höre mir die Geschichten teils interessiert, teils eher belustigt an und beginne, die Wirkung des Hasch in meinem Körper wahrzunehmen.
Von weit her sagt Saint-Juste: "Oh Mann, bin ich breit!" Begeistert und etwas bestürzt zugleich. Ich kriege nicht einen zusammenhängenden Satz über die Lippen. Der Gedanke daran, dass wahrscheinlich bald ein Szenenwechsel angesagt ist und ich diese Küche wieder verlassen muss, bereitet mir Sorge. Ich habe das Gefühl, mein zukünftiges Leben an diesem Tisch verbringen zu müssen. Ich bin unfähig, auf die Füsse zu stehen. Es ist tatsächlich schon so weit: Man erwartet, dass wir jetzt gehen. Ich bringe nicht mehr viel eigenen Willen auf und trotte einfach hinter den anderen her. Hinaus in eine schwarze Nacht. Ich fühle mich durchaus nicht gut, bin jedoch absolut unfähig, dem einen angemessenen Ausdruck zu verleihen. Wie in einer Glaskugel - völlig abgeschlossen von der Umwelt. Langsam gehe ich hinter den anderen her und überlege mir gar nichts. Jemand fragt mich erstaunt: "Barbara, was ist mit deinem Motorrad?"
"... lasse ich stehen. Kannst du das Schloss befestigen? ... Bitte."
Mindestens jetzt werden die wohl bemerken, dass mit mir nicht mehr alles stimmt. Aber wie schlimm es um mich steht, darüber können die

sich wohl kaum ein Bild machen. Ich fühle mich schrecklich einsam und fürchte mich vor dem, was mir bevorsteht. Jetzt stehen wir plötzlich vor dem Haus, in dem die anderen wohnen. Ich weiss, was das heisst: Von nun an muss ich den Abend allein zu Ende bringen. Bevor sie alle durch die Eingangstüre verschwinden, rufe ich noch: "He! Helft mir! Ich finde den Nachhauseweg nicht!" (Das klingt wohl sehr unverständlich, aber ich kann mich bei Gott nicht mehr daran erinnern, welche Strasse mich nach Hause führen soll.) Guido kapiert anscheinend den Ernst der Sache nicht, denn er witzelt zurück: "Am besten, du gehst da lang. Aber dort vorne musst du links abbiegen. Und nicht etwa rechts. Sonst kommst du geradewegs in die Hölle!" Das Wort dröhnt in meinen Kopf. Ich höre Antoinette sagen: "Das war aber ziemlich gemein!" Gemein. "Gemeiiiin!" schreie ich. In diesem Moment habe ich zum Glück einen kleinen Lichtblick. Ich gewinne für ein paar Sekunden ein bisschen Klarheit und weiss nun wieder, welchen Weg ich nehmen muss. Ich mache rechts kehrt und verdrücke mich. Immer schön den Hausmauern entlang. Natürlich gehe ich in die entgegengesetzte Richtung. In jene, die direkt in den Himmel führt. Ich versuche, mir das aufmunternd einzureden. Ich nehme zügige Schritte und schaffe es, bis vor meine Haustüre zu gelangen, ohne von einem Teufel angesprochen zu werden. Schnell knalle ich die schwere Tür hinter mir zu und setze mich erst mal auf die unterste Treppenstufe. Ich versuche, mich zu besinnen. "Was ist bloss los mit mir?" - "Zuviel Haschisch im Magen. Aber warum habe ich solche Angst?" Es hilft nichts. Beim Thema Angst fängt der ganze Körper an zu schlottern. Ich werde nach oben in mein Zimmer gehen, mich hinlegen und versuchen zu schlafen. Stufe um Stufe, Treppe um Treppe ... Sie will und will nicht enden. Das kann doch gar nicht sein! Ich bin bestimmt schon eine Viertelstunde am Treppensteigen - und immer noch nicht oben angelangt. Wo führt mich diese Treppe hin? Doch nicht wirklich bis in den Himmel? Da stimmt was nicht! Mein Blutdruck steigt. Ich schwitze. Das Herz schlägt bis zum Hals. Ganz schnell ... Ahhh! Endlich! Ich bin da. In der Küche klatsche ich mir viel kaltes Wasser ins Gesicht. Ich betrachte mich im Spiegel. "Mein Gott! Mein Gesicht ist ja krebsrot!" Der Kopf fühlt sich immer noch ganz heiss an. Das eiskalte Wasser nützt gar nichts.

Das dunkle Zimmer. Ohne das Licht anzumachen, krieche ich schnell unter die Decke. Bong, Bong, Bong! Mein Herz schlägt so laut, dass es im Raum widerzuhallen scheint. Ich spüre die Schläge bis ins Gehirn und kriege Angst! Ich lege mich hin und versuche, tief durchzuatmen. Bong, Bong, Bong! Oh nein! Was, wenn die Pumpe nicht mehr mitmacht? Ich schliesse die Augen. Oh seliger Schlaf! Komm und hole mich! Kaum ausgesprochen, versinke ich regelrecht in der Matratze. Ich sinke und sinke immer tiefer. Jesses! "Nein!" Mit einem Ruck sitze ich wieder gerade im Bett. Bong, **BONG, BONG!** Ich halte mit beiden Händen den Kopf fest. Der Herzschlag dröhnt. Immer lauter. Immer stärker. Immer schneller. Es zerreisst mir demnächst die Schädeldecke. "Nein, nein! Hilfeee! Ich will nicht ...!" Ich knipse das Licht an und sehe mich im Zimmer um. Das grosse Bild an der Wand. Der Schrank ..., das Fenster ... Ich suche verzweifelt nach einem Anhaltspunkt, der mich an mein Alltagsleben erinnern könnte. "Ja, das habe ich gemalt! Das bin **ICH**. Das ist **MEIN** Zimmer. Das ist **MEIN** Körper." Es hilft nichts. Das Bild, das Zimmer, alles ist mir entsetzlich fremd geworden. Dieses Bild ängstigt mich sogar: Was habe ich da für schreckliche Fratzen gemalt? Echte Panik ergreift micht. So, wie ich es zuvor noch nie erlebt habe! "Das halt ich nicht mehr aus!" Ich packe den Morgenmantel und begebe mich schnellstens einen Stock tiefer, zu Nino. Die Tür ist offen, der Korridor dunkel. Ich klopfe an Ninos Zimmertür und trete ein: "Nino? Nino", flüstere ich. "Ich brauche deine Hilfe, **BITTE!**" Er knipst die Nachttischlampe an. "Was ist denn los?" fragt er verschlafen. Ich setze mich an den Bettrand.
"Ich ..., ich habe Angst. Mein Herz macht bald nicht mehr mit." Ich nehme seine Hand und führe sie zu meiner linken Brust. "Fühl mal! Es startet durch! Ich spüre es bis in den Kopf. Es sprengt den Schädel. Ich bilde mir das doch nicht ein, oder? Du fühlst es doch auch? Es schlägt wie wild."
"Ja, stimmt. Dein Herz klopft tatsächlich sehr schnell. Sag, was hast du genommen? Du bist doch nicht nüchtern, oder?"
"Haschischkekse! Etwa fünf Stück! Hilf mir! Ich halt das nicht mehr aus - ich dreh durch! Ich kapier überhaupt nichts mehr, und ich habe Angst! Ich weiss nicht mal mehr, wer ich bin!" Ich sehe ein wenig Angst in seinen Augen, was mich wiederum noch mehr ängstigt.

"Hör mal! Haschisch ist nichts Gefährliches. Aber eine Überdosis davon muss wohl sehr unangenehm sein. Ich glaube, das beste ist, wenn du wieder nach oben gehst, dich ins Bett legst und dich zu beruhigen versuchst. Leg dir doch einen kühlen Waschlappen auf die Stirn." Ich bin verwirrt und fühle mich ein bisschen abgeschoben. Zwar sehe ich ein, dass Nino mir nicht helfen kann, aber ich fürchte mich vor dem Alleinsein. Trotzdem gehe ich wieder nach oben in mein fremdes, düsteres Zimmer. Ich lege mich wieder hin, und sogleich versinke ich von neuem in der Matratze. Dieses Mal versuche ich nicht mehr, mich dagegen zu wehren, gebe einen Augenblick lang diesen Kampf auf und lasse mich in diesem Zustand treiben. Mein Körper sinkt immer tiefer. In einen dunklen Abgrund. Wohin komme ich? Ich falle. Eine Kraft zieht mich immer weiter nach unten. Ich höre Orgelmusik! Sie kommt immer näher! Und Stimmen, wie ein Kirchenchor! Das ist alles so mystisch und bedrohlich! Jetzt sehe ich ganz deutliche Bilder. Ich sehe den Mond und heulende Wölfe! Und wieder diese Orgeln! Immer noch dieses Gefühl, als würde ich in unendliche Tiefen fallen. Was ist das? ... Jetzt weiss ich es plötzlich. Der Tod! Ich sterbe! **"NEIN!"** Ich reisse mich mit aller Kraft hoch und halte wieder meinen Kopf zusammen. **BONG, BONG, BONG, BONG! "ICH WILL NICHT STERBEN!"** Ich heule und kreische und bete: "Oh Gott! Nein"! Ich will nicht sterben." Ich habe das Gefühl, wenn ich jetzt nicht sterbe, dann dreh ich durch. Für immer. Man lässt mich hier oben einfach vergammeln. Oder sie kommen und holen mich. Sie werden mich in die Klapsmühle stecken. Ich bin nicht mehr normal im Kopf. Nie mehr werde ich runter auf die Strasse gehen können. Ich verstehe die Welt nicht mehr. Ich kann hier nicht weiterleben. Wenn ich so sitzenbleibe, dann drehe ich durch, und wenn ich mich hinlege, dann falle ich in den Tod. Nein!
Im ganzen Körper stechende Schmerzen. Ich winde mich hin und her, beisse mich in den Arm. Ich klammere mich am Bettrand fest und zapple mit den Beinen. Irgend etwas will mich mit aller Kraft vom Bett wegreissen. Aber ich halte mich fest, denn ich spüre, es ist mein Körper, der zum Fenster will. Er will runterspringen. Er will sich töten. Nein! Mein Kopf und der Körper sind nicht mehr eins. Ich schreie: "Du darfst nicht springen! Barbara, du musst leeeben!" Mein Körper

hat Schmerzen und will dem - wie auch der Wirrnis im Kopf - ein Ende setzen... Jetzt merke ich, wie ernst die Sache ist. Ich schaff' das nicht allein! Halsüberkopf renne ich aus dem Zimmer. Diesmal stürze ich ohne Vorwarnung zu Nino ins Zimmer und schreie: "Schnell, hol einen Arzt! Ich brauche eine Morphiumspritze! Glaub mir, bitte, es ist dringend!"
Ich liege auf einer Matratze, während Nino alle Schränke nach einem Beruhigungsmittel absucht. Immer noch diese stechenden Schmerzen, die meine Glieder durchzucken. Ich stöhne und winde mich wie ein Tier.
"Hier. Schluck erst mal die runter! Das ist ein starkes Beruhigungsmittel. Das wird nützen." Kaum habe ich die Tablette runtergeschluckt, muss ich alles erbrechen. Ich röchle, schnaube, würge und speie Galle! Ein Riesenkampf. Nino hält mich fest. Ich heule. Alles tut mir weh. Da liege ich nun nackt in einem fremden Bett, kotze und bekomme auch noch die Mens. Vorne Spucke, hinten Blut. Wirklich wie ein Tier. Aber das ist mir alles scheissegal. Mein Gott, ich kann es kaum fassen, dass nun all das Zeug raus ist und ich langsam ruhiger werde. Erschöpft bleibe ich liegen. Bevor ich in den Schlaf falle, sage ich: "Nino, das tut mir alles so leid, entschuldige bitte. Ich bin sooo froh, dass du da bist!"

Am anderen Tag erfahre ich, dass mir Nino bloss eine Kopfwehtablette gegeben hat.
Ich bin immer noch sehr aufgewühlt und kann die nächste Nacht nicht allein schlafen. Ich will Küde sehen. Ich will ihm alles erzählen. Ich will bei ihm sein.
Er hat keine Zeit für mich. Er scheint nicht zu begreifen, wie wichtig es für mich ist, dass man mir Aufmerksamkeit entgegenbringt. Er ist mit den Gedanken ganz wo anders. Ich habe sogar das Gefühl, dass ich ihm lästig bin. Er schleppt mich in eine Kneipe und schüttet sich mit Bier voll. "Sauf einen Schnaps, oder zwei! Das betäubt deine Sinne", ist sein ganzer Kommentar. Er müsse weg, er sei verabredet, meint er. Ich sehe ihn auf dem Moped um die Ecke düsen. Weg ist er. Lässt mich einfach stehen! Ich bin traurig, enttäuscht und wütend. Ich spüre, dass diese Freundschaft ihrem Ende entgegengeht. Küde hat mich nie verstehen wollen. Jetzt kann ich **IHN** nicht mehr verstehen. Scheisse!

Was ich Küde gegenüber empfand, hatte wenig mit Liebe zu tun gehabt. Weil Liebe doch nicht sein kann, wo so wenig Vertrauen besteht. Ich kam viel zu lange nicht von ihm los. Ich tat mir selber weh, indem ich nicht einsehen wollte, wie einseitig unsere Beziehung war. Das habe ich vor einem Monat endlich begriffen! Ich sagte mir: Allein bin ich nicht schlecht. Viele Freunde habe ich auch. Ich interessiere mich nur für Menschen, wenn ein Austausch vorhanden ist. Alles andere ist fad und langweilig. Ich litt unter steter Ungewissheit. Immer, wenn ich ihn besuchen wollte, musste ich damit rechnen, dass eine andere in seinem Bett lag. (Das ist zweimal vorgekommen.) Er hatte keine freien Abende mehr, weil er schon "etwas" vorhatte. Und diese verdammten Knutschflecken an seinem Hals stärkten mein Selbstwertgefühl auch nicht gerade. Ich nahm das alles einfach hin. Ich versuchte, keine Forderungen zu stellen, und unterdrückte meine Eifersucht. Auf jeden Fall kam der Punkt, wo ich mir das nicht mehr gefallen lassen wollte. Mich kackte die Gleichgültigkeit von Küde an. Es scheisst mich an, dass er fixt, Kodein schmeisst und immer betrunken ist. Dass er wie Gemüse halbtot und teilnahmslos herumhängt. Er hat mir oft mit Worten weh getan. "Denk bloss nicht, du seist die einzige Frau für mich." Dauernd hat er mir solche Sachen unter die Nase gerieben und immer einen meiner schwachen Momente getroffen. Wenn ich später mit ihm darüber reden wollte, dann hat er immer behauptet: "Das habe ich nie gesagt. Das bildest du dir ein."
Es war hoffnungslos. Er stritt alles ab. In seinen Delirium - so kann ich mir vorstellen - ist es gut möglich, dass er nicht mehr weiss, was er sagt. Ich bin sauer auf ihn und froh, dass ich hinter diese Beziehung endlich einen Schlusspunkt setzen konnte.

Ich liege bei Küde im Bett und finde, dass dies eigentlich ein Fehler ist. Aber ich schaffe es nicht, über meinen Schatten zu springen und nach Hause zu gehen. Wir liegen nebeneinander und wechseln kein Wort. Er liest einen Artikel über **AIDS**. Ich ein Interview mit Bukowski. Er stellt den Wecker, knipst das Licht aus, dreht mir den Rücken zu und schläft ein. Ich fahre ihm mit der Hand durchs Haar und sage: "Gute Nacht". Ich versuche, zu der Musik von Prince einzuschlafen. Ein Endlosband. Ich will es ausmachen, aber ich krieg´s nicht hin - eine hypermoderne Stereoanlage! Ich drehe die Lautstärke auf null und gehe wieder zu Bett.

Der Piepston des automatischen Weckers. Küde ist für einmal verhältnismässig schnell wach und auf den Beinen. Ich höre ihn in der Küche rumoren. Plötzlich ist es ganz still geworden. Ich liege hellwach im Bett und warte, bis er ins Zimmer kommt, um mir Tschüss zu sagen. Die Geräusche von der Strasse hallen im Zimmer wider. Weil sie mir so fremd sind, denke ich manchmal, sie müssten aus einem anderen Raum kommen. Stimmen. Gesprächsfetzen. Die Strassenreinigung, Autotüren und das Tram, das um die Kurve quietscht. Ich stehe auf, gehe in die Küche, um nachzusehen, ob er etwa schon weg ist - ohne sich zu verabschieden ... - Nein. Stimmt nicht. Ich habe den Verdacht, dass er sich einen Kick macht. Ich schäme mich vor mir selber, als ich ihn am Tisch sitzen sehe und er stumm zu mir aufblickt. Ich trinke aus dem Wasserhahn. Das heisst, ich täusche vor zu trinken. Durstig bin ich nicht. Wortlos gehe ich wieder zu Bett, starre auf den Schatten der Jalousien an der Wand. Ich schaue ganz genau hin, denn es erinnert mich an mein Bild "Figur vor Jalousien". Ein trauriges Bild. Küde sieht mich mit offenen Augen im Bett liegen und fragt: "Bist du nicht mehr müde?" Ich erzähle ihm von einem gewaltigen Donnerschlag in dieser Nacht. Vielleicht ein Schuss. Das ganze Haus hat gezittert. **BUMM!** Und wir sassen beide mit geradem Rückgrat im Bett. Er kann sich nicht erinnern. Ich erzähle ihm noch, was er im Halbschlaf vor sich hin gefaselt hat: "Was ist denn das für ein neues Niveau?"

Ich muss lachen: "Stell dir vor, es macht Bumm, und wir plus die ganze Nachbarschaft sitzen kerzengerade im Bett. Alle miteinander. Auf ein Kommando." Bei dieser bildlichen Vorstellung muss ich jetzt wirklich grinsen. Das tut mir wohl, als ich merke, wie echt mein Lachen ist. Küde lacht auch. Ich sage ihm, dass ein Plastiksack von ihm bei mir zu Hause ist. Mit so einem Piepsicomputer und seinem Führerschein drin. Er sagt "Scheisse", weil die Sachen anscheinend wichtig sind. Und ich denke: "Wie unnett von mir, den Sack nicht selbst mitgebracht zu haben. Und wie berechnend."

Wieder vergeht eine halbe Stunde, in der ich vor mich hin döse und Angst habe, Küde würde gehen, ohne ein Wort zu sagen. Zwischen uns herrscht Spannung. Ich staune, als er zu mir runterkniet, mich dreimal küsst - Wange, Hals und Schulter - , mit der Hand meinen Rücken entlangfährt, "Tschau" sagt und "Ich komme dann mal den Sack holen". Irgendwie beruhigt kann ich nochmals einschlafen.

Mit schlechtem Gewissen stehe ich erst um elf Uhr auf. In der Küche schaue ich mich nach etwas Essbarem um. Man sieht, dass Küde nur selten zu Hause ist. Dass er hier nur schläft und **TV** glotzt. In der Schrankvitrine finde ich ein leeres Briefchen, in dem mal Heroin drin war. Eine Plastiksprize, eine blutige Nadel, ein angekohlter Löffel und ein blutiges Handtuch. Fasziniert und angeekelt zugleich stelle ich ihn mir beim Basteln vor. Wie er sich den Druck macht. (Ich habe ihm nie dabei zugesehen.)

Ich bin frech. Viel zu neugierig. Vor allem dann, wenn jemand etwas zu verbergen hat. Natürlich. Schon als Kind interessierten mich Spuren in fremden Räumen. Ich suchte nach ein bisschen Intimsphäre, die etwas über den Bewohner des Raumes aussagte. Ich erinnere mich, dass ich mich bei den Nachbarn, oder wenn wir irgendwo zu Besuch waren, auf der Toilette einschloss, um die Kästchen zu öffnen und alles genau zu erkunden. Die Marke einer Gesichtscreme, ein Deodorant und die Zahnbürste waren bereits aufschlussreich genug, um mir etwas über die Intimitäten im Alltag einer Person zu verraten.

Tja, im Abfallkübel in Küdes Wohnung suche ich nach dem

Brieflein, das ich ihm das letzte Mal geschrieben habe. Ich suche am richtigen Ort. Immer noch zuoberst liegt der Zettel, auf dem ich eine Liebeserklärung hingekritzelt habe. Zerknautscht ... Nicht allzu tragisch nehmen, denke ich. Die meisten Männer sind nun mal nicht so sentimental wie ich. - Aber oh Scheisse! Ich finde noch einen Zettel: "Lieber Kurtli! Es war sehr schön. Nun habe ich Angst, dass ich von dir schwanger werde. Drück mir die Daumen! Margrit". ... Oh, ich glaube, ich wühle nie mehr in fremden Mülleimern!

Alles wird ein wenig grauer. Ein Schleier über der Morgensonne. Ich stelle mir diese "schöne" Liebesnacht natürlich in allen Details vor. Und wie ich vor mir sehe, wie er sie schwanger spritzt, staune ich. (Falls er einmal mit mir schläft, was selten geworden ist, kommt es ihm nämlich nie. Was ich auf den Alkohol zurückführe.) "Klar. Du Dreckskerl, dass du nie mehr mit mir bumsen magst, wenn du ständig andere Frauen bohrst! Ist es denn so viel schöner und geiler mit denen? Oder ist es nur einfacher als mit mir?" Ich habe es zwar schon immer geahnt. Er hat es nie abgestritten. Vor kurzem hat er seine Fickereien sogar angedeutet. Hundertprozentig, um mir eine aufzubremsen. Du verstockter, verklemmter Molch! Die Wut packt mich zum Glück noch vor der Trauer. Ich packe das gestreifte Hemd - ein Geschenk von mir - und schmeisse es über den Mülleimer in die Ecke. Ein peinlicher und kläglicher Versuch, meiner Wut Ausdruck zu verleihen. Ich raffe meine Sachen zusammen, gehe zur Tür und denke: "Nein, nein, mein Bursche. So schnell tauche ich hier bestimmt nicht wieder auf. Du kannst mich mal am Arsch lecken! Ich kann dir nicht beim Weiberstossen helfen!" Päng! Hinaus in den geschissenen Tag.

Und da beginnt die nächste Geschichte. Vom Arag-Inspektor, der mich anspricht, als ich soeben auf mein Motorrad steigen will, um davonzubrausen. (Wohin?) Der mir eine Rechtsschutzversicherung aufschwatzen will und mich zu einem Bier einlädt. - Der mich aber vor allem, was er aber nicht wissen kann, von der Traurigkeit ablenkt, die jetzt unmittelbar kommen würde. Ich mache der Trauer keinen Platz und lasse mich deshalb auf ein uninteressantes Gelaber ein. Nun ja, er macht keinen unsympathischen Eindruck. Sein Gesicht ist o. k. In meiner Besinnungslosigkeit bringt er mich doch tatsächlich dazu, einen Vertrag zu unterschreiben. Ärgerlich. Er nützt meine Gutgläubigkeit und Naivität aus. Ganz prinzipiell: Auf was alles lasse ich mich bloss ein? Zum Schluss erzähle ich ihm noch von dem anderen Dienst, den er unfreiwillig geleistet hat: mich - zumindest eine Stunde lang - davor zu bewahren, in den Abgrund zu stürzen. "Hast du Liebeskummer?" fragt er mich. Auf mein Ja hin antwortet er mir: "Ich auch. In dieser Hinsicht können wir uns zusammentun." So kommt es, dass ich mich dazu überreden lasse, mit ihm seine angehende Mittagszeit zu verbringen. Mir ist im Moment sowieso alles scheissegal. Wir wollen zu ihm nach Hause gehen, weil er da seinen Katzen die Streu nachfüllen muss... Ich bin beruhigt, als ich zu ihm ins Auto steige und sogleich den Sack mit der Katzenstreu entdecke. Muss wohl keine Lüge sein... Wenig später stehe ich in seiner Wohnung. Die Teppiche sind frisch shampooniert. An der Wand kleben Kitschposter. Palmen, Pferde und ein Liebespaar mit Sonnenuntergang. Noch ein paar gescheite Sprüche, die er aus einer Zeitung ausgeschnitten hat. Ich erfahre, dass seine Geliebte noch einen anderen Freund hat. Er darf erfahren, dass ich einen Besseren verdient hätte. Es klingelt an der Haustüre. Ich warte und spiele mit der jungen Katze, die unentwegt meine Beine hochklettert und mir meine Strümpfe zerreisst.

Eigentlich ist mir eher ein bisschen unwohl. Ich bin froh, dass da noch dieses Kätzchen ist, das sich hier anscheinend sehr zu Hause fühlt. Ich will gehen. Als er zurückkommt, kämpft er mit den Tränen. "Meine Katze, die Mutter der kleinen da, ist unter ein Auto gekommen. Eine Nachbarin hat sie gefunden." Die hatte wohl auch einen schlechten Tag heute, denke ich. Etwas später macht er doch Anstalten, mich zu belästigen. Ich weise seine Annäherungsversuche cool ab. "Du machst mich spitz mit deinen Netzstrümpfen und deinem prallen Arsch!" Ola, er kommt in Schuss. "Sorry", meine ich und erhebe mich vom

Sessel. Immerhin ist er ein ehrlicher Typ und hat mich nicht allzu unsittlich angefasst. Wenn man bedenkt, wie ausgeliefert ich ihm in seiner Wohnung bin - Mann! Bin ich blöd! Jetzt will er unbedingt einen Kuss von mir. Er bettelt regelrecht darum: "Bitte, nur einen Kuss, das ist doch nichts Schlimmes. Als Trost für unser gemeinsames Unglück." Er bekommt ihn nicht! Diesmal bleibe ich hart. Offen gestanden habe ich einen Augenblick mit dem Gedanken gespielt, ob nun ich **IHN** ausnutzen und für einen Kuss Geld verlangen soll. Ich lass es bleiben! Er versteht und respektiert mein Nein. Ich flüchte genervt nach draussen. Wieder in Freiheit sehne ich mich nach meinem Bett. Jetzt habe ich eine Schlafkur nötig. Das wirkt manchmal Wunder!

An meinen arbeitslosen Tagen verdiene ich manchmal Geld, indem ich in der Kunstgewerbeschule Aktmodell stehe. Heute habe ich für acht Stunden zugesagt. Das ist sehr anstrengend, aber jedesmal von Neuem ein Erlebnis. Ich habe keine Hemmungen, nackt vor Leute hinzustehen. Das kommt wohl auch daher, weil ich früher selber an dieser Schule figürliches Zeichnen besuchte. Wenn ich in der Mitte des Raumes stehe und spüre, wie alle Blicke der Zeichnenden auf mir ruhen, geht viel in meinem Kopf ab. Natürlich auch in Bezug auf mein Körpergefühl, das ziemlich gestört ist. Ich kann meinen Körper einfach nicht akzeptieren, wie er ist. Weil er nicht dem momentanen Schönheitsbild entspricht. Ja, ich weiss. Das alte Frauengelaber über die bösen Medien-Männer usw. Aber ich rede mir tatsächlich ein, dass mein Bauch und meine Hängetitten niemandem gefallen könnten. Manchmal finde ich, dass zu meinem Kopf, zu den Händen und Füssen, ein anderer Mittelteil gehören müsste. Mein Übergewicht ist eines meiner grössten Probleme, obwohl ich mir das ja selber antue. Irgend etwas in mir will anscheinend "dick" sein. Leider habe ich noch nicht herausgefunden, warum ich das will. Manchmal nehme ich zu oder ab, ohne dass sich meine Ess- und Trinkgewohnheiten ändern. Es muss vor allem mit der inneren Entspannung zusammenhängen, welche auch den Verdauungsprozess beeinflusst. Ich merke oft gar nicht, wie verkrampft ich bin. Vor kurzem war ich bei Nicolas zu Besuch. (Nicolas ist einer meiner engsten Freunde.) Plötzlich fragt er mich: "Was ist los? Geht es dir heute nicht so gut?"
- "Wie kommst du darauf?"
- "Du bist so ruhig. Anders. Nicht so fröhlich wie sonst."
- "Das bildest du dir ein. Es ist alles o. k. Es geht mir gut", antworte ich. Später habe ich es mir nochmals überlegt. Ich war tatsächlich missgelaunt. Und zwar, weil ich an jenem Abend wieder einmal fand, ich sei viel zu dick. Meine Reserviertheit bedeutete: "Komm mir nicht zu nahe, ich bin viel zu hässlich!"
Ja, die spinnen, die Frauen!
Wenn ich vor den Schülern stehe, merke ich, dass sie beim

Zeichnen meinen Körper aus anderen Gesichtspunkten betrachten. Ich entkrampfe mich und gewöhne mich an die Situation. Mein Körper hat ausdrucksstarke Formen, die zum Zeichnen anregen. Durch das Modellstehen wird mein Selbstwertgefühl jedesmal etwas gestärkt. Ich wünsche mir, dass ich einmal zu dem stehen könnte, was und wie ich bin. Dass ich mit meinem Frausein zufrieden bin. Ich will das selber schaffen, ohne dass mich ein Mann darauf bringen muss, der mich gern hat und schön findet. - **EIN MANN?!**
Ein gutes Gefühl, wenn man am Morgen aufsteht und sich sagt: "Man weiss nie, was sich an diesem Tag noch alles verändern kann. Vielleicht geschieht ein Wunder und mir läuft ein Mann über den Weg, in den ich mich verlieben kann." Ein spannender Zustand. Alles ist offen. Ich sehne mich nach dem, was kommen kann - und kommen muss. Ich glaube daran, dass es gut wird. Das Allerschönste, das Höchste liegt noch vor mir. Vielleicht, weil ich das Gefühl habe, **MEHR** "verdient" zu haben. Und weil ich alles tue, damit es besser wird.
Ich sehne mich nach einer Beziehung, die mich stärkt. Nach der Fähigkeit, eine Freundschaft gesund aufrechtzuerhalten. Eine zwischenmenschliche Ebene zu finden, die nicht schwächt. Das schliesst Wandlungen, Traurigkeit und Auseinandersetzungen nicht aus.
Ich möchte die Angst verlieren. Wo Angst ist, ist kein Platz für Liebe. Immer, wenn ich mich verliebe, kommt auch die Angst in mir hoch. Angst vor dem Verlassenwerden, vor Entfremdung, Abhängigkeit und Einsamkeit. Ansprüche. Wieder geliebt zu werden. Besitzansprüche, gegen die man sich nicht mehr wehren kann. Ansprüche an mich selbst. Angst zu versagen. Ich möchte mich innerlich frei fühlen. Ich möchte beweglich bleiben. Selbständigkeit entwickeln, um Entscheide zu fällen. Und Reife.
Ich muss an einen Satz denken, den ich irgendwo gelesen habe: "Wenn ich wirklich Rosen gesät habe, dann werden sie auch blühen."

"Jetzt kannst du eine kleine Pause einlegen, und dann wechseln wir die Stellung." Ich erwache aus meinen Gedanken. Mein linkes Bein ist eingeschlafen. Es fühlt sich an wie ein Fremdkörper. Ich schlüpfe in den Morgenmantel und stecke mir eine Zigarette an. Heute fällt mir das Modellstehen leichter als sonst. Ich betrachte ein paar Zeichnungen. Sie unterscheiden sich alle sehr voneinander. Aber trotzdem - ein Dutzend Barbaras. Witzig. Ein Mädchen macht mir ein liebes Kompliment, das mich aufstellt. Sie sagt: "Du bist das beste Modell, das wir je hatten." Da sieht man es wieder. Mein Fleisch hat Klasse!

Nach der Pause nehme ich die nächste Stellung ein. Es ist wieder ganz still im Raum. Ein junger, sportlicher Typ steht auf und durchquert den Raum. Seine Turnschuhe quietschen bei jedem Schritt. Ich bin allergisch gegen dieses Geräusch. Vor allem durch die Tatsache, dass es von Schuhen stammt. Das macht mir den ahnungslosen Burschen unsympathisch. Es ist vielleicht ungerecht, aber solch kleine Details können für mich sogar zum absoluten Sextöter werden. Eine scheinbar unwichtige Sache kann mich plötzlich abstossen! Selten finde ich eine Begründung dafür. Warum zum Beispiel hat mich meine Freundin früher immer genervt, sobald sie im Pyjama vor mir stand? Ich lachte mit meinen Eltern oft über diese Anwandlung von Ungerechtigkeit, weil ich die Freundin im Schlafanzug am liebsten in den Arsch gekniffen oder getreten hätte.
In Beziehungen fasse ich es immer als Alarmzeichen auf, wenn ich plötzlich auf eine Eigenschaft oder eine Äusserlichkeit allergisch reagiere, die mich früher nie gestört hätte.
Ich erinnere mich, wie ich mit einem Freund in den Ferien war. Wir übernachteten in einer Jugendherberge mit Massenschlag. Am Morgen brachte uns ein Junge immer Kaffee mit Brötchen ans Bett. Mein Freund lag neben mir. Unausgesprochene Spannungen lagen klar in der Luft. Mich störte sein Kauen, mich ärgerte sein Schmatzen. Am liebsten hätte ich gesagt: "Hör auf zu fressen!"
Ich schämte mich vor mir selber.

Wenn ich jedesmal ehrlich wäre, wenn mir sowas durch den Kopf geht, würde ich damit wahrscheinlich mehr weh tun, als ich wollte. Ich kann mir vorstellen, dass es auch schon jemandem so ergangen ist, wenn er am Morgen in mein unabgeschminktes, verschmiertes Gesicht blicken musste. Oder vielleicht hat er sich darüber genervt, wie ich eine Zigarette angezündet habe. Geheime Gemeinheiten haben auch etwas Erfrischendes. Ich lache darüber. Das löst.

Dieser harte Tag geht langsam seinem Ende entgegen. Seit einer Stunde kämpfe ich gegen Ermüdungserscheinungen an. Ich zähle die Minuten. Was die Zeit jedoch nur länger erscheinen lässt. Von eins bis sechzig, und gleich noch einmal usw. Ein Bein schmerzt entsetzlich. Standbein - Spielbein. Ich versuche, mich auf etwas anderes zu konzentrieren. In der Linoleummaserung am Fussboden sehe ich Figuren. Ein lustiger Teufel blickt mich an. Den muss ich zeichnen, wenn ich hier endlich rauskomme. Musik würde die Zeit verkürzen. Aber die Lehrer mögen keine Modelle mit einem Walkman in den Ohren. - Da gibt es einen Song von "Damned" ("feel the pain"), den ich immer wieder zurückspulen muss. Ich fahre völlig auf die Stimme des Sängers ab. Die Art, wie der das singt, finde ich so geil! Hier stimmt das Wort geil. Er hat wahnsinnig viel Sex in seiner Stimme. Ich habe den Song meiner Mutter vorgespielt und geschwärmt: "Hör mal! Wenn ich das höre, dann geh´n mir die Schüsse ab!" Sie konterte: "Aber Barbara, das sagt man doch nicht", und dann: "Das heisst: es läuft mir die Schenkel runter! Du bist doch eine Frau!"
Ich bin sehr stolz darauf, eine Mutter zu haben, die ich durch beinahe nichts aus der Fassung bringen kann!
Auf jeden Fall habe ich mich total in diese Stimme verknallt. Ich bin ins Plattengeschäft gegangen und habe auf dem Cover nach Fotos dieses Sängers gesucht. Wie ein kleines Mädchen. Ja, wenn ich mich in niemanden verlieben kann, dann schwärme ich eben für einen Popstar.
Vor einem Jahr habe ich als Layouterin beim Ringierverlag

gearbeitet. Für die scheusslichste Zeitung des Landes. "**BLICK**". In der Abteilung hinter mir tauchte ab und zu ein Mann auf, den ich nie gesehen habe. Ich habe mich in seine Stimme verknallt. Was er redete, war eigentlich voll bescheuert. "Blick"-Niveau. Aber jedesmal, wenn er kam, habe ich mich in meinem Stuhl geniesserisch zurückgelehnt und mich vom Klang seiner Stimme berieseln lassen. Bis ich ihn eines Tages zu Gesicht bekam. Von da an war der Spass endgültig vorbei!

Fünf Uhr! Überstanden. Ich kann zweihundert Franken kassieren. Ich habe einen Mordshunger! Spaghetti! Das ist es jetzt, wonach mich gelüstet. Ich bin im Schuss und werde mir wohl heute endlich die Küche vornehmen. Dann wird gekocht, gegessen, Fernsehen geguckt und früh schlafen gegangen.

Ich liege in meinem riesigen Bett. Die Matratze befindet sich einen Meter über dem Boden. Wie auf einer Insel. Von hier aus kann ich über alle Dächer Zürichs hinwegblicken. Bis zum Horizont. Bei gewissen Wetterlagen kann man dort sogar das Meer vermuten. Im Sommer sehe ich schon um vier Uhr den ersten Streifen Morgenrot. Das Zimmer, vom Kerzenschein hell erleuchtet, wirkt jetzt romantisch. Ich habe heute das Bett neu bezogen. Ich liege in einem weissen Laken. Die Decke ist blaurot. Alles riecht ganz frisch. Ich komme mir vor wie ein Baby. Fehlt nur noch, dass meine Haut nach "Nivea"-Creme riecht. Ich trinke Wasser mit künstlicher Süsse. (Als stupider Ausgleich zu den Spaghettis im Magen.) Schmeckt entsetzlich, meine neue Erfindung.
Ein Surren im Raum, wie jede Nacht. Hab´ noch nicht herausgefunden, woher es stammt. Letzte Zigarette. Immer vor dem Schlafengehen stecke ich mir noch eine Zigi an und denke an den vergangenen Tag, oder auch an gar nichts. Ich schaue mich im Zimmer um und lausche den Geräuschen der Strasse. Ein belebtes Viertel, auch nachts. Alkis und Nutten, die rumgrölen, Machos, die hupend durch die Strassen rasen. Manchmal höre ich Schüsse. In diesem Quartier kommt es öfters vor, dass mal einer Amok läuft. Die Feuerwehr musste vor wenigen Tagen einen Brand löschen, gleich am Haus um die Ecke. Immer was los, da unten. Ich stelle fest, dass der Bettdeckenüberzug schon wieder Risse hat, die ich zum fünften Mal zusammennähen muss. Ich habe die Bettdecke einst in nächtlicher Verzweiflung mit den Zähnen auseinandergerissen. Dass die Federn stoben. Jene Daunendecke gehört jetzt Saint-Juste, für den sie unentbehrlich geworden ist. Seine "Schmusedecke". Am Morgen hat er oft noch ein paar Federn im Haar. Mir bleibt noch dieser Überzug, der ständig von neuem auseinanderfällt.

Ich versuche, mir die Betten anderer Leute vorzustellen: das Bett meines Bruders. (Thomas heisst er übrigens.) - Ich habe immer gelacht, weil es so geschmacklos kackebraun ist. Chrigi hat seine Bettwäsche ganz schön farbig bemalt. Das Doppelbett meiner

Eltern ist sonnengelb wie das Schlafzimmer. Tagsüber glattgestrichen. Man traut sich nicht draufzusitzen.

Nicolas hat sein Bett mit blauem Laken bezogen. Ich staunte ein bisschen, weil ich mir sein Schlafzimmer viel rudimentärer vorgestellt habe. Dieses Blau hat auf mich einen sehr weiblichen und erotischen Eindruck gemacht.

Küdes Nest wurde je länger desto abgefuckter. Es gab immer mehr Zigarettenlöcher (weil er oft beim Rauchen einschlief). Die Decke hatte eines Tages keinen Überzug mehr. Dann verschwand auch sie, und es kamen Wolldecken.

Mein "Kinderbett" in Birmensdorf: Ich hatte die Füsse abgenommen, weil das damals in Mode kam. Später hat mein Vater vier Gummipfropfen angeschraubt, damit die Latten nicht mehr auf den Boden schlugen, wenn ich mit meinem Freund am Bumsen war. Das war meinen Eltern unangenehm, wenn sie im unteren Stock sassen und Besuch hatten.

Ja. Das sind Bettgeschichten, einmal aus anderer Sicht betrachtet. Wenn ich durch die Strassen gehe und die vielen Leute sehe, fasziniert mich der Gedanke, dass alle irgendwo ein Bett haben. Ich sehe dann Tausende von Betten vor mir und kann mir kaum vorstellen, dass sie alle Platz finden, in dieser Stadt. Am stärksten beeindruckt mich das, wenn ich selber keinen Ort habe, wo ich mein Bett hinstellen könnte. Wenn ich kein Dach überm Kopf habe, was immer wieder vorkommt.

Gestern bin ich wieder einmal zum Flirten gekommen. Unter Flirten verstehe ich dieses Spiel, das von einer spannenden Zweideutigkeit und anzüglichem Verhalten lebt. Ich kenne Frank schon seit einigen Jahren. Diese unausgesprochene Anziehungskraft hat schon immer zwischen uns bestanden. Gestern habe ich den ganzen Abend das Gefühl gehabt, dass es diesmal vielleicht nicht nur beim harmlosen Flirten bleibt. (Was heisst schon "harmlos". Bumsen kann auch harmlos sein.) Das Bedürfnis, diese Nacht miteinander zu vebringen, war wohl gegenseitig. Frank hat mich mit dem Auto nach Hause gefahren. Vor meiner Haustür blieben wir noch eine Weile im Auto sitzen. Wir zögerten. Was nun? Gemeinsam zu meiner Mansarde hochsteigen? Wieso eigentlich diese angenehm geheimnisvolle Stimmung auflösen und mit einem Bums besiegeln? Frank hat etwas Unergründliches für mich, das immer sehr viel offen lässt. Das Schöne an diesem Abend war diese Ungezwungenheit und Natürlichkeit, mit der wir uns begegnet sind. Wir waren beide nicht auf Aufriss, sondern wir haben uns zufällig getroffen und Freude aneinander gehabt. Ich hatte Lust, ihn zu umarmen oder zu küssen. Neben ihm einzuschlafen und aufzuwachen. Ich glaube, es ging ihm ähnlich. Ausserdem waren wir ziemlich angetrunken. In diesem Zustand habe ich viel weniger Fingerspitzengefühl. Berührungen sind nicht mehr so elektrisierend. Es ist schöner, im nüchternen Zustand mit einem Mann zu schlafen.

Ich staune immer wieder über die Kraft der Triebe, wenn man dann endlich nebeneinanderliegt und plötzlich dieses nicht unterzukriegende Jucken im Körper spürt. Das Verlangen nach geschlechtlicher Vereinigung. (Schön ausgedrückt, wa´?) Ich würde sagen, der "Akt" hat sich mehr oder weniger erübrigt. Trotzdem blieb rund um diese Nacht alles sehr schön. Eine Sache, an der es nichts zu bereuen gibt. Wir haben uns viele Geschichten erzählt und zusammen Musik gehört. Wir mögen uns einfach verdammt gut!

Ich erinnere mich an eine Zeit, die schon mehr als ein Jahr zurückliegt: Ich arbeitete nichts und führte ein reges Nachtleben.

Ich ging immer auf Pirsch. Hab mir einen angetrunken und mich dann an einen rangemacht, der mir gefiel. Am anderen Morgen war das immer ein ganz böses Erwachen. Wer da neben mir im Bett lag! Au weia. Ich darf nicht dran denken! Wenn man sich plötzlich überhaupt nichts mehr zu sagen hat und nur hofft, der andere lässt einen in Ruhe den Kater ausschlafen und verschwindet so schnell wie möglich. Dies taten sie auch immer, da das mulmige Gefühl im Bauch meistens auf Gegenseitigkeit beruhte. Einmal wurde mir schon vor dem Akt bewusst, dass ich es eigentlich gar nicht wollte. Vielleicht deshalb, weil ich diesen Typ wirklich gemocht habe und die Situation trotzdem so widerlich geil (ohne Seele) war. Ich habe die ganz Zeit auf dem Klo gesessen und vor mich hin gekotzt. Während er im Bett lag und wartete, oder was auch immer. Ich bin neben der Kloschüssel eingeschlafen, bis er gekommen ist: "Barbara, was ist denn los?" Ich habe nur weitergekotzt und bin von neuem eingeschlafen. Er kam etwa dreimal ins Scheisshaus auf Besuch. Erst am Morgen bin ich aufgewacht und traurig zu ihm unter die Decke gekrochen. Am anderen Tag nahm ich mir fest vor, nie mehr in eine solche Situation zu schlittern.

Die schlimmste Geschichte trug sich an jenem Abend zu, als ich in der "Roten Fabrik" auf Nicolas traf. Ich war damals sehr verliebt in ihn, und ich habe mich an diesem Abend (mit zunehmendem Alkoholpegel immer stärker) in einen grossen Liebeskummer hineingesteigert. Als er "mich verliess", habe ich mich umgedreht und mich dem nächsten männlichen Wesen sprichwörtlich an den Hals geworfen. Ich war hysterisch und verzweifelt. Ich hatte Lust, ohne etwas erklären zu müssen, von einem Fremden getröstet zu werden. Aber der hat meine Umarmung natürlich anders aufgefasst; er ist voll auf mich abgefahren. Ich war zu benommen, meinen Überfall ungeschehen zu machen. Irgendwie schaffte er es, mit mir nach Hause zu kommen. Da wurde von neuem gevögelt. Als er sich am anderen Morgen sogar nochmals mit mir verabreden wollte, habe ich nach einer möglichst unglaubwürdigen Ausrede gesucht, damit er begriff, dass ich ihm kein Interesse entgegenbrachte. Hat er auch.

Thomas, der damals mit mir zusammenwohnte, hat mich am anderen Morgen gefragt: "Wer war denn hier? Ich habe diese Nacht Stimmen gehört." Obwohl ich meinem Bruder gegenüber so ehrlich bin wie zu mir selber, habe ich geantwortet: "Niemand! Wahrscheinlich habe ich ein Selbstgespräch geführt." Sicherlich hat er mich durchschaut. Ich verleugnete die Sache ja hauptsächlich vor mir selber. Ich hätte übrigens nicht mal den Namen dieses Typen gekannt.
Anscheinend musste ich diese sinnlose Aufriss-Phase ganz zu Ende leben. Diese Fickereien hatten auch etwas Selbstzerstörerisches an sich. Schliesslich war das böse Erwachen jedesmal vorauszusehen. Vielleicht wollte ich die Männer unbewusst schlechtmachen. Damit ich weniger unter der Tatsache litt, dass ich unglücklich verliebt war. Ich erinnere mich in diesem Zusammenhang an ein weiteres überflüssiges Abenteuer, zu der Zeit, als ich noch mit Küde zusammen war. Ich fühlte mich ungeliebt und zurückgewiesen, als ich im Hotelbett des Mixers einer englischen Band ("Peter and the Test Tubes Babies") landete. Ich glaube, der Typ war ein ziemliches Machoarschloch. Zum Glück verstehe ich kaum Englisch. Dennoch! Die Sprache, die er entwickelte, als er mich wortwörtlich fickte, die hab´ ich dann doch verstanden. Zu meinem Vorteil lag es diesmal an mir, das Hotelzimmer so schnell wie möglich zu verlassen. Ich hatte ein Vollbad nötig!
Schlimm! Sauf- und Fickgeschichten im Grossangebot. Im Zeitraffer, wohlgemerkt!
Um aufzuklären, nicht um zu rechtfertigen, will ich noch erwähnen, dass diese Zeiten endgültig vorbei sind. Auch wenn ich nicht unbedingt verliebt sein muss, wenn ich mit einem Mann ins Bett steige, ist es doch so, dass ich einen Mann richtig gern haben muss, damit ich mit ihm schlafen kann.
Ich habe das Glück, zwei Freunde zu haben, mit welchen die Beziehung keine Probleme aufwirft. Nicolas und Natal. Ich liebe beide von ganzem Herzen. Die zwei kennen sich gar nicht und sind in ihrer Art sehr verschieden. Wie Tag (Natal) und Nacht (Nicolas). Beide sehe ich regelmässig, und dies nun schon über

einige Jahre hinweg. Es sind innige, enge Freundschaften, die frei sind von Pflichtgefühlen. Es kann vorkommen, dass man sich monatelang aus den Augen verliert, ohne dass ich mir deswegen Sorgen mache, weil das nie persönlich aufzufassen ist. Die beiden haben ihre festen Freundinnen, und ich schlage mich durch meine Geschichten. Mit Natal erlebe ich viele intensive Zeiten, in denen wir reden und diskutieren. Manchmal nächtelang. Tiefschürfend, ernsthaft, philosophisch interessant und im Durcheinander lustig. Ab und zu kommt es vor, dass wir in eine Stimmung kommen, in der wir Lust kriegen, miteinander zu schlafen. Ist schliesslich auch eine Art zu kommunizieren. Nicolas sehe ich etwas seltener. Das kommt daher, weil er viel unterwegs ist. Es ist immer ein wohliges Gefühl zu wissen, dass es ihn gibt. Ich liebe ihn. Wir verwickeln uns nicht sehr oft in solche aufreibenden Gespräche, wie sie jedesmal mit Natal stattfinden, aber wir sind gern Seite an Seite und tanken uns gegenseitig mit Energie und menschlicher Wärme auf. Manchmal übernachten wir im selben Bett und drücken uns die Hände, bis wir einschlafen. Es kann vorkommen, dass Erotik in der Luft liegt, dann lieben wir uns. Niemals kommt in diesen Freundschaften Eifersucht oder Abhängigkeit ins Spiel.

Mehr brauche ich gar nicht, denke ich jetzt. Zwei Freunde, das ist viel! Sobald ich von jemandem **"MEHR"** will, dann sind diese guten Gefühle, die entspannend wirken, gefährdet. Wenn mich die **SUCHT** nach dem anderen packt, dann macht mich das unzufrieden. Peter, der Galeriebesitzer, bei dem ich arbeite, meint: "Verliebtsein ist eine Krankheit. Es passiert ein chemischer Prozess im Körper, der liebeskrank macht. Deshalb kann man das Verliebtsein nicht unterdrücken oder lenken." Im Französischen heisst es "Maladie d'amour". Lange Zeit eines meiner Lieblingsworte.

Ich finde es faszinierend, dass jedes Leben aus einzelnen, so kurzen Tagen besteht wie dieses "Heute" und jenes "Gestern". Mein Heute unterscheidet sich nicht enorm von meinem Gestern. Nichts Besonderes. Morgen, Mittag, Abend - fertig. Aber dadurch, dass sich Hunderte solcher Tage aneinanderreihen, ergibt sich eine Vergangenheit. Eine Geschichte, die bei jedem ganz anders aussieht. Das ist das Schöne: Wenn ich schreibe, wird mir bewusst, dass ich im Besitz einer Lebensgeschichte bin, die niemand so gut kennt wie ich selber. Und sie wird immer länger.

Als ich noch ein Kind war, habe ich mir vorgestellt, wie es wäre, wenn es ein Haus gäbe, das alle Lebensgeschichten enthalten würde. Ich könnte hingehen und sagen: "Guten Tag, ich hätte gern das Buch "Ursula Meier"."

Nach einem Tag wie dem gestrigen bin ich ziemlich unzufrieden, weil er mir absolut nicht das Gefühl gegeben hat, dass meine Lebensgeschichte dadurch reicher geworden ist. Wenn Stunde um Stunde an mir vorübergeht, nichts Unvorhergesehenes passiert. Wenn ich nichts Sichtbares geleistet habe und kein Gedanke oder Gefühl neu für mich ist, dann fühle ich mich unterfordert. Hängertage sind gut, solange sie notwendig und erholsam sind. Aber wenn ich dermassen schwunglos werde, dass mich das innerlich anspannt, dann bin ich sauer auf mich selber. Ich muss dann warten, bis meine Wut so gross ist, dass es knallt und wieder was passiert.

Ich habe mir gedacht, dass ich nach einem solch unsinnigen Tag alles aufschreiben könnte, was ich getan habe. Vielleicht liesse sich so doch noch etwas finden, worin ein kleiner Wert steckt.

Mein gestriger Tag:

Morgens um sieben Uhr zwinge ich mich aufzustehen. Ich setze Wasser auf, ziehe mich an und wecke Sandra. Sie hat bei mir übernachtet und will mit mir Kaffee trinken. Nachher darf sie wieder ins warme Bett kriechen und weiterschlafen. Ich habe in dieser Nacht nur vier Stunden - sehr schlecht - geschlafen. Ich bin, wie immer am Morgen, knapp dran und speede die Langstrasse runter. Vier Stunden Modell sitzen. Den ganzen Morgen

lang die gleiche Stellung. Totenstille im Raum. Während dieser vier Stunden schaue ich immer an dieselbe Stelle. An die gegenüberliegende Hausmauer. Zu denken gibt es nicht viel. Ich bin ziemlich leer und sehr müde. Dauernd fallen mir die Augen zu. Ich langweile mich. Das ist das grösste Problem beim Modellstehen. Müdigkeit, Gedankenleere und Langeweile. Weil ich so wenig geschlafen habe, beginne ich zu frieren. Obwohl ein Strahler neben mir steht.
Mittags, nach meiner Erlösung, stresse ich in die "MIGROS" und hole mir ein Stück Käsekuchen. Es wimmelt von Lehrlingen, die ihre Sprüche und Lachkrämpfe über mich ausgiessen. Man könnte meinen, die hätten in all den Jahren noch nie einen Menschen mit gefärbtem Haar gesehen.
Ich komme in die Galerie. Muss den Ofen einfeuern und Käsekuchen essen. Weil ich sonst nichts zu tun habe, schlafe ich schnell ein. Das Feuer ist erloschen, ich muss nochmals einheizen. Lange Zeit sitze ich nur so rum, weil ich zu müde bin, um zu lesen, zu schreiben oder zu zeichnen.
Die frisch ausgeschlafene Sandra kommt. Sie bringt mir meinen Schlüssel, ein kleines Bier und einen Kaugummi. Sie bleibt für den Rest des Nachmittags die einzige Besucherin der Galerie. Manchmal, besonders anfangs der Woche, kommt kein Knochen. Ausser den Leuten, die meinetwegen hereinschauen.
Ich denke, dass ich schnell ins Brockenhaus gehen könnte, damit ich etwas wacher werde. Ich klebe einen Zettel "EXKURSION" an die Tür. (Es fällt mir nichts Gescheiteres ein.) Im Brockenhaus ist es dermassen überheizt, dass ich fast im Stehen einschlafe.
Vielleicht schliesse ich heute eine halbe Stunde früher, da ja doch kein Schwanz mehr kommt.
Peter, mein "Chef", ruft an: "Barbara, ich bin krank. Kannst du schnell bei mir vorbeikommen und die Plakate mitbringen?"
Ich habe ein schlechtes Gewissen. Was bin ich doch für ein wehleidiges Geschöpf! Wegen dem bisschen Müdigkeit!
Peter und ich schlucken eine Vitaminkapsel, über deren Wirkung ich mir später nicht ganz im klaren bin.
Ich habe Hunger, aber keine Lust zu kochen. Im Laden streiche

ich durch die beladenen Gestelle und kann mich für nichts entscheiden. Ich kaufe eine chinesische Suppe, "Nan King", weil Fritzli die mir empfohlen hat, und einen Kefir, weil Sandra das so gerne isst. Zuhause muss ich zum dritten Mal am Tag den Ofen einfeuern. Suppe aufwärmen und Glotze anschalten. Es läuft ein Film. Das übliche Männlein-Weiblein-Ritual. Die Männer politisieren, während die Frauen über Liebe und Kleidung schwatzen. Die starken Männer, die keine Gefühle zeigen können. Die Frauen, die es tun, weil man es von ihnen erwartet. Während all dem kaue ich mir die Fingernägel ab, bis es blutet. Um zehn Uhr steige ich todmüde in mein Bett. Ich lese in meinem **"GARP"** und schlafe nach einer halben Stunde schon ein. Das ist alles. Nicht mehr als ein müder Tag, der mich unerfüllt gemacht hat.

Es gibt Zeiten, in denen mich mein Leben anscheisst! Wenn ich jeweils nur das Schlechte und Traurige im Leben sehe. In solchen Zeiten habe ich eine Philosophie entwickelt:
Wir alle hocken zusammen auf diesem Planet Erde und denken: "Das ist es jetzt!" Jeder will es zu was bringen. Sei es zu Glück, zu einer Karriere oder zu einer Erleuchtung... Diejenigen, die keinen Sinn finden können, bringen sich um. Oder sie siechen hohl und abgestumpft durch all die Jahre - bis zum Tode.
Es wimmelt von Krampfern und Künstlern, Müttern und Vätern, Politikern, Mördern, Philosophen, Drogenabhängigen, Führern und Sklaven, Religiösen, Narren und so weiter... Wenn man alle in denselben Topf wirft, könnte man behaupten: Alle kennen das Gefühl, bei dem man sich plötzlich fragt, was das Ganze eigentlich soll. Ob man nicht auch ein ganz anderer hätte werden können. Warum dieses Leben manchmal so verschissen ist. Warum das Schicksal die einen zu verschonen scheint und die anderen nicht.
Ich für meinen Teil sehe die Sache manchmal so: Die Erde ist ein ganz winzig kleiner Teil des Universums. Vielleicht existiert noch etwas anderes als das Menschsein. Wir Menschen kommen uns so wichtig vor, weil unsere Köpfe zu beschränkt sind, um

sich das "Andere" vorzustellen. Ich versuche mein Leben auf diesem Planeten zu relativieren. Die Erdkugel, auf deren äusserster Schicht Menschen, Tiere und Pflanzen leben, wird plötzlich klein und bedeutungslos. Ich sehe mein Leben als eine interessante Aufgabe, die ich erfüllen muss bis zu meinem Tode. Der Tod - die Lösung. Vielleicht. Meine Probleme, die mich hier unten fast begraben, werden ebenfalls relativiert. Was sind schon siebzig Jahre gemessen an der Unendlichkeit! Was sind schon Lichtjahre. Vielleicht gibt es sogar Existenzformen, in denen Entfernungen und die Zeit gar keine Rolle mehr spielen. Die Zeit ist etwas, das nirgends beginnt und nirgends aufhört.
Na gut. Da sind wir nun mal! Aber warum nützen wir die kurze Zeit, die wir hier verbringen, nicht besser, um das zu tun, was uns wirklich Spass bringt?
Ich hätte Lust, all die verklemmten Gesichter wachzurütteln. Einmal in eine Kneipe zu gehen, in der andere Leute aus anderen Kreisen verkehren. Ich möchte schreien, singen, lachen und weinen, wenn mir danach zumute ist. Alle Schranken wären so einfach zu überwinden, wenn ich mir einen Ruck geben könnte. Bewusster leben!
Es gibt noch andere Möglichkeiten, meinem beschränkten Alltag ein Ende zu setzen. Wegkommen! In andere Erdteile reisen. Auch dazu hat mein Durchsetzungsvermögen bisher noch nicht gereicht.
In der Schulzeit an der Kunstgewerbeschule hatte ich von allem absolut die Nase voll. Es hat mich angeschissen, dass nichts Neues an mich herangekommen ist. Ich schaute zum Fenster raus und dachte: "Was sumpfe ich eigentlich Tag für Tag in diesen Zimmern rum? Ohne dass sich etwas Kreatives tut? Was bringt mir die Auseinandersetzung mit Leuten, die ich alle Tage sehe, wenn wir uns ja doch nur gegenseitig anöden? Ich muss hier raus! Ich will was anderes sehen!" An einem solchen Morgen bin ich aus der Klasse gelaufen und in den Park gegangen, wo immer eine Gruppe von Alkis rumstand. Mit Wein, um ein Radio gruppiert. Ich bin einfach zu ihnen hingegangen, habe mich ihnen vorgestellt und auch von dem Fusel getrunken. Einer von

ihnen machte mir den Vorschlag, dass ich die Schule besser sausen lassen sollte. Ich könne mit ihm, dem Scherenschleifer, in diesem Haus sogar Kohle verdienen.
Ich habe ein Jahr Schulurlaub genommen. In der Zeit wollte ich an meiner Lebensart einiges ändern. Die Schule hat mich gelähmt. Denn ich war sehr abenteuerlustig. Und anscheinend so überzeugend, dass man mir dieses Zwischenjahr bewilligt hat. Ich zog von zu Hause weg, in die Stadt. Ich habe mich in Chrigi verliebt und deswegen meinen damaligen Freund verlassen. Ich wollte alles neu anfangen. Zwar bin ich dann mächtig abgestürzt, weil mich diese neue Liebe sehr unglücklich machte. Aber ich habe viele Bilder gemalt. Als wir aus jenem Haus, in dem wir wohnten, ausgezogen sind, hat es mich nach Baden verschlagen. Ich führte dort ein Leben, das selbst für meine Verhältnisse recht unkonventionell war. Als ich nach einem Jahr wieder zur Schule zurückmusste, hatte ich reichlich Anpassungsschwierigkeiten. Aber ich hatte durch dieses ausgefüllte Jahr die Kraft gewonnen, mir meine Freiheiten zu nehmen. Was die Schule mir bieten konnte, habe ich genutzt, um meine persönlichen Ideen und Bedürfnisse zu verwirklichen. Das letzte war das beste Jahr, in dieser Schulzeit.
Dieser Schub von Abenteuerlust hat mir schlussendlich sehr viel eingebracht. Ich habe mich dadurch verändert. Ich bin mutiger und selbstsicherer geworden.
Es ist schwierig, mich auf die Gefühlsebene von damals zu versetzen. Alles in allem war ich ziemlich oberflächlich drauf. Eigentlich hatte ich immer noch an der Trennung von Chrigi zu kauen. Dass ich mich dann in Baden aufhielt, war gesund für mich. Ich musste von diesem Faul in mir drin loskommen. Dort an der Bruggerstrasse hatte ich keine Zeit mehr zum Traurigsein. Denn dort war immer tierisch was los. (Und somit habe ich mir auch wieder diese Sprache angeeignet, wie sie der Brauch war.)

In der "Roten Fabrik" lerne ich Woody und Eduard Schwanenhals kennen. Mit ihnen hänge ich diese Sommertage am See herum und werfe natürlich das Geld für die Biere auf, die die zwei brauchen. Wir tun nicht viel. Saufen, kiffen, Leute anmachen, rumgrölen. Aber ich bin zufrieden. Die Art, wie die beiden drauf sind, fasziniert mich. Sie haben beide denselben Stil, sich auszudrücken - eigene Wortkreationen. Edi ist der dünne, mit dem blauen Kamm. Eine Augenbraue hat er wegrasiert. Das andere Auge stark geschminkt, wie ein Veilchen. Netzstrümpfe als Oberkörperbekleidung. Völlig zerfetzte Strümpfe, die um seine Beinchen schlabbern, immer runterrutschen und den weissen Arsch entblössen. Die Stiefel sind so demoliert und abgelatscht, dass man seine Zehen sehen kann. Und seine Fingernägel! Die sind so lang wie bei den Vampiren in alten Horrorstreifen. Man sieht von weitem, dass dieser "arme Junge" arbeitslos sein muss! Woody hat eine Ausstrahlung, die mich vor allem körperlich anzieht. Ich bin verknallt in ihn. Obwohl ich mit Edi über persönliche Dinge viel besser quatschen kann. Woody erzählt nur wenig über seine Gefühle. Was ihn irgendwie undurchschaubar wirken lässt. Er schleppt immer einen hässlichen, beigen Regenmantel mit aufgesprayten roten Punkten mit sich rum. Meistens trägt er sein verwaschenes rotes T-Shirt. Ein Typ hat es ihm eines Tages zerrissen, als er ihn am Kragen packte. Dadurch sind nun seine Brustwarzen neckisch entblösst.
An einem schönen Tag stoppe ich zum ersten Mal mit ihnen nach Baden. Ich will das Haus sehen, von dem man mir die haarsträubendsten Geschichten erzählt hat. Die zwei sind immer mit Autostopp unterwegs, was ich mir schnell anzugewöhnen weiss. Es kann manchmal sehr lange dauern, bis einer ankommt, der keinen Schiss, sondern Mitleid für uns übrig hat.
Nie und nimmer werde ich das vergessen; wie ich den ersten Blick in die gute Stube dieses Hauses werfe, kriege ich einen Lachkrampf! "Ist das hier bei euch ein **AJZ?** Oder eine Jugendherberge für Obdachlose?" Die zwei schauen mich fragend an und stecken ihre Köpfe zur Tür herein, um zu sehen, was ich wohl sehe. Da sitzen etwa sechs Teenies zwischen 14 und 16 Jahren auf den Stühlen und lesen Comic-Hefte. "A-haa? Keine Ahnung, woher die kommen. Aber die sollen ihren Comic ruhig zu Ende lesen", meint Edi grosszügig, mit fast väterlicher Miene.

Das Haus steht immer offen, und immer wieder trampeln irgendwelche Heinis, die vielleicht etwas erleben wollen, ins Zimmer. In der ersten Nacht knalle ich mich völlig übermüdet auf Edis Schaumgummischiff. Ein Mädchen kommt rein und macht Krach. "Ich suche einen Föhn! Weisst du, ob es in diesem Haus einen Föhn gibt? Übrigens guten Tag. Wie heisst du? Wie alt bist du?" Sie erklärt mir, dass sie ihre Haare auch so toll aufstellen will. Wie dieser Eduard. Sie sei sechzehn. Ihre Freundin fünfzehn. Auf dem Kopf hat sie sich viel zuviel Seife einmassiert. Es schäumt richtig. Zum ersten Mal auf Speed. Sie hühnert nervös von einer Ecke zur nächsten und labert ständig an mich ran. "Meine Freundin und ich werden eine Weile hierbleiben. Wir haben Stunk mit den Eltern. Wo ist denn der Scheissföhn?" Sie kommt immer wieder. Todnervös. Jedesmal, wenn sie das Zimmer verlassen will, greift sie zur falschen Türklinke - zum Wandschrank! Ich hocke auf dem Bett und amüsiere mich über ihre Besuche. Wie im Kino. In der Morgendämmerung erwache ich, weil sich Edi neben mir schlafen legt. Er nimmt sich selten die Mühe, sich seiner Kleider zu entledigen. Manchmal pennt er mitsamt den Schuhen.
Die beiden Tussies bleiben tatsächlich ein paar Tage im Haus. Niemand nimmt gross Notiz von ihnen. Die Jüngere ist total in Woody verliebt. Sie macht ein Riesendrama draus. Eines Nachts hält sie stundenlang Vertrauensschwätzchen mit der Freundin. Sie schliesst sich in Woodys Zimmer ein. Woody und ich gehen erst am Morgen zu Bett, wo sie zusammengerollt wie eine Schnecke im Bett liegt. Woody und ich meistern die Sache fast unmenschlich cool. Wir schmeissen uns neben sie und hören in voller Lautstärke "Klybi und Karoline" (auf 45 Touren). Dazu bumsen wir - neben der armen Schnecke.
Am anderen Tag gegen wir zu dritt schwimmen. Im Teich. Nach einem tollen Nachmittag kommen wir nach Hause. Was sehen wir da? Die Grietis haben das ganze Haus geputzt. Sie haben Grosswäsche gemacht! Sogar die Vorhänge und die Unterhosen hängen zum Trocknen an der Leine. Wir finden das reichlich übertrieben. Zu unserem Erstaunen kommen wir gerade pünktlich zu einem Nachtessen. Die haben uns echt Koteletts aufgetischt. (Sie haben ihre "bösen Eltern" beraubt.) Edi bekommt einen Tobsuchtsanfall, als er feststellt, dass die Mädels sein heissgeliebtes Pyjamaoberteil (das er

extra bombardiert hat, damit es so geil in Fetzen an ihm runterhing) in den Müll gekippt haben. "Also, wenn ihr bei uns unbedingt haushalten wollt - bitte! Aber dass ihr wie Muttis die Klamotten wegschmeisst, das liegt nicht drin!" Die zwei merkten lange nicht, dass man sich hautpsächlich über sie lustigmacht. Manchmal erwecken sie auch Mitleid in mir.

Im Haus wohnen noch Karel (ein Pole) und Ludwig. Karel ist Tag und Nacht auf Speed. Abhängig. Er ist wie ein Hausgeist. Die ganze Zeit voll drauf. Ein schrecklich zerstreutes Energiebündel. Sein Zimmer ist über und über vollgestopft mit alten Radios, Plattenspielern, Kabeln und Schrauben. Immer am Basteln. Manchmal bringt er kleinere Wunder zustande. Bis er in einem jähzornigen Anfall alles wieder zerstört. Dann trampelt er mit Wahnsinnsgeschrei auf allem rum und entwickelt extreme Kräfte, dass mir Angst und Bange wird. Alles schlägt er zu Brei, was ihm über den Weg läuft. Er ist ein echter Scherzkeks und nicht wegzudenken aus diesem verrückten Haus. Ein lästiges Übel ist, dass er immer wieder in die Küche kommt und alle Herdplatten anstellt. Oder er setzt Wasser auf, vergisst es wieder, und wenn man dann die Küche betritt, ist es da drinnen ganz heiss, die Herdplatte rot und die Pfanne glüht. Manchmal müssen wir mehrere Male am Tag die Herdplatten abstellen, aber immer wieder kommt Karel und dreht voll auf.
Eines Nachts wache ich auf, weil jemand am Fussende des Bettes rumrüttelt. Ich sehe Karel, der an irgend etwas rumbastelt. Es ist zu einer Art Spiel geworden, dass ich immer Woody um Aufklärung bitte. "Hee, Woody! Schau mal. Was macht Karel da?"
"Das siehst du doch. Er ist gerade dabei, eine Pfanne an mein Bettgestell zu löten!" - "Ach so!" Wir drehen uns um und schlafen weiter.
Ein anderes Mal steht Karel im Zimmer und hält eine Pfanne gegen das Deckenlicht. "Du Woody. Was macht er da?" - "Na, er will sehen, ob da noch was zu essen drin ist!"
Das Prinzip in diesem Hause war ungefähr, dass jeder jeden das tun lässt, was ihm gerade Spass macht. Und wenn Karel die ganze Nacht seine Boxen mit dem Discogestampfe auf Volltouren laufen lässt, bis

die Nachbarn die Polizei rufen - von den Mitbewohnern käme nie jemand auf die Idee zu motzen. Am wenigsten kann ich es leiden, wenn Edi im Haschischrausch stundenlang mit dem Synthesizer rumwichst. Immer derselbe bescheuert monotone Rhythmus. Aber da es ja nichts ausmacht, ob man nachts oder tagsüber schläft, kann man das ja über sich ergehen lassen.
Karel hat mir meine 125er geflickt. Das heisst, er hat alles auseinandergeschraubt, dann wieder zusammengesetzt und mir eine Handvoll übriggebliebener Schrauben gereicht. Die Maschine läuft wieder, wenn auch nicht für lange.
Als Gegenleistung fahre ich Karel ins nächste Kaff zu einer Apotheke, in der er mit seinem gefälschten Rezept sein Antapentan (Speed) erhält. Ich bekomme ein paar Pillen davon ab.
An einem Abend schmeissen wir solche Medis und trinken deftig Bier. Wir machen uns hübsch und stoppen in die Stadt. Im "Falken" findet heute irgendein Fest statt. Ich bin dermassen zu, dass ich immer so einen weissen Hund sehe. Über dem Saal befindet sich eine Galerie. Wie ich diese Treppe hochsteige, sehe ich Woody, der da oben verloren und krumm auf einem Stuhl sitzt und sich den Bauch hält: "Junge, Junge, ist mir übel!"
"Armer Woody. Ich werde dir helfen, damit du besser kotzen kannst. Lässt du das zu?" Er nickt. Ich stelle mich hinter ihn, greife ihm unter das Kinn und spiele ganz zart mit meiner Zunge in Kreisbewegung in seinem Mund. Mein Trick klappt. Er bückt sich nach vorne über das Geländer und kotzt voll Rohr hinunter. Es hätte schlimmer ausgehen können. Die Kotze landet teilweise auf der Schuhspitze einer Dame. Reflexartig verkrümele ich mich in den Hintergrund. Nicht so Woody. Er setzt sich voll der Beschimpfung dieser Frau aus und krächzt zu ihr runter: "Komm doch hoch und mach mich kleines Würstchen fertig! Ich bin bloss ein dummer Sauhund, ohne Grips im Hirn. Kein Anstand! Nichts kenne ich von all dem. Komm endlich hoch und gibs mir!"
Diese Sauf- und Medikuren strapazieren meinen Körper. Meistens haben wir nichts zu fressen. Wir teilen uns zu dritt ein paar grüne Tomaten aus Nachbars Garten oder nackte Polenta ohne Salz. Irgendwie finde ich das auch romantisch! Das Geld, das ich ab zu mitbringen kann, oder das wir auf der Gasse zusammenschlauchen,

brauchen wir für das tägliche Bier. An den Bushaltestellen sammeln wir Kippen, aus denen wir uns Zigaretten drehen.
Nebenan, in einem grauen Häuserblock, wohnt ein Junge, Reto, etwa 14 Jahre alt, schätze ich. Der braucht das Zimmer, in dem Woody und ich schlafen, als Umkleidekabine. Jeden Tag kommt er zweimal vorbei. Einmal, bevor er in den Ausgang geht, und dann nochmals, bevor er wieder zu Mutti und Vati nach Hause muss. Er hat immer einen Plastiksack bei sich, mit den Kleidern drin zum Umziehen. Er streift dann seine Manchesterhose und das saubere Hemd ab und verlässt das Haus kurze Zeit später in voller Punkmontur. Leder, Ketten und Nieten. Am Abend geniesse ich dasselbe Spektakel, einfach umgekehrt. Fast nie spricht er was mit uns. Das läuft immer ganz wortlos und selbstverständlich ab. Es gehört bereits zu unserem Tagesablauf und stört niemanden. Nur wenn ich mit Woody am Bumsen bin, kann er mir manchmal auf den Wecker fallen.
Eines Abends haben wir keine Blättchen mehr, um Zigis zu drehen. Ich gehe mit ihm in dieses scheussliche Haus, in dem er wohnt. Mit dem Lift bis fast zuoberst. Seine Eltern schlafen zum Glück. Er gibt mir die Blättchen. Und weil ich sehr hungrig bin, frage ich ihn, ob er mir vielleicht noch was zu essen hätte. Es bricht mir fast das Herz, als der schüchterne Junge mit dieser Tüte ankommt. Er hat die halbe Tiefkühltruhe geplündert!
Später erlebe ich etwas mit diesem Jungen, das mich umhaut! Einer seiner Kollegen kommt angetrabt und meint doch in vollem Ernst: "Ich war bei Reto in der Loge seiner Eltern. Da schauten wir uns eines dieser supergeilen Fickvideos an. Und jetzt ist er damit rausgerückt, dass er ES noch nie getan hat! Der Arme! Ich habe mir nun gedacht, ich komme mal runter zu dir und frage dich, ob du nicht mal zu ihm raufgehen könntest, damit er mal zum Bumsen kommt. Du würdest das bestimmt machen, hab´ ich ihm gesagt. Er könnte dich auch dafür bezahlen." Woody und Schwanenhals halten sich die Bierbäuche und kreischen vor Lachen. Mir hingegen bleibt die Spucke weg! Wofür hält der mich eigentlich?

Ich liege im Bett und hoffe, dass Woody bald hier aufkreuzt. Da kommt Edi und setzt sich zu mir. Er sagt: "Ich habe Lust, mit dir zu schlafen. Ich bin scharf auf dich. Aber ich weiss nicht, ob ich was zustande bringen kann. Ich bin auf Speed." Ich gebe ihm zur Antwort: "Ich will noch **"DIE SPINNE"** zu Ende lesen, danach komm ich mal hoch zu dir." Die Situation ist alles andere als romantisch, aber ich bin heute auch ziemlich geil. Deswegen gehe ich rauf zu Edi. Wir schliessen uns ein, ziehen uns aus und schmusen. Bumsen können wir aber beide nicht. Es ist das dritte Mal, dass wir es versuchen, aber etwas hat immer gefehlt. Die Verliebtheit, nehme ich an. Edi sagt: "Ich bin total spitz auf dich. Aber mehr im Kopf. Mein Schnäbi macht einfach nicht richtig mit. Muss an den Drogen liegen." Das, was mich mit Edi verbindet, ist sehr herzlich und ehrlich. Wir sind zwei gute Kumpels!

Eines werd ich ihm nie vergessen! Echt gentlemanlike! Nach einer ausgiebigen Sauferei in der Stadt werden wir von einem vornehmen Herrn in seinem Auto mitgenommen. Wie ich da hinten auf dem Polster sitze, wird mir plötzlich total übel in der Magengegend. Edi kapiert sofort und fragt: "Musst du kotzen?" Ich bejahe und habe schon die peinliche Szene vor Augen, wenn der Herr da vorne sieht, dass ihm das Mädchen mit den roten Haaren über die Sitze gekotzt hat. Ohne zu zögern streift Edi seinen Pulli mit dem Superman drauf über den Kopf und hält mir das Stück Stoff wie einen Beutel vors Gesicht. Sang- und klanglos geht die Kotzerei über die Bühne, ohne dass Woody und der Herr da vorne etwas bemerken.

Mein Verhältnis mit Woody ist komplizierter. Ich weiss nie recht, woran ich bin ihm bin. Obwohl ich spüre, dass er mich gern hat, hält er es anscheinend für nötig, mich ab und zu zu verunsichern. Eines Nachts komme ich sehr spät nach Hause. Ziemlich betrunken. Edi und ich haben einen ausgelassenen, witzigen Abend hinter uns. Also, ich komme heim und bin scharf auf Woody, der schon flachliegt. Ich weiss meine Lust auf ihn gut durchzugeben. Er aber hat sich anscheinend in den Kopf gesetzt, mich mal so richtig zu schikanieren. "Du stinkst aus der Fresse, pfui! Abgestandenes Bier", sagt er, als ich ihn küssen will. "Na gut, dann gehe ich jetzt meine Zähne putzen", meine ich, nie zu stolz für sowas. Ich putze mir die Zähne, ganz gründlich. Freudig steige ich wieder zu ihm ins Bett. Nun ist es der Geschmack der Zahnpasta, der ihn stört. "Ehrlich?" will ich wissen und überlege mir, was ich dagegen tun könnte, bis ich merke, dass es ihm vor allem darum geht, mich zu verletzen. "Du bist ein Arschloch!" sage ich traurig und gebe meine Eroberungsversuche auf.

An einem anderen Tag komme ich mit dem Motorrad an die Bruggerstrasse. Direkt von Zürich, den Rucksack vollgepackt mit Reis und Gemüse. "Damit die Jungs wieder was Gesundes in den Magen kriegen." Alle Fenster und die Haustüre stehen weit offen. Wie ich eintrete, ist es ganz ungewöhnlich mucksmäuschenstill. Der grosse Tisch im Wohnzimmer ist umgeschmissen. Ein Riesensyph! Überall zerbrochenes Geschirr. Mann, was ist denn hier passiert? Ich werfe einen Blick in Woodys Zimmer. Der schläft friedlich. Mir graut ein bisschen. Ich sehe seine Pickel in der Nachmittagssonne glänzen und die Fliegen, die auf seinen Füssen rumkrabbeln.
Treppe rauf - sehen, was Edi tut. Er hockt auf der Bettkante und starrt in sich hinein. "Was ist denn da unten passiert?"
"Ach, das war Ludwig, der kommt ab und zu vorbei und tobt sich aus. Hatte einen seiner üblichen Anfälle. Ich habe überhaupt keinen Bock, all den Mief wegzuräumen." Er schaut mich mit riesigen Tellern an. Er hat einen Trip gefressen und deftig was im Hirn heute! Ich koche den Reis und höre mir die Geschichten an, die Edi zu erzählen weiss. Dann kommt er auf die Idee, den Kühlschrank, in dem gähnende Leere herrscht, zu säubern. Er kriecht drin rum und scheuert den ganzen Schimmel und jedes Krümelchen pedantisch genau weg. Ein Tropfen auf den heissen Stein. Den Syph im Wohnzimmer, so entscheidet er, wollen wir so liegenlassen. Edi will sich die Videokamera leihen und dieses Müllgelände filmen. Tagelang leben wir um diesen Müll herum und geben uns mächtig Mühe, für unsere Original-Filmkulisse alles so stehen- und liegenzulassen. Eines Morgens beklagt sich Eduard, dass er beim Aufstehen seine Schamhaare von Glassplitterchen säubern müsse. Irgend jemand hat die in sein Bett getragen. Das geht so weiter, bis einer kommt, der doch tatsächlich den Besen nimmt und beginnt, den Müll zusammenzuwischen. Ich flippe aus: "Hee, das kannst du doch nicht machen! Das ist unsere Filmkulisse! Oh nein. Die ganze "Mühe" für die Katz!" - "Lass ihn doch! Du siehst doch, dass er Freude am Aufräumen hat", besänftigt mich Woody.

Ja, das ist ein autonomes Haus. Jedem das Seine. Übrigens hat der andere es nur geschafft, den Dreck bis vor die Haustüre zu schaufeln. So müssen wir, wenn wir aus dem Haus wollen, einen grossen Satz über den Abfallhaufen nehmen. So lange, bis alles zerstreut im Garten liegt.

An einem gar nicht schönen Morgen erwache ich. Eine unbekannte Frau sitzt bei mir auf dem Bett. "Hoi", sage ich. "Hoi", sagt sie. Ich schlafe wieder ein. Wie ich zwei Stunden später wieder die Augen öffne, sitzt die Fremde immer noch da. Die schaut mir anscheinend gern beim Pennen zu! Sie streckt mir einen Joint vor die Nase. "Öl", sagt sie. Ich ziehe ein paarmal deftig daran. Sogleich sacke ich wieder weg. Ein wenig später weckt mich Woody. Ein böses Erwachen! Bullen! Was wollen denn **DIE** von **MIR?** Ich bin immer noch total bekifft und gerate in Panik, wie die in meinen Ausweis starren und doofe Fragen stellen. Die kommen wegen dem Motorrad. Ich habe, ohne es der Versicherung zu melden, ein anderes gekauft und die Nummer vom alten an das neue geschraubt. Dann bin ich so nach Baden gefahren. Logisch, dass die Bullen jedes Fahrzeug kontrollieren, das vor diesem berüchtigten Haus steht. Ich bin verwirrt und stammle irgendwas, um mich aus der Sache rauszureden. Ich muss ein paarmal lügen. Denn ich bin oft angetrunken gefahren und habe das "L" abgeschraubt, wenn ich jemanden hinten aufnehmen wollte. Es könnte gut sein, dass ein schnüffelnder Nachbar uns beobachtet und mich verpfiffen hat. Ausserdem habe ich in der Stadt zwei Parkbussen gekriegt, die ich wütend in die nächste Pfütze schmiss. Ich habe jetzt den Verfolgungswahn und Schiss, dass alle Lügen doch noch rauskommen. Am anderen Morgen: Ich muss in aller Herrgottsfrühe auf dem Posten erscheinen. Natürlich schwinge ich mich trotzig nochmals auf den Töff und parkiere weit entfernt vom "Kommissariat". Ätsch! Wie die mich da behandeln, muss ich wohl kaum schildern. Ich bin ja bloss Abschaum für die. Die Strafe, die ich für die angegebene Kilometerzahl (einmal Zürich - Baden) abkriege, beträgt fünfhundert Klötze oder dreizehn Tage Haft.

Für eine Weile habe ich von der Bruggerstrasse die Nase voll!

Vierter Dezember: Heute ist ein besonderer Tag! Nur so ein Gefühl, aber es hockt tief in mir drin. Auf meine Gefühle ist Verlass! Ich kann keine Begründung nennen, weshalb sich dieser Tag für mich von anderen unterscheidet. Wir haben Donnerstag, mein Lieblingswochentag. Auf dem Kalenderblatt steht "Barbara" - mein Namenstag. Aber das ist unwichtig. Ich finde, dass ich heute anders aussehe als sonst. Es liegt an meiner Kleidung. Morgens hatte ich Lust auf Kleider, die ich ein anderes Mal nicht tragen würde: Blue Jeans, grüner Rollkragenpullover aus Nylon. (Ich hasse grün, ich hasse Rollkragen, und ich hasse Nylon. Aber heute gefällt´s.) Schwarze Gummistiefel (!), Hosenträger und die blaue Fischermütze. Alles in allem sehr untypisch für mich. Vielleicht wird heute kraft meiner Gefühle etwas Besonderes passieren. Ich kann es mir nicht ausmalen. Ich bin eigentlich ganz anspruchslos. Das besondere bin ich ja selber! Ich habe Grund zum Feiern. Ich kaufe eine gute Flasche Rotwein und überrasche Guido und Antoinette. "Hallo! Jetzt wird gefeiert!" Wir leeren die Flasche. Zufrieden gehe ich nach Hause und drehe die Musik voll auf! Wie ich Marilyn Monroe´s Stimme höre, glaube ich, ich bin genauso schön! (Obwohl ich eher Ähnlichkeiten mit einem Bauarbeiter habe.) Auf jeden Fall fühle ich mich schön. In einer Stunde mache ich mich auf den Weg. Ich werde bei Sandra vorbeischauen und sie zu einer Party mitschleppen, die auf einem Boot am See stattfindet. Mein Bruder wird auch da sein. Ich fühle mich ganz stark heute. Wer kommen will, um mich umzustimmen, wer klagt, wer mich brutal anmachen will, der kriegt einen Kuss, oder eins in die Fresse! Ich fühle mich wie Obelix; ich könnte Bäume ausreissen! Ein Anfall! Euphorie! Ich nehme dieses - vielleicht kurze - Hoch sehr ernst. In depressiven Zeiten tu ich das ja genauso. Also sag ich mir: Es wird früh genug wieder anders sein! Wieso nicht mal auf die fröhliche Tour? Manchmal kommt es mir vor, als würden sich die Leute nur ernst nehmen, wenn sie von Schwermut belastet sind. Dann ist plötzlich alles so dramatisch usw. Ich empfinde die Momente absoluter Glückseligkeit, das Erfülltsein als grössere Kraft. Unvergesslich! Vielleicht bin ich eine weisse

Hexe. Fast jede emanzipierte Frau von heute möchte gerne eine Hexe sein. Fühlt sich zumindest geschmeichelt, wenn man sie so nennt. Hexen sind ja stark, geheimnisvoll und erotisch! Wenn mich jemand eine Hexe genannt hat, habe ich immer etwas kühl geantwortet: "Ich bin kei Häx!" Natürlich - "Faszination Magie" hat auch mich gepackt. Aber ich wollte mich von diesem Hexenboom distanzieren. Einerseits, weil ich dadurch, dass alle Frauen plötzlich zu Hexen werden, die einzige andere, nämlich keine Hexe bin. (Ich habe im Kreise solcher Frauen immer das Bedürfnis, möglichst banal, unkompliziert, fast männlich zu sein.) Andererseits tut mir diese Hexenwelle ein bisschen weh, weil ich mich tatsächlich als etwas Besonders sehe. Dies sollte mit entsprechendem Respekt behandelt werden und geheim bleiben. Heute würde ich auf die Behauptung, dass ich eine Hexe sei, eher antworten: "Schön wär´s!" Aber ich warte nicht mehr auf die grosse Bescherung. Auf den blauen Engel, der vom Himmel herabsteigt, um mir zu sagen, ich sei eine Auserkorene! Ich erlebe eine andere Art von Magie. Durch eine momentane, aktive Phase. Ich schreibe und male Bilder. Ich beachte und beobachte mehr. Seit ich zu schreiben angefangen habe, versuche ich das, was ich sehe, in meinem Kopf direkt in Sätzen zu formulieren. Das macht mir vieles bewusster. Ich geniesse oft den Zustand von Befriedigung. Ich gehe zu Bett, weil ich müde und voll bin. Nicht, weil das Fernsehprogramm zu Ende ist. Na ja, lassen wir das. Heute ist eine Stärke in mir, die die ganze verschissene Welt zu überrollen scheint. Ich pfeif auf alles, was mich unterkriegen will! Skrupellos!
Sandra lacht, wie sie mich sieht: "Lustig! Du bist kaum wiederzuerkennen. Dein neuer Stil?"
Sie will mit mir mitkommen, zu dieser Party auf dem Schiff. Wir unternehmen eine lange Tramfahrt. Ich bin ganz übermütig. Die ganze Zeit muss ich vor mich hin lächeln. Ich sehe einen Mann mit einem Sack Mandarinen unterm Arm. "Oh, Mandarinen! Schenken Sie mir eine?" So fädle ich sogar noch ein Gespräch ein in diesem stieren Tram, und stelle fest, dass doch nicht alle so bescheuert sind. Ich werde überhäuft mit Mandarinen!

Um Mitternacht gehen wir eine Party weiter. In die "Rote Fabrik". Wie ich in die "Fabrik" komme, sehe ich Mac auf der Treppe sitzen. Mac kenne ich schon seit einigen Jahren - vom Sehen. Wir haben nie viel miteinander zu tun gehabt. Das ist eigentlich erstaunlich, denn seine Freunde waren oft auch meine. Ich zog zum Beispiel in eine Wohngemeinschaft, kurz nachdem er dort ausgezogen war. Bisher kreuzten sich unsere Wege nie. Das heisst, vor ein paar Monaten begegneten wir uns auf dem Bullenposten in Genf. Ein illegales Konzert hatte stattgefunden. Zu unserem Pech wurden wir, zusammen mit ein paar anderen Leuten, festgenommen und in Handschellen abgeführt. Auf dem Posten kamen wir ein wenig ins Gespräch miteinander. Und wie ich als erste zum Protokoll aufgerufen wurde, schrie Mac: "Ich will mit ihr in eine Einzelzelle!"

Mac war eine Zeitlang eine "wichtige Figur" in Zürich; ein Gesprächsthema geworden. Ich selber wollte ihn gar nicht kennenlernen: "Mac, Mac, Mac. Alles redet immer nur von diesem Mac! Es interessiert mich gar nicht, wer dieser Mac ist! Warum muss ich diesen Mac auch noch kennenlernen? Der hat schon genug Freunde und Feinde in Zürich."

Das war wahrscheinlich auch ein Grund dafür, dass er eines Tages nach Holland ausgewandert ist. Zusammen mit seiner Freundin Lisa. Ich habe immer ein bisschen Angst vor ihm gehabt. Und deshalb habe ich ihn gemieden. Ich erinnere mich, dass meine Mutter einmal fragte: "Gibt es einen Mann, von dem du sagen könntest, dass du ihn schön findest?" Ich gab zur Antwort: "Ja, da gibt es diesen Mac, den ich aber nicht gut kenne. Ich schaue ihm gerne zu, wenn er redet. Er hat so eine geschmeidige Art, sich zu bewegen. Er erinnert mich an einen Indianer. Und er hat ganz dichtes, schwarzes Haar, das ihm bis zu den Schultern reicht. Er hat viel Fantasie und kann auf alle Bäume klettern. Er ist schön, auf seine ganz eigene und besondere Art." Ich weiss auch noch, dass ich immer das starke Gefühl hatte, dass Mac und Lisa es sehr gut miteinander haben müssen. Ich kannte nur wenig Paare in meinem Umkreis, die mir dieses Gefühl vermittelten.

Also, wie ich an diesem Abend Mac auf der Treppe sitzen sehe, da ist keine Spur mehr von Angst oder Schüchternheit. Eine grosse Freude, ihn hier anzutreffen, überkommt mich. Ich steure im direkten Weg auf ihn zu und umarme ihn: "Das freut mich unglaublich, dich heute hier zu sehen!" Ich glaube, er hätte nie mit sowas gerechnet. Aber meine Freude schmeichelte ihm und meine Euphorie wirkte ansteckend. Eigentlich ist er vor meinem Auftauchen ziemlich gelangweilt herumgesessen, und er wollte gehen. Was ich ihm aber schnell auszureden weiss. Von diesem ersten Augenblick an lassen wir uns für den Rest dieser Nacht nicht mehr aus den Augen. Wir sitzen stundenlang auf demselben Treppenabsatz und reden. Das Gespräch ist von Anfang an sehr persönlich. Wir unterhalten uns über Dinge, wie ich es sonst mit niemandem kann, den ich erst vor ein paar Minuten kennengelernt habe. Übrigens sagt Mac einmal zu mir: "Du bist doch auch eine Hexe, nicht wahr?" Ich kann es anbringen: "Schön wär´s!"

Unser Gespräch wird immer intensiver und vertrauter. Wir

unterhalten uns wie uralte Freunde oder Geschwister. Trotzdem liegt etwas Geheimnisvolles, Spannendes in der Luft. Ich fühle mich in einem fantastischen Schwebezustand und verliere jegliches Zeitgefühl. Wir werden aus dieser Sphäre gerissen, weil plötzlich Marisa vor uns steht und sagt: "Mac, wir gehen jetzt nach Hause. Kommst du mit?" Mac zögert, überlegt und erwidert dann: "Nein. Ich bleibe noch. Ich kann ja später noch zu Fuss oder mit dem Taxi kommen." Da bin ich aber froh darüber, und ich sage zu Mac: "Wenn du Anstalten gemacht hättest zu gehen, hätte ich mich einmischen müssen. Ich hätte zu dir gesagt: "Das kannst du doch jetzt nicht machen - du kannst doch nicht einfach diesen guten Abend abbrechen, indem du davonläufst!" Nein, ich hätte es nicht zugelassen!" Aus Macs Lachen sehe ich, dass er sich freut.

Gegen Morgen werden wir rausgeschmissen. Rund um uns herum werden leere Bierbüchsen zusammengewischt. Wir sind beinahe die einzigen, die sich noch zwischen Abfall-Containern tummeln. Aufbruchstimmung! Wir müssen uns auf den Heimweg machen. Wir stehen in der Kälte auf dem schwarzen, nassen Asphalt und warten auf ein Taxi. Ich bin etwas traurig, wenn ich daran denke, dass wir nun auseinander müssen.

"Wenn du Lust hast, kannst du bei mir übernachten. Du musst nicht denken, dass ich jetzt unbedingt mit dir schlafen will. Wir können auch nebeneinanderliegen und weiterreden." (Später erfahre ich, dass Mac das so aufgefasst hat, dass ich **NICHT** mit ihm schlafen wolle. Und dass er selber die Lust verspürte, "deinen nackten Körper kennenzulernen". Ich eigentlich auch). Aber mir kommt alles wie ein schöner Traum vor. Ich bin einfach unheimlich glücklich darüber, diesen Menschen in meiner Nähe zu haben.

Wir liegen nebeneinander in meinem Bett. Während wir schwatzen, berühren sich unsere kalten Füsse. Mac streichelt mit seinen Beinen die meinen. Und es braucht nicht mehr viel, bis wir uns in die Arme nehmen. Der erste Kuss. - Ich trete weg. Ich vergesse alles um mich herum. Ich spüre nur noch seine vollen, sinnlichen Lippen, seine zarte Haut, das zärtliche Spiel unserer

Körper. Und ich spüre, dass mir dieser Mac noch lange Zeit sehr wichtig sein wird.
Ich verliebe mich! Es ist die schönste Nacht, seit einer Ewigkeit. Nicht zu vergleichen mit jenen Vöglereien für eine Nacht. Später frage ich ihn: "Ist das normal für dich?" Ich kann mich nicht besser ausdrücken, aber ich meine wohl, dass dies etwas ganz Einmaliges ist und dass ich erst einmal etwas Ähnliches erlebt habe - als ich mich in Chrigi verliebte. Es fühlt sich an, wie wenn sich mein Leben in diesen sechs Stunden, die wir bis dahin miteinander verbracht haben, vollends verändert hätte.
Am anderen Morgen sagt Mac: "Vielleicht kann ich dir jetzt eine Antwort auf deine Frage geben: Ich mag es sehr - deine Art, wie du mich streichelst."
Den Tag verbringe ich in einem Rauschzustand. Ich vergesse mein Alltagsleben und erinnere mich erst daran zurück, als Peter anruft: "Barbara, wo steckst du bloss? Ich bin in der Galerie und erwarte dich schon lange." Oh Gott, ja! Und noch eine Verabredung habe ich doch tatsächlich verschwitzt. Aber alles fühlt sich an wie im Zeitlupentempo. Ich habe ein Geheimnis, welches aus mir herausstrahlt. Ich bin ein anderer Mensch! Mac begleitet mich in die Galerie. Wir schlendern auf dem Weg am Schulhof vorbei und bewundern alle paar Meter Kinderzeichnungen auf dem Trottoir. Mit Kreide haben die Kinder Mösen und Schwänze gemalt. Überall diese vögelnden Geschlechtsteile! Wir lachen darüber, und ich glaube, dass wir beide dasselbe denken: Diese Zeichnungen haben absolut nichts mit dem zu tun, was WIR diese Nacht miteinander gemacht haben!
In der Galerie trinken wir noch ein Bier zusammen. Dann verabschieden wir uns. Mac sagt: "Wir sehen uns morgen. Beim Fest im blauen Haus." - "Ich werde mich verkleiden. Das habe ich mir schon lange vorgenommen." - "Gut, dann komme ich als Frau verkleidet. Weil ich mich heute fühle wie eine Frau!" sagt Mac.
Wir sind beide zu schüchtern, uns zu umarmen, obwohl ich es eigentlich gern getan hätte.

Für dieses Fest lasse ich mir etwas ganz Besonderes einfallen. Wir haben den sechsten Dezember. St. Niklaustag. In einem Souvenirgeschäft kaufe ich mir eine fluoreszierende Plastik-Madonna. Mein blaues, frisch eingefärbtes Haar toupiere ich in Kranzform in die Höhe. Gustav hilft mir. Er ist ein Genie, was das Frisieren anbelangt. Mit Nadel und Faden näht er mir die Figur auf den Kopf. Die Madonna ist fünfzehn Zentimeter gross. Aber es hält und sieht sehr majestätisch aus. "Wenn du heute einen zu dir nach Hause schleppen willst, dann musst du ihm einfach sagen, dass du jemanden brauchst, der dir die Madonna wieder runterholt", kichert Gustav. Ich muss ganz aufrecht gehen und kann nur geradeaus schauen. Ich fühle mich selber wie eine Madonna. Das Gesicht pudere ich weiss und werfe mich in einen langen, schwarzen Umhang. Ich bin einige Stunden zu früh perfekt kostümiert und sehr nervös. "Was ist, wenn Mac nicht dort ist?" Diese Aufregung! Mein ganzer Körper prickelt. Es ist kaum auszuhalten, so sehr verlangt es mich nach diesem Wiedersehen. Wie ich das blaue Haus betrete, klopft mein Herz bis zum Hals. Jedermann mustert mich und spricht mich auf die Madonna an. Ich bin aber nicht in der Stimmung, darauf einzugehen. Ich begebe mich in die Bar, noch ist fast niemand da. Sophia, ein Mädchen, das ich aber kaum kenne. Und noch so ein Typ - ich glaube, er heisst Gilles -, der mich etwas kühl, aber sehr direkt anstarrt. Mir wird unwohl, und ich verdrücke mich in einen anderen Raum. Eine ganze Weile stehe ich in einer dunklen Ecke, schliesse die Augen und lausche den Stimmen um mich herum. Die Geräusche hallen in meinem Kopf wider, als kämen sie von weit her. Ich versuche, mich zu beruhigen und atme tief durch. In meiner Brust und im Bauch macht sich ein warmes Gefühl breit. Ich sehe Mac, aber nur aus der Ferne. Er spielt Bass. Später beobachte ich ihn, wie er sich mit einigen Leuten unterhält. Er ist schöner als je zuvor! Er hat sich nicht als Frau verkleidet. Aber er sieht trotzdem sehr weiblich aus. Wie Schneewittchen, denke ich. Das lange, schwarze Haar, die schwarz umrandeten Augen, die weisse Haut und der silbernglitzernde Pullover... Ich kann mich nicht dazu aufraffen, zu ihm

hinzugehen. Ich möchte diesen Moment noch eine Weile hinausschieben. Ich geniesse diese Spannung!
Im Türrahmen stossen wir aufeinander. "Hoiii!" Mac strahlt. Ich packe ihn am Ärmel und ziehe ihn in eine Ecke, wo wir ungestörter sind. "Komm mit, ich muss dir etwas sagen." Er steht mir gegenüber, hält den Kopf schief und lächelt. Was für ein Anblick! Ich vibriere. Die Luft knistert. Ich sehe ihm lange in die Augen und lächle ebenfalls verlegen. "Du bist schön!" sage ich. Jetzt falle ich gleich in Ohnmacht, denke ich. An der Wand steht eine Matratze. Während ich rede, kraule ich mit der Hand unentwegt in diesem weichen Material. Wie eine Katze, die beim Nuckeln ihre Krallen regelmässig ein- und ausfahren lässt. Schnurrr-rrr-rrr! "Ich habe ganz fest das Gefühl, dass ich mich in dich verliebt habe! Ich bin verliebt! Es ist ein schönes Gefühl!"
Ich wechsle schnell das Thema, weil ich finde, dass er mir jetzt keine Antwort geben muss. Wir schauen uns fortwährend in die Augen. Musik lullt uns ein...
Wir vereinbaren, dass wir diese Nacht bei mir verbringen wollen. Etwas später höre ich, wie Marisa und Mac miteinander reden. Es klingt, als wolle Mac dort bei ihnen übernachten. Ich wende schnell ein: "Hee! Ich denke, du kommst mit mir!?" - "Ja, natürlich. Wenn du das immer noch so willst." - "Aber sicher, das haben wir doch bereits abgemacht." - "Gut! Weisst du, das war eine Art Test. Du hättest immer noch die Möglichkeit gehabt, deine Offerte zurückzuziehen..."

Eine weitere schöne Nacht. - Und ein Tag. - Und eine Nacht. - Und noch ein Tag. - Und noch eine Nacht!
Wie wir am nächsten Morgen erwachen, meint Mac: "Heute abend reise ich zurück nach Amsterdam. Es stimmt so für mich. Dieser Zeitpunkt ist der Richtige. Ich habe ein Gefühl in mir, das mir sagt, dass sich von nun an einiges ändern wird. Wenn ich mit so viel neuer Energie heimkomme, erkennen die mich vielleicht gar nicht mehr wieder!" Ich bin traurig darüber, dass Mac geht. Aber da ist keine Angst in mir drin. Ich denke nicht an die Zukunft. Ich lebe nur im Moment. Am Nachmittag holt Mac

sein Gepäck bei Marisa. Ich hüte die Galerie. Später wird er herkommen, und ich werde ihn zum Bahnhof begleiten. Die ersten Stunden, die ich wieder allein verbringe. Drei Nächte und zwei Tage gingen wir keine Sekunde auseinander. Gestern waren wir spazieren. Einmal trennten wir uns für ein paar Meter, weil wir einem Bauloch im Trottoir ausweichen mussten. Mac: "Das erste Mal, dass wir nicht mehr Seite an Seite kleben durften, wenn auch nur für Sekunden."
Ich bin benommen. Wie unter Drogen. Wie auf Trip. Immer noch dieses Zeitlupentempo. Ich fühle mich wie eine schwebende Kugel. Ich spüre, dass ich mit all den Leuten um mich herum ganz anders kommuniziere. Eine fremde Frau betritt die Galerie. Wie ich sie reinkommen sehe, rufe ich: "Was für ein Anblick! Man sieht das Orange Ihrer Jacke schon von weitem leuchten!" Ich telefoniere mit einem Mann: "Jetzt höre ich Ihnen schon eine Weile zu und versuche zu verstehen, was Sie eigentlich sagen wollen. Ich habe das Gefühl, Sie sind verunsichert. Das höre ich aus Ihrer Stimme. Sie können mir wirklich geradeheraus erzählen, worum es geht." Er scheint erlöst zu sein und rückt damit raus.
Beim Einkauf sind alle üblichen Hemmungen wie weggeblasen. Mac ruft an: "Weisst du, was passiert ist? Es ist zwar seltsam, aber meine Rückfahrkarte ist verschwunden. Ich habe sie auf den Küchentisch gelegt. Wahrscheinlich ist sie im Mülleimer gelandet. Zuerst dachte ich: Vielleicht muss das so sein. Vielleicht darf ich noch nicht weggehen." (Denke genau dasselbe.) "Aber es ist wichtig für mich, dass ich heute noch abreisen kann. Ich habe mich darauf eingestellt."

Ich antworte: "Das glaube ich dir. Das ist wichtig für dich. Und deshalb gehe ich schnell nach Hause und hole hundert Franken. Dieses Geld kann ich entbehren. Dann kaufen wir am Bahnhof eine Rückfahrkarte!"

Der Moment: Wir stehen auf dem Bahnhof am Bierausschank und stossen ein letztes Mal an. Ich sage: "Heute habe ich die

Zeitung studiert und festgestellt, dass in den letzten drei Tagen in Zürich überdurchschnittlich viele Menschen gestorben sind. Sechzehn Todesanzeigen!"
"Schön, dass du manchmal solche Gedanken hast wie ich. Es könnte doch sein, dass wir diesen Leuten ein bisschen von ihrer Energie gestohlen haben... Ich werde oft ausgelacht, weil ich glaube, dass es solche Dinge geben könnte." Wir lassen es offen. Auf jeden Fall habe ich dasselbe gedacht wie Mac.
Was jetzt kommt, ist eine Art Abschied. Aber hauptsächlich bedanken wir uns für die gute Zeit. Mac sagt: "Die Tiere sagen sich auch nicht Tschau, die begrüssen sich nur!" Das leuchtet mir ein. Das muss ich mir merken. Um die Weihnachtszeit werde ich Mac in Amsterdam besuchen, das ist ein Trost. Trotzdem kommen mir die Tränen, als der Zug ins Rollen kommt. Jetzt weiss auch ich, was Abschied heisst. Nicht viel anders, als ich es mir vorgestellt habe.
Ich gehe nach Hause und verkrieche mich unter die Bettdecke. Ich finde einen Zipfel, der nach Mac riecht. Ich flüchte mich in den Schlaf. Am Morgen erwache ich, weil das Telefon klingelt.
"Hoi Barbara! Ich bin in Amsterdam! Du glaubst nicht, wie glücklich ich bin. Hätte es im Zug ein Telefon gehabt, hätte ich dich schon von dort aus angerufen. Jetzt bin ich bei einem Freund zuhause. Ich liege im Korridor auf dem Boden, und die anderen fragen sich vielleicht, was mit mir los ist. Als die mich vom Bahnhof abgeholt haben, da habe ich, ohne was zu sagen, als erstes das Foto von der schlafenden Barbara vor mich hingehalten, damit sie gleich wussten, was mit mir ist. Ich will dir nochmals für alles danken!"
Es vergehen ein paar Tage, während denen ich durch Zürich **SCHWEBE.** Per Eilsendung schicke ich ein paar Briefe nach Holland. Auf dem Plattenteller und in den Ohren immer die Musik, welche mir Mac dagelassen hat. Er hat mit seiner Band, in der auch Lisa mitspielt, die Platte vor kurzem aufgenommen. Darauf finde ich ein Lied, wo Mac singt: "Wo ist das Weib in mir! Was ist das Tier in mir!"

Der dreizehnte Dezember. Ich weiss, dass Mac heute ein Konzert gibt. Er hat sich lange auf diesen Abend gefreut: "Wer weiss, wie das kommen kann. Vielleicht bin ich dann dermassen gut drauf, dass ich dem ganzen Publikum verkünden muss, dass ich dich kennengelernt habe. Du kannst ja deinerseits dafür sorgan, dass unsere Liebesgeschichte im **"BLICK"** veröffentlicht wird."
Wir wollen fest aneinander denken, an diesem Abend. Bei mir ist heute eine Vernissage in der Galerie angesagt. Ich bin verantwortlich für den Getränkeausschank. Danach gibt´s ein grosses Fest! In meiner Fotokiste habe ich ein uraltes Foto von Mac ausgegraben. Vor Jahren ist dieses Foto zufälligerweise in meine Kiste geraten. Ich sah es in jener Wohngemeinschaft herumliegen und habe es eingepackt. Vielleicht, weil ich ein Foto von diesem "schönen Mann" besitzen wollte. Ich trage jetzt das Foto immer mit mir rum. Im Laufe dieser Nacht schütte ich übertrieben viel Tequila in mich hinein. Obwohl ich sehr betrunken bin, fühle ich mich gut und stark. Meine Gedanken drehen sich hauptsächlich um Mac! Tequila ist bekanntlich ein sehr starkes Gesöff. Jedesmal, wenn ich zuviel davon erwische, tauche ich in eine Art Delirium. Ich tanze wie eine Furie. Plötzlich, mittendrin, lasse ich mich einfach auf den Boden fallen. Ich erhebe mich und kippe erneut weg. Dieses Spiel macht mir Spass. Immer wieder lasse ich mich fallen. Der harte Boden kann mir überhaupt nichts anhaben. Die Leute wollen mir helfen aufzustehen. Die denken, ich sei so voll, dass ich nicht mehr stehen könne. Aber das ist es nicht. Ich will fallen! Ich will spüren, wie das ist. **FALLEN!** Sie schleppen mich an die frische Luft. Jemand redet mir gut zu, will mich trösten und beruhigen. "Was ist denn los? Ihr versteht mich nicht! Ich lasse mich doch **ABSICHTLICH** fallen. Es ist ein so schönes Gefühl. Es geht mir gut!" Bei der Bar lege ich mich ausgestreckt auf den Rücken, mitten in den Syph. Da liege ich, und rund um mich herum quengeln und rammen sich die Leute. Ich schreie, ich singe, ich quietsche! Kreischend liege ich inmitten der vielen Leute mit Macs Foto auf der Brust, und ich weigere mich, wieder

in die Vertikale hochzukommen. Man ermahnt mich: "Barbara, du musst aufpassen, dass dir niemand auf den Kopf tritt!" Immer wieder neue Gesichter beugen sich zu mir runter.
"Nein, nein, wenn es mir sooo gut geht, dann tritt mir bestimmt niemand auf den Kopf", behaupte ich. Ich erzähle Simone von Mac. Sie sitzt neben mir am Boden und sagt: "So, wie ich Mac kenne, ist eher er derjenige, der auf sich aufpassen muss." - "Genau so denke ich auch. Was meinst du? Ich glaube, dass er spürt, dass ich heute an ihn denke. Ich will ihm meine Kraft senden, über all die Kilometer hinweg. Ich bin ein Walfisch. Ich singe wie ein Wal! Das hört man über tausend Kilometer! uuuuuuuuuuuuuuuIIIIIIIIIIIIIIiiiiiiiiiiii..........UUUUUUUUUUAAAAAAAAAaaaaaaaaaa....... ...... Ein Liebeslied!" So liege ich etwa drei Stunden am Boden. Man lacht über mich, schüttelt den Kopf, oder man nervt sich über meine Egozentrik.

Dieselbe Nacht. Ich habe einen deutlichen Traum. Ich träume, ich würde Mac anrufen, und er klagt: "Es geht mir schlecht! Es scheisst mich an! Ich bin ganz nackt in einem dunklen Korridor. - Und ich friere!"
Am nächsten Morgen fühle auch ich mich schlecht. Erstens ist mir übel von der Sauferei, und zweitens beschäftigt mich dieser Traum. Er war sehr realistisch und geht mir einfach nicht aus dem Kopf. Den ganzen Tag bleibe ich im Bett liegen. Am Abend ruft Simone an, sie lädt mich zum Nachtessen ein. Die ganze Zeit liegt mir ein schwerer Stein auf dem Herzen. Ich habe Angst! Woher kommt diese Angst? Ich bin beunruhigt und traurig. Ich erzähle Simone meinen Traum. "Ruf ihn doch an!" rät sie. Ich kann nicht. Ich habe Angst. Ausserdem fühle ich mich krank und geschwächt. In solch einem Zustand bin ich überempfindlich. Das ist nicht gut. Nachts liege ich bei Kerzenschein im Bett und weine. Ich bin sehr, sehr traurig. "Mac! Wie geht es dir? Wo bist du? Sag mir, was ich tun soll. Ich möchte dich anrufen, aber ich kann nicht - wieso?" Mit dem Foto in der Hand erwache ich am anderen Morgen. Anscheinend bin ich eingeschlafen. Die Kerze ist niedergebrannt. Ich stehe auf. Immer noch bedrückt.

Der Stein ist nicht weg, und ich brauche frische Luft. Jetzt hämmert es in meinem Kopf: Du musst unbedingt anrufen! Ich eile zur nächsten Telefonkabine.
- "Hoi! Hier ist Barbara aus Zürich. Ist Mac da?"
- "...... mit Mac ist etwas passiert....... ich gebe dir Lisa....."
Ihre Stimme klingt traurig. **OH GOTT. OH NEIN!** Was ist passiert? Mein erster Gedanke: tot?! Ich zittere.
Lisa am Telefon: "Mac hat einen Unfall gehabt."
- **"WAS?"**
- "Er ist aus dem Auto gefallen." Auch ihre Stimme klingt traurig.
- "Aber... lebt er noch?"
- "Ja. Es geht ihm aber nicht gut."
- "Wo ist er? Im Spital?"
- "Nein, nicht mehr. Die Wunde wurde genäht. Er ist auf den Kopf gefallen. Jetzt ist er zu Hause. Es sieht nicht schön aus. Aber es wird heilen. Er hat eine Gehirnerschütterung."
- "Wie ist denn das passiert? Wann?"
- "Am dreizehnten. Wir wollten nach Rotterdam fahren, weil wir ein Konzert geben sollten. Es ging ihm an diesem Tag nicht besonders gut. Wir hatten ein paar Unstimmigkeiten. Er hat viel getrunken. Dann wollte er aus dem Auto spucken. Als er die Tür öffnete, wurde er hinausgerissen. Wir fuhren gerade auf einer Einfahrt zur Autobahn, ich wollte beschleunigen. Als es passierte, fuhren wir etwa siebzig Stundenkilometer. Ich sah nur noch seine grünen Beine wegfliegen. Wir hielten. Ich schrie, und wir rannten zu Hilfe. Zuerst ist er wieder aufgestanden, als wäre nichts geschehen. Er blutete stark am Kopf und sagte: "So, jetzt fahren wir aber nach Rotterdam." Dann fuhren wir ihn in den Notfall."
- **"ICH KOMME!"** schrie ich in den Hörer.
- "Ich glaube, da würde er sich freuen."
- "Ich ruf´ zurück und sage euch, wann ich kommen kann."
Ich brauche frische Luft. Ich bin vollends aufgelöst und zittere am ganzen Körper. Zum Glück kommt gerade Simone um die Ecke. Ich werfe mich ihr an den Hals und weine. Wir gehen in eine Kneipe - Simone versucht, mich zu beruhigen. Das Bier

brauche ich jetzt. Ich kann es gar nicht fassen, was geschehen ist. Ich muss an den Traum denken, und an die Nacht, als ich mich immer wieder auf den Boden fallen liess. Etwa zur gleichen Zeit...

Ich telefoniere mit Peter. "Mac hat einen Unfall gehabt, ich muss zu ihm. Er braucht mich jetzt. Kannst du für diese Zeit jemand anderes in der Galerie einstellen?" Natürlich versteht er das. Die gute Simone übernimmt meinen Job für ein paar Tage. Über die Weihnachtszeit bleibt die Galerie ohnehin geschlossen. Ich buche ein Flugticket. Morgen schon werde ich in Holland sein. **MAC,** ich komme! Ich rufe Lisa an. Sie erzählt: "Vor wenigen Minuten hat Mac prophezeit: Du wirst sehen, die ist so verrückt und kommt mit dem Flugzeug."

Ein weiteres Telefon. Ich erfahre weniger Gutes: Lisa weint und erzählt, dass sich Mac wieder im Spital befinde. Sein Kopf ist stark angeschwollen. Er kann nichts mehr sehen. Der Arzt ist bei dem Anblick erschrocken und hat ihn sofort wieder ins Spital zurückgeschickt. Das ist gefährlich. Es befindet sich Eiter im Kopf.

Ich bin hysterisch und telefoniere mit meiner Mutter. Ich heule mich aus und rufe immer wieder in den Hörer: "Warum? Warum muss Mac das passieren? Warum muss mir das passieren? Es ist, als würde sowas nicht in mein Leben passen. Muss ich jetzt tatsächlich das alles auch noch erleben? Ich habe Angst, dass er stirbt!"

- "Beruhige dich, Barbara. Mac wird nicht sterben! Versuche, dich zu entspannen und bleibe zuversichtlich. Wenn du Mac besuchst, wirst du ihm mehr helfen, wenn du stark und ruhig bleibst. Er braucht das jetzt. Du musst ihm beistehen und ihm von deiner Kraft geben, damit er möglichst schnell wieder gesund wird." Das wirkt. Ich begreife.

Ich bin am Flughafen. Mein blaues Haar bildet einen starken Kontrast zu den gelben Plastiksitzen. Rund um mich schwarzgekleidete Herren mit Aktenkoffern. Ich stehe da, im schweren Ledermantel (mein Schutzpanzer), das Bier in der Hand und warte. Und warte... Ich komme! murmle ich. Wieder optimistisch und ruhig.

In Amsterdam angekommen, rufe ich Lisa an. Ich will wissen, wo sich das Spital befindet. - "Mac ist wieder zu Hause!" Ein gutes Zeichen. Ich juble innerlich vor Freude.
Mac sitzt auf dem Bett und lacht. Mein Gott, der sieht ja viel gesünder aus, als ich mir das vorgestellt habe! Er kann sitzen und sprechen und lachen! Sein Gesicht ist immer noch sehr entstellt. Ein Auge ganz zugeschwollen. Die Stirn, die Wangen, das Kinn vollkommen aufgedunsen. Man würde ihn nicht mehr erkennen. Aber er lacht! Die Freude ist gross! Wir umarmen uns. Vorsichtig. An der einen Hand und an der Hüfte hat er sich ebenfalls Verletzungen zugezogen. "Ich habe mir eine halbe Leiche vorgestellt. Aber du siehst eigentlich fast gut aus. Bin ich froh, dass du nicht im Spital bleiben musstest", sage ich erleichtert. Wir haben uns viel zu erzählen. Aber wir wollen nichts überstürzen. Wir haben Zeit. Ich kann fast einen Monat hierbleiben, wenn Mac mich braucht. Ich werde ihn pflegen. Lisa hat Ferien in London geplant und ist froh, dass sie sich erholen kann. Sie ist müde und erschöpft. Sei dem Unfall hat sie nicht mehr geschlafen. Mehrere Male musste sie erbrechen. Ja, Mac, du stresst auch unsere Nerven. Auf jeden Fall ist Lisa froh, dass ich ihr die Pflegerolle abnehmen kann. Heute schlafe ich bei Mac im Bett. Die ganze Nacht drücke ich mich an ihn und halte ihn fest. Die Nächte sind am schlimmsten. Mac hat Schmerzen. Er nimmt Medikamente. Ich lege ihm immer wieder den kühlen Waschlappen über die Augen. Mit Kamilosan versuchen wir, das zugeschwollene Auge feuchtzutupfen. Er kann bereits ein wenig sehen. Aber er hat starke Kopfschmerzen, ist müde und sehr aufgewühlt. Schliesslich ist er hautnah am Tod vorbeigekommen. Wir reden viel. Mac macht sich viele

Gedanken. Über den Unfall, den Sinn davon. Über das Leben, den Tod. Das verändert.
Mac erzählt mir über den Unfallhergang. Seine eigene Version: "Ich war betrunken. Ich fühlte mich nicht gut. Dann habe ich in das Auto gespuckt. Jemand hat gesagt: Aber Mac, muss das sein?! Ich wollte also auf die Strasse spucken. Und in jenem Moment glaubte ich, DICH am Strassenrand zu sehen. Du standest da und hast geleuchtet. Es erinnerte mich an den Abend, als du die Madonna auf dem Kopf hattest... Da habe ich die Tür geöffnet, und es hat mich rausgezogen. Man könnte aber auch sagen, ich bin ausGESTIEGEN. Zum Glück habe ich im Judo das Fallen tausendmal geübt. Vielleicht hat mich das gerettet. Im Spital lag ich auf der Bahre und habe gesungen... "Under the water! ... The blue water!..."
- "Vielleicht hast du meinen Walfischgesang gehört", sage ich.
Eines Nachts - ich schlafe in einem anderen Bodenbett, weil heute Lisa neben Mac liegt - erwache ich, weil Mac schlecht träumt. Er schwitzt und stöhnt. Ich setze mich zu ihm, halte seine Hand. Lege einen kühlen Lappen auf seine Stirn und streichle ihn, damit er sich beruhigt. Ich bleibe etwa zwei Stunden so sitzen. Mac murmelt immer wieder im Halbschlaf: "Danke. Danke, Barbara." Lisa schläft fest. Sie hat es nötig. Gut, dass wir zu zweit sind. Am anderen Morgen höre ich, wie Mac zu Lisa klagt: "Du rückst im Schlaf immer von mir weg! Ich spüre gar nichts von dir. Aber Barbara, die umarmt mich immer die ganze Nacht. Heute ist sie stundenlang an meinem Bett gesessen und hat meine Hand gehalten. Während DU schliefst!" Mac hat etwas Wehleidiges in der Stimme. Ich finde es ungerecht, dass Mac dies Lisa vorhält. Sie tut mir in dem Moment ein bisschen leid. Und ich frage mich, ob sie nicht eifersüchtig ist. In diesen Tagen, bevor Lisa in die Ferien fährt, spüre ich, dass es oft Spannungen zwischen den beiden gibt.
Mac behauptet, dass LISA diejenige sei, die sich schon seit geraumer Zeit von ihm ablöst. Und dass sie zur Zeit noch mit einem anderen Mann, der mit nach London fährt, zusammen sei. Es sei auch gut so. Mac und Lisa sind seit vier Jahren

zusammen, und beide brauchen mehr Freiraum. Eine Pause. Trotzdem scheint Mac darunter zu leiden, auch wenn er mit dem Verstand einsieht, warum es so kommen musste. Ich bin ein wenig erleichtert, denn ich will nicht, dass Lisa das Gefühl hat, ich wolle ihr Mac ausspannen. Aber dem ist anscheinend nicht so.
Lisa ist in London. Ich bin immer an Macs Seite. Ich erfülle ihm alle Wünsche. Und wenn er nicht zu müde ist, reden wir. Da gibt es viel. Wir erzählen uns eine Menge Kindheitserinnerungen. Manchmal streichle ich Mac stundenlang. Er geniesst es. Es geht ihm immer besser. Von Tag zu Tag wird ein kleiner Fortschritt sichtbar. Immer wieder müssen wir versuchen, den Eiter rauszudrücken. Es fliesst! Ganze Tassen voll! Ich bin für diese Rolle als Krankenschwester geboren. Ich wünschte mir schon immer, einen geliebten Menschen pflegen und verwöhnen zu dürfen. Ich bin sicher, dass ich einen Teil zu seiner Genesung beitragen kann. Das freut mich. Manchmal bin ich auch etwas traurig, weil ich fühle, wie überfordert Mac ist. All die wirren Gedanken, die jetzt, wo er so viel Zeit hat, in ihm hochkommen. Ich kann ihm nicht immer helfen. Vieles muss er mit sich selber austragen. Trotzdem. Seine Schwermut überträgt sich ab und zu auch auf mich. Aber ich finde es gut, dass er sich all diese Gedanken über sich und sein bisheriges Leben macht. Das ist eine Art Erneuerung und geistreinigend. Diese Wochen stärken unsere Freundschaft. Wir lernen uns kennen, und ich mache an Macs Seite eine wichtige Phase in seinem Leben durch.
Als Lisa aus London zurückkommt, geht es Mac bereits viel besser. Er steht zum ersten Mal auf und macht mit Lisa einen Spaziergang durch Amsterdam. Jetzt ziehe ich mich manchmal ein bisschen zurück, weil ich das Gefühl habe, dass sich die zwei viel zu erzählen haben. Ich bleibe aber noch ein paar Tage, weil ich mit Mac noch Neujahr feiern will. Das haben wir uns so vorgenommen.
Der einunddreissigste Dezember. Lisa und die übrigen Mitglieder der Wohngemeinschaft fahren in die Stadt. Ich bin mit Mac fast allein im Haus. Er trägt heute meine Jacke. Ich habe sie selber genäht. Ein kleines Kunstwerk. Die Jacke ist blau-schwarz-

golden, sie glitzert. Mac sieht darin aus wie ein Prinz. "Weisst du was? Die Jacke schenk´ ich dir. Du siehst darin viel besser aus als ich!" Mac kann es kaum fassen. Er umarmt mich. Ein gutes Geschenk! Ich freue mich. "Ich will dir auch etwas schenken", sagt Mac.
Heute zeigt mir Mac viele Kartentricks. Ich staune und lache: "Du bist ja ein echter Magier." Ich bin leicht übers Ohr zu hauen. Wir bekommen Lust, Macs Zimmer aufzuräumen. Wir wollen es uns gemütlich machen. Wir wischen und beziehen das Bett frisch. Wir stellen Kerzen auf, machen uns belegte Brote und wollen den Sekt im Bett trinken. Das Bodenbett für Lisa richten wir so her, dass sie nur noch reinschlüpfen kann. Wir stellen ihr auch noch eine Kerze hin. Wie Lisa heimkommt, liegen wir im Bett und schwatzen. Lisa ist stockbesoffen. Sie knallt sich in die Federn und lallt übermütig vor sich hin. Innerhalb von wenigen Minuten pennt sie wie ein Stein.
Mac und ich schlafen miteinander. Es ist anders als die letzten Male in diesen Tagen, wo wir uns liebten. Ich bin einfach nicht richtig bei der Sache. Vielleicht stört mich die Tatsache, dass wir es tun, wenn Lisa im selben Zimmer schläft. Ich habe sowas wie ein schlechtes Gewissen. Wir lieben uns wild und rauh... Ich schrecke hoch! Eine Kerze ist umgekippt und hat eine Zeitung in Brand gesetzt. Wir löschen die Flammen. Die Erotik ist verflogen.
Am vierten Januar werde ich nach Zürich zurückfliegen. Mac macht mir ein grosses Geschenk. Der hölzerne Schmuck, den er seit zwei Jahren immer um sein Handgelenk getragen hat, gehört von jetzt an mir. Es ist ein geschnitzter Holzpenis an einer Lederschnur. Er hat ihn in Portugal in einem Stall gefunden. Er sagt: "Du hast mir sehr geholfen. Ohne dich wäre ich nie so schnell wieder gesund geworden. Dafür will ich dir tausendmal danken."
An einem Sonntagmorgen verlasse ich das Haus und spaziere in Richtung Bahnhof. Mac schaut aus dem Fenster, lacht und winkt. Ich habe viel erlebt und werde das Alleinsein brauchen, um das alles zu verarbeiten. Mit Mac zusammen bin ich in das neue Jahr gerutscht. Ein guter Anfang!

Wieder zu Hause. Hier ist alles unverändert. Die Mansarde hat brav auf meine Heimkehr gewartet. Alles ist beim Alten geblieben. Es ist kalt. Es liegt Schnee auf den Strassen. Plötzlich bin ich wieder die meiste Zeit allein mit mir. Ich bin voll von guten Erinnerungen. Es sind neue Gefühle, die mich jetzt beherrschen. Ich weiss, dass - wenn auch weit entfernt - ein Mensch lebt, mit dem zusammen ich mich stark fühlen kann. Durch die nächtelangen Gespräche mit Mac habe ich einiges dazugelernt. Ich bin einer anderen Barbara begegnet. Ich wusste zwar, dass es sie gibt, aber ich habe es oft verdrängt. "Die kann warten!" dachte ich vielleicht. Mac hat diese Barbara in mir wachgerufen. Zuvor hatte ich Angst davor, mich alleine zu fühlen - wenn keiner diese Barbara versteht. Wenn ich dieses Ich niemandem anvertrauen könnte. In Mac habe ich eine Person gefunden, zu der ich dieses Vertrauen habe.

Mit ihm erlebe ich eine Zeit, in der ich meine romantische Veranlagung und meinen Hang zum Mystischen endlich ausleben kann.

Mit achtzehn beschäftigte ich mich stark mit unerklärlichen Dingen. Ich fing an, daran zu glauben, dass es sowas wie übernatürliche Kräfte gibt. In dieser Zeit habe ich ein paar Erlebnisse gehabt, die mir Angst einjagten. Ich fühlte eine Grenze, die mich faszinierte. Ich kriegte Lust, diese Grenze zu überschreiten - aber wer weiss, was auf der anderen Seite dieser Grenze ist? Und ob ich dann wieder zurück kann? Ich wusste auch nicht, WIE ich diese Grenze überschreiten könnte. Weiss ich noch immer nicht. Aber ich versuche, mit einer Einstellung zu leben, die solche irrationalen Kräfte annehmen kann. Früher hatte ich Angst davor. Ich verdrängte fast alles, was damit zusammenhing. Mac hat mir diese Angst zum Teil nehmen können. Ich geniesse es, dass mein Wahrnehmungsfeld dadurch breiter geworden ist.

So träume ich viel vor mich hin. Ich bin ein Stück weit von meiner Bodenständigkeit weggetreten. Es heisst jetzt bereits: "Die Barbara ist auf dem Mystiktrip." Man lächelt ein wenig. Peter sagt: "Wenn du soweit bist, dass du an der Decke schweben kannst, dann machen wir eine Performance und viel Geld.". "Ich weiss, dass es Leute gibt, die sich um mich ein wenig Sorgen machen. Sie denken, ich würde mich in etwas hineinsteigern und nicht mehr davon runterkommen. Andere sehen es als einfache Spinnerei. Aber wer mich gut kennt, der sollte spüren, dass es auch noch andere, handfestere Dinge gibt, mit denen ich mich ebenfalls beschäftige. Ich bin reicher geworden - nicht einseitiger! Es ist schliesslich selbstverständlich, dass mein Alltagsleben weitergeht. Ich kann immer noch wie alle anderen das Geschirr spülen, banale Gespräche führen und meine Rechnungen einzahlen, ohne da einen höheren Sinn hineinzuinterpretieren! Ich funktioniere.

Heute schaue ich mir im Fernsehen einen Dokumentarfilm an. Er ist von einem Filmemacher (ein ehemaliger "Achtundsechziger"), der Jugendliche portraitiert hat. Der Film soll Einblick schaffen in einen bestimmten Kreis der Schweizer Jugend von heute. Die meisten von ihnen treffen sich im "Xenox". Das ist eine Zürcher Disco, in die nur "anständige, aufgestellte" Leute reingelassen werden. Mein Gott. Dieser Film gibt mir beinahe den Rest! Ich weiss nicht mehr, ob ich heulen, lachen oder wütend werden soll. Auf jeden Fall bin ich ziemlich betroffen! Alle diese Jugendlichen erzählen ein und dasselbe. Alle träumen von Luxus. Alles, was sie sich für ihre Zukunft wünschen, ist Geld, Geld und nochmals Geld! Dann kommen schöne und nette Frauen oder Männer. Kinder, Familienglück. Wobei niemand sagen kann, was er unter "Glück" versteht. Teure Autos. Villa mit Swimmingpool. Und natürlich bei allen beliebt sein! Möglichst immer gute Laune aufweisen und bei den anderen ankommen. Etwas anderes kommt nicht! Ich glaube, dieser Filmemacher will eigentlich mehr wissen. Persönlicheres. Weniger Allgemeines. Das spüre ich aus seinen Fragen. Diese Leute bleiben stumm und meinungslos. Sie haben für ihn und seine Fragen höchstens ein Achselzucken oder ein verlegenes Lächeln übrig. Er wird sichtlich resignierter und leicht depressiv. Aus einem Mädchen kann er herausquetschen: "Ja, eigentlich ist es schon irgendwie so, dass man immer gut gelaunt sein muss,

auch wenn einem nicht so danach zumute ist - irgendwie, oder? Aber man spricht halt nicht darüber, wenn man traurig ist, oder? Manchmal kann es schon so sein, dass man von allem irgendwie den Anschiss hat. Mit dem Freund, den Eltern oder mit der Schule." Auf die Frage, was man denn dagegen tun könnte, sagt sie: "Ich weiss nicht. Man erwartet halt irgendwie von mir, dass ich aufgestellt bin. So ist das eben!"
Ich komme richtig ins Rotieren! Ich kann es kaum glauben, dass es sowas überhaupt gibt! Am liebsten würde ich in den Film reinreden. Das muss ja verheerend sein, wenn man sich nie über sich Gedanken macht. Wenn man seine Gefühle so unterdrückt! Wenn im Leben solcher Leute einmal die Zeit kommt, in der sie die Kraft nicht mehr aufbringen, um alles zu verdrängen, wird mit einem Knall plötzlich alles hochkommen. Die wären überfordert. Starke Gefühle, mit denen sie nicht umzugehen wissen. Es muss ein Schock für solche Leute sein, wenn ihre einfache, saubere Lebenseinstellung und Planung über den Haufen geschmissen wird. Sie müssten dann aufwachen, um einzusehen, was sie sich alles nur vorgelogen haben. Ich würde gern mal mit so jemandem ins Gespräch kommen. Den würde ich auf einen Stuhl nageln, damit er keiner meiner Fragen entrinnen könnte. Ich bin wütend und ausser mir! Vielleicht wäre zum Schluss doch **ICH** diejenige, die das ernste Spiel verlieren würde. Diese sogenannten Angepassten sind dermassen in der Überzahl, dass ich bei diesem Gedanken in Ohnmacht fallen könnte. Mir wird wieder einmal bewusst, dass ich in einem auserwählten Kreis verkehre. Ich kriege gar nicht mit, wieviel Unterschiedliches in den tausend Gehirnen um mich herum abläuft. Wenn ich hier für mich und andere schreibe, vergesse ich dabei ganz, dass viele Leute mir widersprechen würden. Wie viele, die mich und meine Art nicht verstehen oder mich nicht mögen! Es ist doch so, dass solche wie ich in dieser Gesellschaft, oder ich kann sogar sagen: auf dieser Welt, unerwünscht sind. Zumindest will man das Land von solch Unruhigen reinhalten. Das macht mir oft so viel Angst, dass ich meine Zukunft immer verschwommener vor mir sehe. Ich bin überhaupt nicht

politisch aktiv. Meine Politik geht in meinem Kopf ab, in meinen vier Wänden. Ich kämpfe - eigentlich egoistisch - für mein privates Wohl. Aber ich habe manchmal Angst, dass man mir weh tun könnte. Dass man mich nicht mehr in Ruhe lässt. Solange ich mein Leben im Verborgenen führe, solange ich nicht aufdringlich und dem Staat unbequem werde, kann das ja noch knapp gutgehen. Nehmen wir aber nur einmal an, meine Vermieterin würde lesen, was ich hier alles schreibe. - Ich müsste glatt damit rechnen, dass die mir meine Wohnung kündigt. Scheisse nochmal!

Ich liege im Bett und kann nicht einschlafen. Es ist drei Uhr dreissig. Stille. Der Winter draussen verschluckt alle Geräusche. Ich könnte mir auch vorstellen, dass ich in diesem Raum im Universum schwebe. Mein Atem pfeift. Diesmal kommt es aber nicht vom Rauchen. Seit einer Woche schleppe ich einen hartnäckigen Husten mit mir rum. Er macht mich zu einer Attraktion. Mein Keuchen klingt so gefährlich wie Tuberkulose. Alles andere als harmlos. Wenn ich auf der Strasse einen meiner Anfälle habe, bleiben die Leute stehen. Wenn man bedenkt, dass fast alle Krankheiten psychosomatisch sind, würde ich behaupten: "Es hat mir die Sprache verschlagen!" Weil ich verliebt bin. Ich kann es eben nicht in Worte fassen, wie es um mich steht.

Zwei Kerzen brennen. Seit ich aus Holland zurück bin, lasse ich das Wachs wieder schmelzen! In Macs Zimmer haben die Kerzen beinahe vierundzwanzig Stunden am Tag gebrannt. Ich glaube, dass es seltsame Männer waren, die mich von meiner eigentlichen Liebe zum Kerzenlicht abgebracht haben. Es ist wirklich lächerlich, wenn ich mir das überlege. Die mussten vielleicht männlich sein, wenn sie zu mir sagten: "Du mit deinen Kerzen, in deinem romantischen Mädchenzimmer!" Als ob sie sich widerwillig dazu verführt fühlen, von ihren Gefühlen zu erzählen, sobald eine Frau eine Kerze anzündet. So in dem Stil: "Ah, hallo! Jetzt wird´s intim!"

Gestern habe ich mit Mac telefoniert. Er sagt, dass er schon bald nach Zürich kommen will. Das ist schön. Es macht mich etwas ruhiger. Ich kann die Zeit eher nehmen, wie sie ist. Es ist nicht mehr alles so ungewiss. Ich kann mich wieder besser in den Alltag vertiefen, der die Tage kürzer macht. In den letzten Wochen habe ich empfunden, als würde das Leben nicht mehr so einfach weitergehen wie früher. Ich versuche, die Zeit zu überbrücken. Weil ich auf das Wiedersehen warte. Nicht, dass ich ohne Mac ein trauriger, apathischer Mensch wäre. Aber ich weiss, dass ich **MIT** ihm glücklicher bin. Es gibt Augenblicke, in denen ich ihn ganz stark vermisse und mit ihm reden möchte. Er ist nicht da! Eigentlich bin ich neugierig zu erfahren, wie sich

diese Gefühle entwickeln, wenn ich ihn lange Zeit nicht mehr sehe. Werde ich ihn immer stärker oder immer weniger vermissen? In einem Buch springt mir ein Satz von Handke ins Auge. Da heisst es: "Abwesenheit von einem geliebten Menschen; - jede kleine Alltagshandlung wird oft gleichsam eine heidnische Weihezeremonie für sein Wohlergehen. Selbst das lächerlichste, wie gerade das Treten des Wasserhebels im Zugsklosett, als eine tiefsinnige Gebetsverrichtung."
Vier Uhr.
Immer noch kein bisschen müde. Na, war ja auch alles andere als ein anstrengender Tag heute. Ich habe mein Haar nochmals blau eingefärbt, wieder mal den Abwasch gemacht, aufgeräumt und gesaugt. In einem Buch gelesen. Ein Bild gemalt, dann den blöden "Flipper" im Fernsehen angeglotzt. Dann habe ich noch ein Bild gemalt, während eine Sendung über Inzest lief. Das hat mich an einen Traum der letzten Nacht erinnert: Ich habe mit einer Frau geschmust. Wir wurden dabei "ertappt". Wir regten uns darüber auf, dass man deswegen ein schlechtes Gewissen haben muss.
Oben auf den Wandschrank habe ich einen frischen Knoblauch hingestellt. (Den anderen brauchte ich zum Kochen.) Der erste ist eher zufälligerweise dorthin geraten. Nur so aus Gedankenlosigkeit. Etwa so, wie man in Küdes Kühlschrank seinen Socken begegnen konnte. Aber ich fand es lustig, dass jedermann, der mein Zimmer betritt, mich auf den Knoblauch anspricht und fragt: "Glaubst du an Vampire?" Ich sage natürlich "Ja".
Nach dem Essen hörte ich im Radio ein Gespräch über **AIDS**. Es ist auffallend, wie sich die Beiträge zu diesem Thema häufen. Wohl nicht grundlos. Die Leute, die in dieser Runde diskutierten, wurden immer engagierter und erregter. Es war so, als ob ich mich immer mehr von diesem Problem entfernen würde. Bald war ich leer, meinungslos und gelangweilt. Ich machte das Radio aus. Vielleicht war ich in meinem Innersten auch verzweifelt. Selbstschutz!
Dort in der Zimmerecke die Schneiderbüste meiner Grossmutter. Sie trägt den gestreiften, bunten Pullover, den ich seit einer

Ewigkeit fertigstricken sollte. Aber Stricken liegt mir nicht. Während die Nadeln klappern, mache ich mir immer Probleme, wo gar keine sind. Mit jeder Masche verstrickt sich auch das Problem, bis mir alles über den Kopf wächst und ich mich gewaltsam wachrütteln muss. Auf dem Decolleté der Büste steht mit dickem grünen Filzstift "Kamel" geschrieben. Das ist Saint-Justes Werk. Was er sich wohl dabei gedacht hat? Wenn ich in das Zimmer komme, sage ich: "Guten Tag, Kamel! Ich bin wieder da. Was gibt´s Neues?"
Meine Schlaflosigkeit nervt mich! Zum Glück kann ich morgen ausschlafen. Direkt neben dem Bett habe ich ein Tablar angebracht, das nicht allzu strapazierfähig ist. Ich war zu faul, das Ding anzuschrauben. Nur noch eine Frage der Zeit - oder des Gewichts, bis alles zusammenstürzt. Auf diesem Brett steht griffbereit das Telefon. Meiner Meinung nach klingelt das Telefon eher zu selten. Wenn es am frühen Morgen (das heisst für mich zwölf Uhr mittags) klingelt, kann ich vom Bett aus den Hörer abnehmen. Vorher muss ich mich räuspern, mir dann Mühe geben, dass mein "Ja?" möglichst hellwach klingt. Ich staune jedesmal, wenn man mich fragt: "Habe ich dich geweckt?" Gestern sass Frank neben mir und erzählte Geschichten von den Menschen und der Welt. Während ich Löcher in das Kaffeerahmdeckeli stach und das Gefühl hatte, dass das Tischtuch immer röter wird. Es wäre schön, wenn ich jeden Augenblick, der so unscheinbar vorübergeht, mit einer Bewusstheit wahrnehmen könnte. So, dass es viel mehr Dinge im Leben gäbe, die zu kleinen Wundern werden, die man geniessen kann.

NACHTGEDANKEN! Ich werde versuchen zu schlafen. Ich sehe mein Spiegelbild. Ich sehe gut aus heute, finde ich. Wenn ich einen Film machen würde, wäre die Kamera da, wo die Augen sind. Sie filmt das, was ich sehe. Der Film würde damit enden, dass ich nackt vor dem Spiegel stehe, mich anschaue, das Licht ausdrehe. Dann ist es dunkel. Man hört mich noch leise seufzen; der Film ist fertig.

Sonntag. Ich döse bis in den Nachmittag hinein. An Sonntagen werde ich am stärksten mit den Nachteilen konfrontiert, die das Alleinwohnen mit sich bringt. Ich erwache und erinnere mich daran, dass wir Sonntag haben. Eindeutig der mieseste Wochentag. "Was heute?" Keine Pläne, keine Verabredung, nichts! Alle Geschäfte, die meisten Kneipen sind heute geschlossen. Die Strassen sind wie ausgestorben. Der Kühlschrank ist leer. Die Ruhe in diesem Haus ist ätzend. Also bleibe ich liegen. Da gibt es nichts, wofür es sich lohnen würde aufzustehen. Ausserdem ist es kalt. Was tun denn all die anderen heute? Die sind wenigstens nicht allein. Die hängen vielleicht zu viert in der Wohnung rum und haben deshalb nicht das Gefühl, etwas zu verpassen. Man frühstückt ausgiebig. Man glotzt zusammen in die Kiste und nervt sich gemeinsam über das fade Sonntagnachmittagsprogramm. Man nimmt vielleicht ein Bad und hört die anderen schwatzen und rätseln, was man heute unternehmen könnte. Gemeinsam ins Kino gehen? Oder ein Bier trinken?
Wenn ich aufwache, dann nicht deshalb, weil es schon nach Kaffee riecht oder Musik an mein Ohr dringt. Wenn ich mich aus dem warmen Bett hieve, dann nicht deshalb, weil ich die Leute in der Küche erzählen höre, was sie in der letzten Samstagnacht alles erlebt haben. Ich muss all meinen Power zusammenraffen und daran denken, dass man als Einsiedler immer versuchen muss, sich etwas zuliebe zu tun.
Also schlüpfe ich in die Schuhe und den Morgenrock, begebe mich in die noch kältere Küche und setze Kaffee auf. Dann lege ich eine Platte auf. Mit einer Tasse Kaffee krieche ich wieder unter die warme Decke und schaue gelangweilt aus dem Fenster.
Ich bin belastet von einem nächtlichen Alptraum: Aus meinen Oberschenkeln sind Würmer und Maden geschlüpft. Hässliche, widerliche Dinger. Lange, fette, dünne, dunkle, weisse und blutige Würmer, die, wenn ich rumdrückte, wie Mitesser hervorschossen. Pfui Teufel! Ich habe einen ganz langen, fetten, weissen Wurm gekotzt. Ich wusste, dass noch so ein Monster in meinem Magen liegt. Es war ganz grässlich; sehr realistisch. Ich rief: "In mir drin ist ein Tier, das mich von innen her auffrisst!"

Schweissgebadet bin ich hochgeschreckt, habe als erstes meine Oberschenkel untersucht und daran rumgedrückt. Ich konzentrierte mich auf das Gefühl in der Magengegend. Der Traum war dermassen eindringlich, dass ich im Wachzustand immer noch sehr misstrauisch war. Jetzt suche ich nach einer Erklärung. Was soll das heissen? Ich erinnere mich, dass ich gestern vor dem Einschlafen noch etwas auf ein Blatt Papier gekritzelt habe. Ich lese: "Was ist diese plötzliche Traurigkeit? Sie ist in mir. Sie kommt aus mir. Und sie hat mit meinen Ängsten und Wünschen zu tun!" - Die Würmer?

Meine Gedanken sind verwirrt und ungeordnet. Ich kann nicht sagen, weshalb ich so unzufrieden und melancholisch bin. Und gleichzeitig ist da noch eine Leere und Gleichgültigkeit.

Im Wintermantel knie ich auf dem Stuhl. Wieder mal hänge ich vor der Glotze, wie es öfters vorkommt, wenn ich von mir und allem um mich herum genug habe. Das Geflimmer sollte eigentlich zerstreuend wirken. Aber "Der Fluch des Tut-Ench-Amun" kann mich überhaupt nicht in Bann schlagen. Ich kaue den letzten Rest, der von meinen Fingernägeln noch übrig ist. Ich bringe diese Panikstimmung, die dieser Traum ausgelöst hat, einfach nicht aus mir raus. Mein Zustand erinnert an vergangene Zeiten. Damals war dieses Bedrücktsein schon fast zur Gewohnheit

geworden. Innere Krämpfe, Hirnbrennen, Unzufriedenheit mit mir selber; das Gefühl von Einsamkeit und Unsicherheit den anderen gegenüber. Das waren früher meine ständigen Begleiter, könnte man sagen. Seit den acht Monaten, die ich alleine hier wohne, geht es mir besser. Ich kann mich an keine längere Krise zurückerinnern. An keine grössere Depression. Ich bin viel ausgeglichener, wacher und stärker geworden. Ich kann mich nicht mehr in dieses Faul hineinsteigern, weil niemand da ist, der mich bemitleidet und mir bestätigt, dass ich nur recht habe, wenn ich mich ein Arschloch finde. Es ist auch niemand da, der mir die Tränchen wegwischt und mir gut zuredet. Deshalb muss ich mir jedesmal, wenn es mir so verschissen geht, sagen: "Also Barbara, entweder heulst du die ganze Nacht durch, bis zur Totalerschöpfung, oder du reisst dich jetzt mal zusammen und versuchst, dein Puff anders zu sehen. Mach was aus diesen Gefühlen! Du malst jetzt ein Bild oder schlägst deine Trauer in die schwarzen Tasten deiner Schreibmaschine!" Falls auch das nicht mehr nützt, kann ich immer noch jemanden aufsuchen, bei dem ich mich aussprechen kann. Es ist schliesslich auch schon vorgekommen, dass jemand mitten in der Nacht an meine Tür geklopft hat, weil er sich dem Abgrund allzu nahe fühlte.
Von mir aus können meine Freunde lieber einmal zuviel als einmal zuwenig auftauchen. Nur müssen sie respektieren, dass auch ich meine weniger guten Zeiten habe, nicht immer Kraft finde, ihnen **ALLES,** was sie brauchen, geben zu können.

Na also. Krise überwunden. Diese negativen Einflüsse und die dunklen Gefühle haben mich drei Tage lang verfolgt. Ich kann sie nicht einfach abschütteln. Positive Gedanken tun mir zwar gut, aber ich spüre, dass ich durch die Grundstimmung durch muss. Nachts immer diese unschönen Träume, die mich auch am Tag danach noch beschäftigen. Ich habe mich wieder einmal durch die schlechte Phase gewühlt. Mich so wenig wie möglich der Aussenwelt gezeigt. Mich in meinen vier Wänden verkrochen, in meinem Bett, in einem Buch. Immer auf einen besseren Morgen gehofft.
Ja, und heute erwache ich und fühle mich wie neu geboren. Fit und frisch. Voller Enthusiasmus. Alle Zweifel wie weggeblasen. Ich räume mein Zimmer auf. Reisse die Bettwäsche mit dem kalten Schweiss der schweren Nächte von der Matratze. Ich werde mein Bett neu beziehen, so dass es wieder ganz frisch riecht. Erneuerung! Ich bin wieder offen für "glücklichere" Zufälle und schönere Tag- und Nachtträume.
Die Sonne scheint. Es zieht mich nach draussen. Ich will an der Langstrasse einen Kaffee trinken. Treppe runter. Briefkasten leeren. Oh, siehe da! Post! Von Mac! Oh Jubel! Heissa, was für ein Tag! Ich drücke das riesige, schwarze Ding an mich. Er hat ein Bild draufgeklebt. Blaues, wildes Meer. Meine Adresse hat er in den Himmel geschrieben. Ich klemme den Umschlag unter den Arm und hüpfe fast die Strasse runter. Den Kaffee trinke ich schneller als vorgesehen, denn ich kann es kaum erwarten, den Brief zu öffnen. Ich will dabei ganz ungestört sein. Auf dem Heimweg kaufe ich eine leuchtend hellgrüne Wolldecke. Ich lege meine Lieblingsplatte auf, stecke mir eine Zigarette an und öffne den Brief. Ein Riesenformat! Er hat die Rückseite eines Plakates beschrieben. Alles ist vollgeklebt mit Bildern, Fotomontagen. Kleine vollgeschriebene Heftchen. Alles ist aufklappbar. Alles kann man auf den Kopf stellen, und man entdeckt immer wieder Neues. Ein Kunstwerk. Mit Herzklopfen knie ich auf diesem grossen Stück Papier. Ich versinke regelrecht in Macs Handschrift. Satz für Satz sauge ich in mich auf. Ein Liebesbrief. Der schönste Brief meines Lebens. Jemand anders würde sich in diesem

Augenblick kneifen, um zu prüfen, ob nicht alles nur ein Traum ist. Ich bin überdreht und innerlich geladen. Ein Gefühl, als würde ich auf einem Hochspannungsmast sitzen, mit Aussicht über die weite Landschaft. Später bilde ich den Satz: "Je suis en train de fondre..."

Spät nachts komme ich nach Hause. Gustav und ich haben auf mein Glück getrunken. Gustav ist dreissig. Eine Stimmungsbombe, mit Hochs und Tiefs, wie ich. Oft sehr leutselig und tendiert dahin, allzu oft der Liebe zum Alkohol nachzugeben, wie ich. Er teilt mit mir die Ader zur Sentimentalität und zum Selbstmitleid. Wir sind zwei Kitschnudeln mit weichem Herz und glänzenden Augen. Er leidet unter seinem Bierbauch und überflüssigen Pirellis. Sein Wahlspruch lautet: "Ich sage mir: lieber viel Gustav als kein Gustav!" Heute meinte er: "Der Kopf steckt in einem Mixer!" Das passt. Er ist auch jemand, der oft in innerem Widerstreit leben muss. Trotzdem sind wir beide zufrieden damit, diejenigen zu sein, die wir sind. Was wäre die Welt ohne Gustav und Barbara! Wir haben uns heute gestanden, ab und zu der Überzeugung zu sein, wir seien dazu geboren, der Menschheit zu zeigen, "wo dä Bartli dä Moscht holt"! Also, heute wollten wir in der "Stray Cat"-Bar noch schnell ein Bier trinken gehen. Wäre vorauszusehen gewesen, wie das endet. Aus einem Bier wurden vier. Mit dem Besen mussten sie uns vor die Türe kehren! Mit runden Füssen bin ich dann nach Hause gekommen. Im Halbdunkeln sitze ich nun auf dem Bettrand. Eine schwammige Schwere im Bauch. Ich nehme das Telefon vor mich hin. Ohne den Hörer abzunehmen, stelle ich die zwölf Zahlen ein, die mich mit Holland, mit Mac verbinden würden. Ein Spiel. Ich nehme den Hörer ans Ohr. Mit der anderen Hand drücke ich auf die Taste, damit der Piepston wegbleibt. Ich sage laut: "Hoi, da ist Barbara... Ja... und du?... ja... äh, ist Mac da?... Gut, ich warte... Tschau." Ich warte. "Mac? Hoi!................ Ja, es geht eigentlich. Ich habe den Brief gekriegt. So schöööön............ ja?................"
Ich erzähle alles, was mir in den Sinn kommt. Seine Antworten stelle ich mir einfach vor. Ich beende das Gespräch (damit die

Rechnung nicht allzu hoch kommt) und hänge ein. Ich denke: Mann, bin ich denn ganz übergeschnappt? Bin ich kindisch! Solche absurden Spiele mache ich erst, seitdem ich Mac kenne. Witzig wäre es, wenn mich ein Nachbar bei diesem Telefon belauscht hätte, ohne zu schnallen, dass gar niemand am Draht ist.
Ich lege mich ins Bett. Ich schlafe unruhig. Anstatt wegzugleiten, ist es, als ob ich im Halbschlaf weiterdenken würde. Ich hirne rum bis frühmorgens um sechs Uhr. Ich erwache. Es ist immer noch dunkel. Ich weiss, dass um diese Zeit alle meine Freunde im Bett liegen und schlafen. Das hat was Beruhigendes an sich. Als ich wieder in den Schlaf sinke, kommt endlich ein Traum. Irgendein Typ will Streit mit mir anfangen. Zuerst beunruhigt mich das. Aber dann sage ich zu ihm: "Weisst du was? Sag mir doch einfach, was dir nicht passt. Du kannst mir keine Angst einjagen, denn ich weiss, dass es nur ein Traum ist. Du bist eine blosse Erfindung meines Unterbewusstseins. Ich weiss genau, dass ich meine Träume steuern kann, wenn mir klar wird, dass ich im Bett liege und träume." Ich lege den Arm um seine Schulter: "Siehst du, jetzt sind wir keine Feinde mehr. Wenn ich dir Fragen stelle, musst du mir diese beantworten. Denn das ist MEIN Traum! So kann ich mir alle Traumfeinde zu Freunden machen. Luzid träumen nennt man das." Ich erwache kurz und bin ganz stolz auf das, was mir da gelungen ist.

Sirenengeheul! Seltsame Art, geweckt zu werden. Noch mit geschlossenen Augen lausche ich diesem Maschinengejaule. Können der Menscheit wirklich Angst einjagen, diese eindringlichen Töne. Und wenn es nun kein Probealarm ist? Ich stelle mir vor, dass es ein ganz angenehmer Tod sein könnte, hier in meinem Bett ganz alleine zu sterben. In Staub zerfallen. Verseucht. Ich muss lachen, weil mir in den Sinn kommt, was Natal vor kurzem gesagt hat: "Stell dir vor: Am Montag, morgens um sieben, würde der Staudamm brechen. Dieses Chaos! Oder er bricht gerade, wenn ich auf dem Weg in die "Stray Cat"-Bar bin. Wahrscheinlich befinde ich mich dann, wenn die Flut kommt,

gerade in der Langstrasse-Unterführung!" Ich schaue auf die Uhr. Was!? Schon dreizehn Uhr! Hört endlich auf mit diesem Geheul da draussen. Arschlöcher! Ich drehe mich noch einmal um und versuche, zum ersten Mal seit geraumer Zeit zu wichsen. Aber es geht nicht. Ich bin überhaupt nicht geil! Ich habe Sehnsucht! Da liegt ein Geist im Bett. Keine Frau! Meine Probleme sind nicht körperlich.
Musik anmachen. Eine Camel rauchen. Über den bevorstehenden Tag nachdenken. Heute ist der vierte Februar. Am vierten Dezember habe ich Mac kennengelernt. Am vierten Januar bin ich von Holland weggeflogen. Heute ist es also einen Monat her, seit ich das letzte Mal in seine Augen geschaut habe. Was gibt es denn heute Besonderes? Die Sonne scheint. Bei der zweiten Zigarette denke ich, ob ich das mit dem Wichsen auch aufschreiben soll. Ich entschliesse mich dafür, weil ich finde: Warum soll ich mich schämen für etwas, was jeder Mensch kennt und ähnlich erlebt?
Ich setze meine nackten Füsse auf den eiskalten Boden und muss mich so schnell wie möglich für die heutige Hülle entscheiden. Ich drehe das Radio an. Ja, tatsächlich, da sagt er es gerade: Probealarm. "Der allgemeine Alarm", sagen sie dem. Tja. Und nun reden sie über Tamilen, während ich mich im Spiegel betrachte und finde, dass ich heute den "traurigen Blick" habe. Hübsch! Lust auf Kaffee. Diesen Tag will ich langsam beginnen. Keine Milch! Also runter zum "COOP". Ich stehe im Treppenhaus und schaue in den Hinterhof hinunter. Da kommt gerade ein Typ. Er schaut zuerst um sich, bevor er sich dazu durchringt, an der Tür zu klingeln. Ich warte mit ihm und schaue ebenfalls zu dem Fenster, wo jetzt die Nutte rausschauen sollte, um ihm ein Zeichen zu geben. Er klingelt etwa viermal. Jetzt gibt er auf und geht, leicht geduckt, wieder auf die Strasse. Wie ich unten vor der Haustür stehe, kommt er um die Ecke und geht geradewegs zum Sex-Shop, vis-à-vis. Bevor er hineingeht wieder dieser verlorene, unsichere Blick in zwei Richtungen. Er tut mir leid.
Ich stehe vor dem Eingang zum Lebensmittelgeschäft. Ich habe überhaupt keine Lust, da hineinzugehen. Wenn ich die Strasse

überquere, kann ich die Langstrasse hochspazieren. Dort, wo die Strasse endet, kann ich in der "MIGROS" einkaufen. Es ist schön, die Sonnenstrahlen im Gesicht zu spüren. Die Strassen sind viel belebter als sonst. Ich schaue mir diese unterschiedlichen Kreaturen genau an. Ein Mann, er trägt einen sehr sauberen, hellblauen Anzug, steht vor seinem weissen Mercedes. Bestimmt ein Zuhälter! Drei aufgedonnerte Afrikanerinnen gehen mit breitem Lachen an ihm vorüber. Sie grüssen ihn. Jetzt rempelt mich beinahe einer an! Er kommt aus der Würstchenbude getorkelt. Er ist alt, hat eine grosse, rote Knollennase und ganz dünne Beinchen. Auf dem Kopf sitzt ein grüner Hut mit Feder. Er führt ein Selbstgespräch. Ein anderer, ein Greis wie aus dem Bilderbuch, konzentriert sich auf seine Füsse und den Stock. Er nimmt ganz kleine Schritte. Ich bin bei diesem Anblick betroffen. Mich fasziniert der Gedanke an diese etwa achtzig Jahre Leben, die er da vor sich hin schiebt. Es gibt alte Menschen, in deren Gesichtsausdruck viel Weisheit steht. Andere wiederum lassen mich vergessen, dass sie einmal jung waren.
Ja, und ich bin die junge Barbara, die jetzt einen Liter Milch posten geht! Eine Schulklasse steigt aus dem Bus. "Au weia!" denke ich, denn ich weiss, was mir bevorsteht. "Die Kinder sind die allerschlimmsten!"
Und schon geht's los: "Würg!... Pfff!... Schau mal, die hat blaue Haare! Hee, Sie! Haben Sie Fastnacht?!" Sie jaulen los, im Chor. Ich ignoriere sie, versteife das Rückgrat. Manchmal strecke ich solchen Kindern die Zunge raus oder mache eine lange Nase, als ob ich selber so ein Saugoof wäre. Das finden die dann lustig.
Beim Eingang zum Musikgeschäft höre ich melancholische Klaviertöne. Zu dieser traurigen Musik überquere ich den Fussgängerstreifen. Erinnert mich an Filmmusik - und ich bin die Hauptdarstellerin. In der "MIGROS" an der Kasse lächelt mich eine alte Frau an: "Kann ich Ihnen helfen?" Sie nimmt mir die Papiertragtasche aus der Hand und hält sie mir offen hin, damit ich die Sachen leichter einpacken kann. Ich schaue sie an. Sie hat liebe, gütige Augen. Ich lächle zurück und sage freundlich:

"Nein, nein, es geht schon!" - "Zu zweit geht es aber einfacher. Wissen Sie, ich habe Zeit", meint sie. Ich ertappe mich, wie ich leicht nervös und verlegen werde. Was bin ich doch für ein verklemmtes Schweizer Produkt! - "Vielen Dank und auf Wiedersehen!" Ich winke mit der freien Hand. Nochmals ärgere ich mich über mich selber und freue mich auf den Nachhauseweg, wo ich neue Gesichter sehen werde. Falls morgen die Sonne wieder scheint, mache ich einen längeren Spaziergang.

Nacht. Vollmond! Freitag, der dreizehnte! Ich spaziere eine Autostrasse entlang. Zu meiner Linken der dunkle Fluss. Ich geniesse diese kleine "Reise". Das Alleinsein. Die frische Luft. Die Nacht. Ich bin auf dem Weg zu einem grossen Fest. Ich weiss, es werden sehr viele Leute da sein. Ein Grund mehr, diese Ruhe noch eine Weile zu geniessen. Der schöne, runde Mond begleitet mich. Singend schwebe ich die Strasse entlang. Vorbei an Nutten, an einer Polizei-Kontrolle. Die uniformierten Männer beunruhigen mich keineswegs. Nicht wie sonst. Vorbei. Glück. Barbara und Mond! Zu kurz - der Weg.

Ich stürze mich in das Gewühl von "hunderttausend" Körpern. Hitze und Lärm schlagen mir entgegen. Schnurstracks begebe ich mich zur Bar. Ich hole mir ein Glas Wodka pur, mit Eis. Ich liebe dieses silberne, kühle Getränk. Fritz hat mich erblickt: "Deine Wangen sind so dick. Was hast du gemacht?" Ich verstehe nicht, was er meint. Oft sagt er Dinge, die man in unsere Sprache übersetzen sollte. Als käme Fritz von einer anderen Welt.

Dort steht Chrigi. Er scheint immer noch ein und derselbe zu sein. Er hat sich in all den Jahren nur wenig verändert, scheint mir. Bestimmt würde er mir da widersprechen. Aber ich sehe immer noch den schönen, grossäugigen, verspielten Jungen in ihm. Ein Blutsverwandter?! Wiedersehen mit Natal. Ich erschrecke, wie ich Marias (Natals Freundin) kühle, weiche Hand in die meine nehme. **KEIN** Händedruck!

Saint-Juste küsst mich in den Nacken. Auf mein undeutbares Lächeln hin sagt er: "Ich küsse dich am liebsten, wenn du es gar nicht magst." Was soll den das wieder heissen? Diese Unverständlichkeiten schreibe ich dem Alkohol zu. Ich bin spät hierhergekommen. Es wurde schon reichlich viel getrunken. Viele fremde Gesichter. Zu viele Menschen, die sich auf einem Haufen tummeln. Ich nehme das Glas und einen Aschenbecher und setze mich etwas abseits in einer Ecke auf den Boden. Unter meinem Arsch kitzelt es. Bassige Vibration. Um meine Ohren saust es. Schwatz, schwatz. Bla bla bla. Erinnert mich an Schwimmbäder. Wo ich jeweils das Plantschen und Schreien der Kinder wahrnahm. In der Sonne liegend.

Ich zücke meinen Schreibstift und viel Papier. Schreiben ist schön, wenn man die Buchstaben einfach fliessen lässt. Nachher ein erstauntes Lesen: Was hier geschrieben steht? Viele Augen um mich, die sich wundern. Was die wohl schreibt? Jetzt?! Für die anderen ist jetzt Zeit des Festes, der Geselligkeit usw. Ich sitze gerne in meiner Ecke, beobachte und denke nach. Zweite Zigarettenleiche im privaten Aschenbecher. Nach jeder weggerauchten Zigi habe ich die Angewohnheit, beim Ausdrücken ein Kreuz in den Aschenbecher zu zeichnen.

"Mac ist auch da. In meinen Gedanken. In meinem Herz. Oh, Mac. Du, der mich macht, wie ich wirklich bin. Glücklich jetzt. Egozentrisch, tierisch, jung, verträumt, - bewusst vor allem. Unbewusstes bewusst machen! (Schon gewusst?) Das sind Bereicherungen. **MEHR** *Barbara!*
Heute lag ich verkatert in meinem Bett. Den ganzen Tag wollte ich so liegenbleiben. Ich hatte mich entschlossen, nicht einmal für Zigaretten den Weg auf die Strasse runter zu machen. Nicht bevor es dunkel wird. Dann spürte ich es: Im Briefkasten **MUSS** *ein Brief sein! Von dir, Mac. So nahm ich trotz allem die Treppen unter meine Füsse. Ich habe den Brief tatsächlich gefunden! Schön! Prächtig! Wunderbar! Ich liebe deine Briefe! Sie sind so echt! Und das Foto von dir! Ich bin verliebt. Mac! Ja, alle sollen es wissen! Liebe auch. "Ver"liebt. Was bedeutet dieses "ver" im Vordergrund? Ich liebe dich ich liebe dich ich liebe dich... Diese Liebe zählt, beseelt, erfüllt. Blau und schwarz. Weit und tief. Aber auch rot. Frech und geil. Und witzig und super und leidenschaftlich. Und* **MENSCHLICH.** *Ich empfinde es so. Meine Sprache - meine Bilder sind meine Drogen! Mein Rausch!"*

Das spontane Geschreibsel ist zum Liebesbrief geworden.
Frank lacht mich an. "Eins-A!" sage ich und nehme noch einen Schluck Wodka. Heute will ich es bei dem einen Glas bleiben lassen. Es ist, wie wenn ich gar nicht mehr Flüssigkeit in mich hineinleeren könnte, weil mein Magen dicht gemacht hat. Von zuviel Alkohol habe ich zur Zeit die Nase voll. Ich habe nichts gegen einen kleinen Schwips. Ich richte es mir so ein, dass ich

den Pegel halten kann, ohne stockbesoffen zu werden. "**ALK OH HOHL**", buchstabiere ich auf dem Papier. Das trinken von zuviel Alkohol löst seit einiger Zeit einen Zustand in mir aus, den ich als unbefriedigend, ja störend empfinde. Im Rausch leide ich darunter, dass sich mein Wahrnehmungsfeld dermassen einschränkt, mein Bewusstsein eng und beschränkt wird. Dies wiederum löst grosses Unbehagen in mir aus. Ein Unwohlsein, das schliesslich soweit führt, dass alles sinnlos erscheint. Ich habe das Gefühl, im alkoholisierten Zustand wird mir eine natürliche und lebenswichtige Kraft entnommen. Mein Körper ist erschöpft, und meine Sinne sind abgestumpft. Alkoholiker vegetieren bloss vor sich hin. Was bringt das? Ab und zu werden sie von Gefühlsschüben eingenommen. Sentimentalität, Depressionen oder oberflächlicher Leichtsinn. Das kann ich dann (auch an mir) nicht mehr ernst nehmen.

Diese Wirkung hat der Alkohol auf mich vor allem tagsüber. Nachts kann es gewisse Situationen geben (z. B. Anlässe, wo ich unter vielen Menschen bin und Lust zum Feiern habe), wo ein geringes Mass an Alkohol eine belebende, angenehm enthemmende Wirkung hat.

Früher war ich beinahe regelmässig vollends besoffen. Ich gewöhnte mich schon fast an das blöde Schwanken, wenn man die Augen schliesst; wenn man nicht mehr weiss, was man sagt. Keine Kontrolle mehr.

Ich steigerte mich immer viel zu stark in Gefühle rein. Im schlimmsten Fall endete es mit einer Riesenheulerei. (Alle Dramen waren völlig für die Katz.) Als Krönung kam dann die grosse Kotzerei, wo ich jedesmal glaubte, sterben zu müssen, und röchelte: "Nie mehr Alkohol!" Am schlimmsten war es, als ich zwanzig war. Ich soff damals, weil es mir beschissen ging. Das war so die Masche mit Selbstmitleid und Selbstzerstörung. "Mein Leben hat keinen Sinn mehr, weil mich mein Traummann nicht mehr liebt!" (Chrigi war die "grosse Liebe".) Ich war ein sehr schwaches Mädchen. Ich sehe heute einen einzigen Vorteil in jener traurigen Sache. Ich erlebte zum ersten Mal echte Wut. Ich lernte, Aggressionen auszuleben. Wahrscheinlich hat mich das gerettet. Denn zuvor war ich nie sauer auf andere. Immer war ich selber das Arschloch. Ich versuchte immer, die anderen zu verstehen. Und mich selber hatte ich zuwenig gern. Unterdessen habe ich mehr Selbstachtung gewonnen. Noch mehr davon würde mir allerdings nicht schaden. Ich erinnere mich besonders gut an eine Nacht:

T heaterspektakel. Frühmorgens, etwa um drei Uhr. Ich bin stockblau. Ich bin eifersüchtig. Chrigi macht heute mit meiner Freundin Anna rum. Immer wieder verschwinden sie in der Dunkelheit. Was die wohl zu tun haben, hinter den Büschen? Chrigi ignoriert meine Anwesenheit, wie immer, wenn er nur noch Augen für eine andere hat. Das zerreisst mich beinahe. Aber ich versuche, mir nichts anmerken zu lassen. Ich quatsche mit einem Typen, den ich nicht kenne. Natürlich ist er ebenfalls besoffen. Ich knutsche mit ihm rum. Oder er mit mir. Ich sage: "Du küsst widerlich!" Gott, bin ich daneben. Ich bin wütend und destruktiv. Bald ist kein Mensch mehr da. Alle sind nach Hause gegangen. Chrigi und Anna plaudern angeregt. Chrigi macht ihr eindeutig den Hof. Sie schmilzt. Ich will nach Hause. Man warnt mich davor, in diesem Zustand Motorrad zu fahren. Ich schreie sie alle an: "Ihr könnt mich mal mit euren weisen Sprüchen. Ich bin überhaupt nicht besoffen! Ich weiss selber, ob ich fahren kann oder nicht!"
Ich bin dabei, neben mein Motorrad zu pissen, wie einer gelaufen kommt. Ich nehme mein schweres Zweirad vom Ständer. Ich verliere jegliches Gefühl für Balance, kippe um. Fluchend liege ich unter dem Töff. Der Typ steht nun neben mir, hilft mir, mich wieder aufzurichten, und will mich davon abhalten, nochmals aufzusteigen.
- "Warum bist du mir nachgelaufen?"
- "Weil ich nicht will, dass du einen Unfall baust."
- "Aber du kennst mich gar nicht. Warum hilfst du mir?"
- "Weil du mir sympathisch bist."
Das ist der Grund dafür, weshalb ich nun alles mit mir machen lasse. Er schliesst das Schloss ab. Nimmt mir die Helme und den Zündschlüssel aus der Hand und bugsiert mich zu einem Taxi, das weiter vorne wartet. Er schubst mich da hinein. Chrigi gibt dem Chauffeur Geld und nennt die Strasse, in der wir wohnen. Während der Fahrt fluche ich und snieffe vor mich hin. Der Fahrer sagt kein Wort. Wir kommen vor unserem Haus an. Im selben Moment kommt Chrigi mit seiner Maschine angebraust. Anna sitzt hinten auf. Der Fahrer gibt mir das Rückgeld. Ich steige aus. Die Autotüre lasse ich offen. Soll der Arsch die Türe selber schliessen! Ich tobe. Ich koche vor Wut und Verzweiflung, kreische zum Himmel und schmeisse die

Geldmünzen die Strasse runter. Ich bin hysterisch. In der Küche brülle ich weiter. Chrigi versucht, mich zu beruhigen. Er nimmt mich bei der Hand und führt mich in mein Zimmer. "Leg dich jetzt schlafen", meint er und will mich verlassen und die Türe hinter sich schliessen. "Was denkt ihr euch eigentlich! Ich bin doch kein kleines Kind, das man so einfach abschieben kann!!!" Sofort bin ich wieder in der Küche unten und terrorisiere weiter. Paff! Die Fensterscheibe klirrt. Mit der Faust habe ich sie in meiner Wut zertrümmert. Wie gut das tut! Pflatsch! Pflatsch! Pflatsch! Ich habe die Eier gepackt und an die Wand geschmissen. Jetzt noch das letzte! Wie ich schon ausholen will, nimmt Anna meine Hand, die das Ei umschliesst, in die ihre. Sie hält mich zärtlich fest und sagt: "Barbara, lass das doch. Schau, dieses Ei will ich morgen zum Frühstück essen!" Ich zerdrücke das Ei! Gelber Schleim tropft über unsere Finger. Jetzt klinkt es den beiden endgültig aus. Sie nehmen eine Decke unter den Arm und zischen ab. Wamm! Die Haustüre fällt ins Schloss. "Das liegt überhaupt nicht drin, dass ihr mich alleine lasst und in den Wald ficken geht!" Heulend trommle ich mit den Fäusten an die schwere Tür. Ich trete sie und kreische bis zur Erschöpfung.
Ich erwache. Im Haus herrscht Stille. Ich fühle mich aufgedunsen. Die Augen brennen. Eine Hand schmerzt. Sie ist dick angeschwollen. Ich kann den Daumen nicht mehr bewegen.
(Ich habe mir bei einem dieser Schläge einen Knochen am Daumengelenk gesplittert. Noch heute fühle ich da ein leichtes Ziehen, wenn das Wetter wechselt.) Ich gehe runter in die Küche, um die Hand zu verbinden. Der Kopf dröhnt. Ich wage einen Blick in den Spiegel. Mein Gesicht! Verschmiert mit Schminke, Blut und Eigelb! Und ich bin traurig! Und nochmals traurig!

Das ist eine der Jugend-Horror-Geschichten, die ich zu bieten hab´. Durch dieses Chaos bin ich viel gescheiter geworden. Ich glaube, sowas kann mir nicht mehr passieren. Untergangsbesäufnisse und Selbstmordgedanken, wegen Liebeskummer! Damals habe ich mich einmal wirklich umbringen wollen. (Seither nie wieder!) Es war am 1. Mai. Fest im "Entertainer". Wieder war ich eifersüchtig, weil Chrigi flirtete. Wieder war ich so besoffen, dass ich kaum mehr stehen konnte. Ich wollte plötzlich sofort sterben! Ich ging auf das Klo, nur von dem einen Gedanken eingenommen: "Ich werde die Fensterscheibe zertrümmern und mir die Pulsadern aufschneiden." Ich zog einen Schuh aus, mit dem ich zuschlagen konnte. Doch auf einmal hat jemand wie wild an die Türe gepoltert: "Lass mich rein! Bitte schnell! Lass mich sofort hinein!" Erschrocken habe ich schnell aufgemacht, als einer lachend reinkam: "Ich muss mal pissen!" Auf jeden Fall hat mich dieser Vorfall wieder von meinem dummen Einfall runtergeholt. Dann sah ich zu, wie sich ein Kollege einen Teller nach dem anderen auf dem Schädel zerschlug. Er habe Liebeskummer, hiess es. Das tat mir so weh, dass ich den Selbstmord vergass.

In dieser Zeit bin ich nachts oft eingeschlafen und wollte nie mehr aufwachen. Als ich eines Morgens die Augen öffnete, überkam mich ein seltsames Gefühl: Ich wusste **NICHTS** mehr! Ich wusste nicht mehr, wer ich bin, wo ich bin, welches mein Leben ist. Ich konnte mich an **NICHTS** mehr erinnern. Ich strengte das Hirn an, aber alles war weg. Selbst das Zimmer, in dem ich lag, war mir fremd. Es gab keinen Anhaltspunkt, der mir hätte weiterhelfen können. Das ging eine ganze Weile so, bis die Türe aufging und eine Kollegin reinkam: "Es gibt unten Frühstück. Magst du ein Dreiminuten-Ei?" **KLICK!** Alles war wieder da! "Aber ja!" Wie konnte ich nur all die Scheisse vergessen, aus der mein Leben in jener Zeit bestand!

Ich sitze wieder einmal in der Galerie. Am liebsten würde ich in den Ofen kriechen. Es schneit wieder. Gott, ist das ein Winter! Es ist ungerecht, dass ich immer und überall frieren muss! Ausserdem könnte ich vor Langeweile sterben. Ich schaue aus dem grossen Fenster. Vermummte Leute gehen vorbei. An die Mauer gegenüber hat vor Jahren jemand hingesprayt: Züri brännt JETZT. Aber ausser den weissen Regentropfen, die da leise vor sich hin fallen, bewegt sich nichts. Ziemlich sicher hat heute kaum jemand Lust, hier vorbeizukommen. Der Bilder wegen - versteht sich. Ich muss einmal mit Peter darüber sprechen. Manchmal finde ich meine Arbeit, meine stundenlange Warterei auf Besucher, die nicht kommen, sinnlos. Vielleicht sollte man die Öffnungszeiten ändern. Ich kann hier nicht immer das tun, wozu ich Lust hätte. Malen zum Beispiel. Ich bin gefangen. Ich kann nicht raus. Irgend so ein Arschi hat die Schreibmaschine geklaut, den alten Kassettenrecorder und den Wecker (?). Was mich am meisten angurkt: dass dieser Scheisstyp alle meine Kassetten mitlaufen liess. Also nichts mit Musik. Und schreiben muss ich von Hand. In meiner Langeweile habe ich einen Kumpel angerufen: "Es ödet mich ja sooo an hier. Keine Lust, schnell hier vorbeizukommen? Ich hätte Bock, was zu kiffen." "Aber Barbara!... Sowas sagt man doch nicht am Telefon!" Oh Scheisse. Was bin ich doch naiv. Warum denke ich nicht weit genug? Es könnte doch sein, dass die Bullen gewisse Telefonanschlüsse abhören. Überhaupt: Ich mute der Menschheit viel zuwenig Boshaftigkeit zu. Möglich, dass ich meiner Naivität wegen öfter mal in die Scheisse trete oder dass mich mal einer deftig verarscht. Aber da kann ich immer was dazulernen. Das Misstrauen, das in den Köpfen um mich herum herrscht, ist doch eigentlich eher traurig. Viele meiner Freunde sind es gewöhnt, allem und jedem vorerst zu misstrauen... Laden runter, Schloss zu! Wenn man mit dieser Haltung durchs Leben geht, so denke ich, ist es viel schwieriger, sich in entsprechenden Situationen wieder zu öffnen. Indem man sich verschliesst, nimmt man sich auch die Möglichkeiten für positive und schöne Erfahrungen. Schade.
Eben ist so ein Typ hereingekommen. In die Galerie. Etwa

35jährig, blond, sportlich gekleidet, rotes, verkniffenes Gesicht. Vor zwei Monaten kam der Fremde zum ersten Mal. Ich war damals voll in Kommunikationsstimmung. Ich schwatzte und erzählte drauf los. Irgendwas. Er fand es witzig. Allmählich verlor er seine Unsicherheit und fing an, sich richtig für mich zu begeistern. Wahrscheinlich hält mich der Dummkopf für was Besonderes, weil ich blaues Haar habe. "Darf ich sie einmal anfassen?" Die Haare natürlich, wohl vermerkt. Er durfte. Für ihn bin ich wahrscheinlich eine originelle Bereicherung im Bekanntenkreis. "Ich kenne eine Punkerin!" sagt er vielleicht bei seiner nächsten Stammtischrunde. Auf jeden Fall ging die Geschichte so weiter, dass er mir eines Tages anbot, mir sein Fotolabor-Material zu leihen. Zuerst fand ich das ganz toll. Bis ich kapierte, dass dieser Dienst nicht gratis käme. Dies zeigte sich im Stil von: "Gute-Freunde-werden...","Mal-ab-und-zu-einen-trinken-gehen...", "Oder-hast-du-mal-Zeit-für-ein-Nachtessen?", "Ich-wohn-ja-gleich-um-die-Ecke...", "Hast-du-einen-festen-Freund?" (Natürlich hatte ich den schnell.) **PHHUUU.** Typisch Mensch. Einfach so macht dir keiner eine Freude. Von da an kam er oft. Ich hielt jedesmal ein höfliches Schwätzchen. Danach wimmelte ich seine Einladungen ab: "Ich habe sooo viiiel zu tuuun." Oder: "Ich bin mit meinem **FESTEN** Freund verabredet."
Heute also kommt er schon wieder. Ich sitze da, am Schreiben, und habe null Bock, wie ich nur schon in sein rotes Gesicht blicke. Warum kannst du mich nicht endlich in Ruhe lassen? denke ich und setze sogleich mein unnahbares Gesicht auf, um vor allem bewahrt zu bleiben. Da nimmt es wirklich jedem die Lust, mich anzuquatschen. Es hat sogar in der Primarschule auf die Lehrer gewirkt. Wenn ich keine Ahnung hatte, was der da vorne wissen wollte, konnte ich mich beinahe unsichtbar machen. Ich konnte auch das andere Gesicht aufsetzen. Wenn ich über alles Bescheid wusste und aufgerufen werden wollte: Ich wurde angefragt, ohne dass ich die Hand heben musste. Wie gesagt, ich habe den kühlen oder den verinnerlichten oder den Es-interessiert-mich-nicht-Blick aufgesetzt. Er hat auch gleich wieder die Mücke gemacht. Nett, was?
Lieber denke ich an den Freund, der tausend Kilometer von hier

entfernt wohnt. Mein Herz klopft manchmal ganz laut, wenn ich an Mac denke. Er ist sich noch im unklaren darüber, wann genau er kommen will. Gestern haben wir telefoniert: "Mac, ich versuche, mir die ganze Zeit vorzustellen, wie es sein wird, wenn wir uns wieder begegnen."
- "Schreib es doch auf! Alles, was dir dazu in den Sinn kommt."
Wenn es soweit ist, bin ich bestimmt viel zu aufgeregt, um zu kapieren, dass er tatsächlich, leibhaftig hier ist. **HIER!** In Reichweite. Anfassen! Ansehen! Eine Art Schockwirkung, von der ich zuerst wieder runterkommen muss, bis wir loslegen können.
Ich versuche, mir den ersten Augenblick auszumalen. Unsere Augen treffen sich als erstes. Dann kommt die Umarmung. Oder bleibe ich wie angewurzelt stehen? Oder muss er zuerst noch sein Gepäck hinschmeissen, bevor ich ihm um den Hals fallen kann? Vielleicht treffen wir uns nicht am Bahnhof, sondern woanders. Vielleicht werde ich sogar von hinten überrascht. Muss ich dann lachen oder heulen?
Sich auf etwas freuen... Gefällt mir, dieses Gefühl. Früher war das oft viel komplizierter. Ich habe manches Mal erleben müssen, dass ich mich zuerst ganz fest auf etwas gefreut habe und dann enttäuscht wurde. Um diese Enttäuschung zu verhindern, habe ich mir angewöhnt, von einer Sache nichts mehr zu erwarten. Ich habe mich von Mal zu Mal einfach überraschen lassen. Heute sehe ich es wieder anders. Ich finde es gut, wenn ich mich freuen kann. Auch wenn später alles wieder anders aussehen könnte. Schliesslich bin ich zur Zeit der Vorfreude immer glücklich. Dieses Glück gilt auch. Glück tut immer gut. Leute, die sagen: "Aber ich habe mich doch so darauf gefreut...", die haben noch nicht gemerkt, dass man aus jedem Moment das Beste machen muss. Aus dem, wie es ist! Oft ist es eben nicht so, wie man es sich in den Kopf gesetzt hat.

Zu diesem Thema kommt eine Erinnerung in mir hoch. Erinnerung an die einjährige Zeit, die ich mit Fritz verbrachte. Fritz mit den traurigen, grossen Augen. Dem grünen Haarbüschel auf der Glatze. Mit Knickerbockern, zerlöcherten Socken und silbrigen Schuhen. Fritz, der Spinat über alles liebte. Und in schlechten Zeiten traurig einen Quicklunch verschlang. Oft gab er anderen Anlass zum Lachen, auch wenn ihm gar nicht danach zumute war. Ein Jahr lang waren wir ein buntes Liebespaar. Ich litt jedoch darunter, dass er ständig unzufrieden war und "Jack Daniels" in sich hineinleerte.

Es war ein Abend, an dem ich ihm gegenüber sehr gereizt war. Dieses Treffen lag mir schon den ganzen Tag auf dem Magen. Es entstand sowas wie Streit. Ein deprimierender Abend, wie wir ihn damals oft hatten. "Hast du das Telegramm nicht bekommen?" hat mich Fritz vor dem Einschlafen gefragt. "Welches Telegramm?" - "Ich habe es dir heute in die Schule geschickt." Anscheinend hat mir das Schulsekretariat das Telegramm einfach nicht zugestellt, die Ärsche!

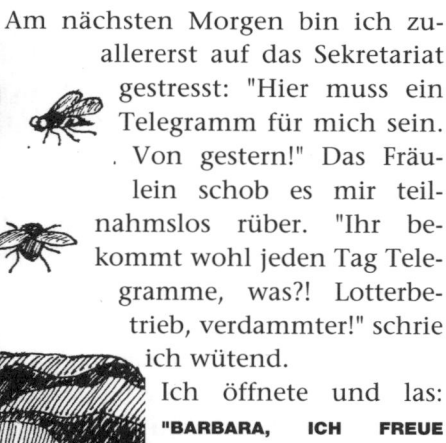

Am nächsten Morgen bin ich zuallererst auf das Sekretariat gestresst: "Hier muss ein Telegramm für mich sein. . Von gestern!" Das Fräulein schob es mir teilnahmslos rüber. "Ihr bekommt wohl jeden Tag Telegramme, was?! Lotterbetrieb, verdammter!" schrie ich wütend.

Ich öffnete und las:

"BARBARA, ICH FREUE MICH! FRITZ"

Oh nein. Mein Puls schlug höher. Mitleid erfasste mich. "Diese Affen sind schuld. Hätte ich das Ding rechtzeitig bekommen, dann hätte dieser Abend vielleicht ganz anders geendet!" Später dachte ich, es sei besser so. Ich war schliesslich ehrlich. Ich hatte keinen Grund zu Sentimentalität oder gar Mitleid...

In der Zeit, als ich mich von Fritz trennte, weil ich einfach nicht mehr richtig verliebt war, überkam mich dauernd das Mitleid. Es tat mir weh zu sehen, wie er darunter litt. Ich wusste jedoch, dass Mitleid falsch ist. Das absurde an dieser Liebesgeschichte war, dass eine Art Rollenwechsel stattfand. Zuvor war ich nämlich diejenige, die mehr Initiative ergriff, um diese Beziehung aufrechtzuerhalten. Es brauchte beinahe ein Jahr, bis Fritz mir die gleichen Gefühle entgegenbrachte. Aber es war zu spät, ich war bereits daran, mich von ihm loszulösen.

Ich verspürte die Lust, mich in einen anderen zu verlieben, während er sich endlich in mich verliebte. Mann, war das eine schwere Zeit. Warum alles so gekommen ist, bleibt mir heute noch ein Rätsel. Ein Jahr lang habe ich immer versucht, Fritz dazu zu bringen, mehr von sich und seinen Gefühlen zu sprechen. Es gab immer Missverständnisse zwischen uns, weil wir nicht fähig waren zu kommunizieren. Als die grosse Misere begann, war Fritz plötzlich derjenige, der nächtelang wach neben mir lag, weinte und mich dauernd aufforderte, Erklärungen für mein Verhalten abzugeben. Er wollte ganz genau wissen, woran er war. Aber ich war unfähig, eine klare Antwort zu geben. Jedes "Ja" war nicht ganz ehrlich, und jedes "Nein" zerriss mir beinahe das Herz. Ich flüchtete dauernd in den Schlaf. Manchmal bin ich mitten im Satz einfach eingeschlafen.

Heute noch hegen wir manchmal sehr vielschichtige Gefühle füreinander. Viel Freude, wenn wir uns sehen, und zugleich eine grosse Unsicherheit. Ich habe Fritz wahnsinnig gern! Aber seine Provokationen, die immer Spannungen auslösen, werden oft unerträglich für mich. Manchmal weichen wir uns aus. Ich fühle mich oft überfordert. Es kommt vor, dass er mir gegenüber Aggressionen hat. Vor allem dann, wenn er betrunken ist. Davor habe ich Angst. Obwohl ich glaube, dass Fritz mich nie mehr schlagen wird. Dass er mir nicht weh tun will, weil ich ihm auch keinen Grund mehr dazu gebe. Die Angst vor Gewaltanwendung bleibt. Nicht Angst vor Schmerzen. Aber ich habe damals zum ersten Mal erlebt, wie das ist, wenn man sich vor jemandem fürchtet. Was, wenn es bei ihm einfach ausklinkt, weil er **AUSSER SICH** ist? Es ging ihm damals verschissen. Und ich habe ihm viel zugetraut. Ich konnte mich ihm nicht anvertrauen. Ich konnte doch nicht sagen: "Fritz, ich habe Angst, dass du mich aus Verzweiflung umbringen könntest." Einmal hat er mir ein Brieflein auf den Fenstersims gelegt: "Verzeihung, Barbara. Ich wollte dich nicht schlagen. Aber in meinem Kopf hat es ausgeklinkt. Ich gehe weg." **CHAOS!** Übrigens habe ich ein Jahr später noch den Knall gehabt, dass ich zusammengezuckt bin, wenn Saint-Juste eine fahrige Handbewegung machte. Auch dann, wenn wir es nur lustig hatten. Ich habe mich immer gleich in Abwehrhaltung gestellt, mit den Händen vors Gesicht. "Spinnst du? Ich würde dich doch nie schlagen!" War logisch so - für Saint-Juste. Auf jeden Fall habe ich Fritz verzeihen können. Er findet wohl auch Gründe zu sagen, er hätte mir verziehen. (Hat er das?)

Manchmal glaube ich, Fritz liebt mich immer noch. Sicher ist, dass ihm unsere Geschichte, die nun schon drei Jahre zurückliegt, immer noch zu schaffen macht. Vor kurzem hat er zu mir gesagt: "Es freut mich immer, wenn ich dich sehe, aber manchmal denke ich, es wäre besser, ich würde dich gar nie mehr sehen."

Ich kann Fritz heute viel besser erzählen, was alles in mir drin vorgeht. Was mich stört, ist, dass ich glaube, er hat ein festes Bild davon, wie es in mir drin aussehen soll. Das verletzt mich! Er hat Vorurteile. Wie kann er annehmen, dass ich "immer noch dieselbe" bin? Nicht einmal damals habe ich mich so zeigen können, dass ich mich wirklich verstanden gefühlt hätte. Er könnte die Chance wahrnehmen und versuchen, mich **JETZT** besser zu verstehen. So, wie ich **JETZT** bin. Ich gebe ihm diese Chance, indem ich ihm nah sein will (manchmal). Er versucht, auf mich einzugehen (manchmal). Ich habe Fritz auch von meiner Liebe zu Saint-Juste erzählt, und wie das alles abgelaufen ist. "Du hast doch jeden Sommer mal schnell wieder eine andere "grosse Liebe", meinte er und hat sich fälschlicherweise dazugezählt. "Das stimmt nicht, Fritz. Du brauchst unsere Beziehung nicht abzuwerten. Ausserdem ist keine Beziehung vergleichbar mit einer anderen. Klar habe ich "immer irgendwas mit Männern". Aber du hast doch auch deine Freundinnen, oder?" Tatsächlich verliebe ich mich ziemlich oft und schnell. Meine Gefühle sind manchmal oberflächlich und kurzlebig. Es gab daraus kleine Bumsaffären. Das mit Fritz war jedoch tief und sehr wichtig. Und schliesslich sind wir heute noch Freunde. Saint-Juste ist ebenfalls ein guter Freund geblieben, und mit Mac ist sowieso alles wieder ganz anders.

Als Fritz vor kurzem bei mir übernachtet hat, habe ich ihm also von Saint-Juste und mir erzählt. Wir lagen nebeneinander im Bett. Es war dunkel im Zimmer, und ich fühlte mich sicher und wohl Fritz gegenüber. Während ich schwatzte, ist Fritz eingeschlafen. Aber das machte mir nichts, ich redete weiter. Ich fand es selber verrückt, diese Geschichte wieder einmal zu hören. Am Tag danach habe ich Saint-Juste gefragt, wie das eigentlich für ihn ist, wenn ich über ihn schreibe und andere Leute es lesen würden. "Das macht mir gar nichts aus. Ich bin stolz auf das, was wir gemeinsam erlebt haben. Ich habe die Gewissheit, dass du mich liebst. Du wirst nichts schreiben, was mich allzu schlecht hinstellen würde." Ich habe das Gefühl, dass dieser Saint-Juste etwas von Menschen versteht. Er sieht manchmal Dinge sonnenklar und so real, wenn andere sich lieber etwas vorlügen, weil sie die Wahrheit nicht ertragen. Ich staune. Das nächste Kapitel sei ihm gewidmet. Wobei ich weiss, dass er manches anders empfindet. Ich will hier nur von MEINEN Gefühlen reden. Das einzige, was uns kaum voneinander unterscheidet, ist das saubere Gefühl der Liebe, die wir füreinander hegen.

In der "Roten Fabrik" an der Bar begegne ich einem Jungen mit viel Seife im Haar. Schwarz. Nagelarmband. "New Wave" nennt man das. Und: "Mit sowas verkehren wir in unserer Szene nicht", denn: "Über sowas sind wir schon lange hinweg." So sieht es wenigstens Stefan, der neben mir steht und mitkriegt, wie ich diesen Jungen freundlich (glaube ich) necke. "Mit dem musst du kein Wort wechseln, sieh dir den dummen Typen doch einmal genau an!" Das tue ich ja! Diese Augen! (Zwei grosse, blaue Seen!) Und was er sagt, ist auch nicht dumm. Er wirkt sympathisch, wie er mir erzählt, dass ihm heute ein kleines Mädchen diese rosa Lockenwickler geschenkt hat, die er nun im Haar trägt. Sein Lachen fällt mir auf. Die Tonlage - ungewohnt hoch. Ich scheisse auf solche arroganten Sprüche wie den von Stefan.

Am anderen Tag muss ich zur Post. Ich bin auf Jobsuche und verschicke ein halbes Kilo Briefe. Ich lege die hundert Briefe neben den Schalter und mache da ein riesiges Büro auf, wie sich einer vor mir zu mir umdreht. Er kommt mir irgendwie bekannt vor, aber er dreht das Gesicht gleich wieder weg. Ich betrachte ihn von hinten und versuche zu kombinieren. Beiger Regenmantel, mit Gelatine zurückgeklebtes Haar, weisse Socken (was ich hasse!) und Halbschuhe, die mir nicht gefallen. Ich kann ihn nirgends einordnen, obwohl ich den irgendwoher kennen muss. Da schaut er mich wieder an. Um seine grossen, blauen Augen sehe ich Spuren verschmierter Schminke. "Du bist verschmiert im Gesicht", sage ich und meine das ziemlich ironisch. "Ich weiss. Ich habe vergessen, mich abzuschminken. War gestern im Ausgang." Ach so. Ein Freizeitpunk, denkt es schnell bei mir - intelligent, wie ich bin. Er geht. Ich strenge mein Hirn nochmals an und bemerke verblüfft, dass dies der Typ mit den schönen, feuchten Augen ist. Der "New Waver" von gestern. Ich finde die Geschichte attraktiv und erzähle sie Thomas. Während ich mir erneut diesen Jungen ins Gedächtnis rufe, stelle ich eine leicht unkontrollierte Nervosität in mir fest. So kommt es, dass ich ihm noch mehrmals scheu begegne. Jedesmal erkenne ich ihn erst wieder, wenn ich ihm in die Augen schaue. Er sieht immer wieder ganz anders aus. Er wechselt seinen Kleidungsstil so oft wie ein Chamäleon die Farbe. Er macht den Eindruck, als wäre er nie besonders interessiert an meiner Gegenwart. Als würde ihn immer etwas sehr beschäftigen.

Der Sommer kommt, ich verliere diesen Seltsamen aus den Augen und vergesse ihn. Ende Sommer, Theaterspektakel: Da fällt mir einer auf, eher intuitiv. Das Grün seiner Jacke sticht mir ins Auge. Er hat eine Frisur, die mich an Fritz erinnert. Einfach ein Typ, den ich ein wenig beobachte, weil er so lustig rumtanzt und über das ganze Gesicht strahlt. Die nähere Bekanntschaft schliessen wir zufälligerweise. Wir sitzen auf einem Haufen Erde und kommen ins Gespräch. Plötzlich wird es mir klar! Das Schönauge! Ich habe ihn frisch aus den Ferien zurück nicht mehr wiedererkannt! Ich erfahre hier zum ersten Mal von seinem schönen Namen. Saint-Juste! Den werde ich nun mit keinem anderen mehr verwechseln! Da sitzen wir auf unserem Privathügel und unterhalten uns - über das Gefühl, das einem die **RICHTIGEN** Schuhe geben können. "Bodenständigkeit!" Wir sind uns einig. Saint-Juste ist mir sehr sympathisch!

Wenig später: Ein einschneidender Abend in der "Roten Fabrik". Ich bin sehr aufgestellt. Ich bin mit Saint-Juste erneut ins Gespräch gekommen. Nun beobachte ich ihn, wie er tanzt. Betrunken! Und wie er mit seinen Freunden rumtut. Die schaue ich mir ebenfalls genau an, und plötzlich fällt es mir wie Schuppen von den Augen. Saint-Juste ist schwul! Das ist mir jetzt sonnenklar. Ich spüre es, ich sehe es, ich weiss es einfach. An diesem Abend muss ich auch noch etwas anderes akzeptieren: Ich habe mich in diesen Saint-Juste verknallt! Das macht mir ein bisschen Angst. Ich will meiner Verliebtheit abhelfen, auf meine Art. Ich gehe zu ihm hin und schenke ihm eine grüne Murmel, "weil sie zu deiner Jacke passt." Und ich ergänze: "Weisst du was, ich glaube, ich habe mich ein wenig in dich verliebt. Ich sage dir das am besten gleich geradeheraus. Wenn alles raus ist, kann ich mir das schneller wieder abgewöhnen. Ich weiss, dass du schwul bist!" Er nimmt meine Worte hin, als wäre es das Natürlichste der Welt. Er holt einen Drink und bringt mir einen blauen, blechernen Käfer mit, der, wie die Murmel, irgendwo auf der Tanzfläche rumlag. Später erfahre ich noch, dass er in einem (in der Szene angesehenen) Buchladen arbeitet.

Ein paar Tage später fahre ich mit dem Motorrad dort vorbei. Er sitzt eben auf der Treppe vor dem Ladeneingang und trinkt ein Bier. Ich winke bloss mit einer Hand. Er wird mich kaum erkannt haben, ich

habe ja noch den Helm auf. Noch einige Stunden lang schlägt mein verdammtes Herz Alarm. Ich bin machtlos! Eines Abends wollen Simone und Fritz unbedingt an eine Vernissage in diesem Buchladen gehen. Weil man da gratis saufen kann. Ich bin schrecklich nervös, wie ich hinter den beiden herschlendere. Ich kehre beinahe wieder um. Aber dann stürze ich mich doch mutig in die Menge, schnappe mir ein Glas Wein und setze mich auf die Treppe. "Erst mal einen ansaufen. Das lockert!" ist meine Devise. Aber eigentlich unnötig. Denn Saint-Juste ist bereits so locker, dass er mir sehr entgegenkommt. Schon bald wird uns klar, dass dies **UNSER** Abend werden soll. Er schenkt mir einen aufblasbaren Plastik-Gnom, den er eigens für mich geklaut hat und in seiner Unterhose versteckt hielt. In dieser Nacht wird viel getrunken, aber es ist gut. Wie es ans Nachhausegehen geht, frage ich ihn: "Kommst du noch mit zu mir? Weisst du, du kannst auf dem Sofa pennen." (Das meine ich auch so.) Wie wir bei mir sind, meint Saint-Juste: "Du hast ein so breites Bett, da kann ich doch ebenso gut bei dir schlafen." Dann kämpfen wir mit seiner Hose. Diese ledernen Knickerbocker sind hauteng. Die wollen und wollen nicht runter. Wir lachen viel zusammen, von Anfang an.
Die ganze Nacht lassen wir dieselbe Musik laufen: "Placebo Effect" von Siouxie. Bei offenen Fenster, bis früh um sechs Uhr. Am Morgen finde ich den ersten Reklamationszettel im Briefkasten. Aber nach einer so schönen und zärtlichen Nacht kann mich das nicht einschüchtern. Wir frühstücken gemütlich an der Langstrasse. Seit langem stimmt es wieder für mich. Auch danach. An diesem Nachmittag lüge ich, ohne eine Prise schlechten Gewissens, meinen Chef an, um mich für mein Fehlen zu entschuldigen. (Ich arbeite als Layouterin beim **"BLICK"**.)
Von nun an geht das fliessend in eine engen Freundschaft zwischen Saint-Juste und mir über. Ich fühle mich immer sehr wohl, wenn wir zusammen sind. Ich kann ganz natürlich und ungehemmt diejenige sein, die ich bin. Saint-Juste ist nicht mehr wegzudenken! Schon bald steht er vor meiner Tür, seine Kleider und die Platten unter dem Arm. Ein Brillengestell ohne Gläser auf der Nase und eine Pelzmütze auf dem Kopf. Er sieht zum Totlachen aus, und ich freue mich über diese Überraschung. "Ich wohne jetzt bei dir. Meine Mutter nervt mich, weil sie rummotzt, wenn ich die leeren Joghurtbecher stehen lasse. Ich

habe eine Riesenschow abgezogen, wie es sich gehört! "Jetzt reicht's!" habe ich gebrüllt und alle meine Kleider aus dem Wandschrank gezerrt." Mir ist Saint-Juste willkommen. Es ist alles so selbstverständlich. So beginnt unser Leben an der Köchlistrasse.
Von nun an teilen wir mein grosses Bett. Arm in Arm schlafen wir Nacht für Nacht ein. Unsere Beziehung hat nichts mit Sex zu tun, aber das ist okay so. Zärtlichkeit ist das wichtigste, und ich fühle mich nicht mehr einsam, seitdem Saint-Juste bei mir ist.
Ich arbeite zweieinhalb Tage in der Woche. Das ist nicht gerade viel. Ich verdiene gut und habe immer noch viel freie Zeit an den restlichen vier Tagen. Aber mein Job scheisst mich an. Immer, wenn mir die Arbeitstage bevorstehen, mache ich deswegen ein Riesentheater. Die meiste Freizeit bin ich damit beschäftigt, die Nächte durchzufesten. Saufen, kiffen, Trips schmeissen... Möglichst alles vergessen, was mit Pflicht und Arbeit zu tun hat. Übertrieben oft mache ich blau im Geschäft. Nach so einer Sauftour, die immer bis in die Morgendämmerung dauert, ist es jedesmal eine Folter für mich, wenn ich nach zwei Stunden Schlaf in die harte Realität zurückgerufen werde. Weil ich nicht alle Tage fehlen darf, gibt es auch Zeiten, wo ich mich aufraffe. Meistens sitze ich heulend auf der Bettkante und werde beinahe sauer auf Saint-Juste, er da so friedlich träumt. Dann das übliche "Alka Selzer". Zum Umfallen müde torkle ich in solchen Morgenstunden zur Tramstation. Oft muss ich kotzen - in die saubere Verlagstoilette. Die sieht bestimmt zum ersten Mal, was echte Kotze ist. Ich weihe sie ein. Bald finde ich heraus, dass mir solche verkaterten Arbeitstage leichter fallen, wenn ich zuvor noch ein "Katovit" runterschlucke. Das hält mich wach und macht mich ausserordentlich redselig. Dass ich meine Sauferei der Arbeit zuliebe ein bisschen bremsen würde, kommt gar nicht in Frage. Schliesslich sind das unvergesslich schöne Nächte. Dafür lebe ich. Diese Aufsteller und meine Abstürze sind mein ganzer Inhalt.
Bevor es in den Ausgang geht, immer dasselbe tolle Spiel: das grosse Styling! Saint-Juste und ich hüpfen wie aufgebrachte Hühner in der Wohnung rum. Wir kreischen und tanzen zu der tollen Musik, die alle Nachbarn quält. Etwa mindestens dreimal zieht sich jeder um. Saint-Juste besitzt fast keine Kleider. Deshalb beginnen wir schon am frühen

Abend damit, etwas zu nähen oder zu bemalen. Wenn die Kleidung sitzt, kommen die Haare dran. Färben oder einfach toupieren und eine Dose Haarspray drüber. Dann noch die Schminke. Und immer wieder tanzen, diskutieren und trinken. Nüchtern gehen wir selten von zu Hause weg. Es kann Stunden dauern, bis die zwei Zicken endlich mit sich und dem Gegenüber zufrieden sind. Meistens ist es schon so spät, dass kein Tram mehr fährt. Wir müssen mit dem Taxi vorfahren. Wir finden, dass das gut zu unserem abgefuckten, verworfenen Image passt. Ja, wir pflegen unseren Stil. Wir erleiden beide so eine Art Rückfall, der an vergangene Zeiten erinnert, als Punk noch in Mode war. Wir stecken uns gegenseitig an, in unserem euphorischen Narzissmus. Übrigens haben wir beide in diesen paar Monaten sehr viel zugenommen. Auf jeden Fresstrip folgt somit eine Abmagerungskur. Dann können wir wieder von neuem loslegen. Aber das macht uns nicht so viel aus. Denn wir sind zu zweit. Wir finden uns schön und sind schrecklich stolz aufeinander. Ich kümmere mich eigentlich gar nicht so sehr um mein Fett. Ich hebe es eher noch hervor, denn ich präsentiere mich immer in Minirock, Strapsen und altmodischen, eigens bemalten Stütz-BHs. Den zu dicken Bauch schnüre ich einfach mit einem Nierengurt zu. Bumsfallera! Saint-Juste ist stolz, dass er eine Frau hat, deren Titten er immer und überall auspacken darf, wenn er Lust hat. Seine Kollegen sticheln gerne: "Saint-Justes Freundin, die dicke Rothaarige, die immer am Boden rumkriecht, wenn sie voll ist!" Wir fallen gerne als schamloses, aufgemotztes und schrilles Paar auf. Mad Max und Tina Turner!
Thomas, der mit mir an der Köchlistrasse wohnt, bleibt ein paar Monate weg, weil er in Genf arbeitet. Saint-Juste zieht nun in sein Zimmer. Damit sich unser Müll in drei Zimmer verlagern kann. Er hat das Bedürfnis, alleine in einem Bett zu schlafen, um die schwarze Tür schliessen zu können.
Die Wohnung sieht schon bald sehr schlimm aus. Überall unsere Sauerei! Wir sind unschlagbar. All der Müll, den wir in unserer hysterischen Lebensart produzieren! Als ich die Wohnung übernommen habe, war sie ziemlich clean und anständig. Das hat mir von Anfang an Sorge bereitet. Mit dem grauen Spannteppich, der hätte sauber bleiben sollen, konnte ich mich am wenigsten anfreunden. Schon in

der ersten Woche habe ich rote Kunstharzfarbe-Flecken hingekriegt. Ansonsten ist die Loge super. Dreieinhalb Zimmer mit Heizung und Warmwasser für nur vierhundert Franken. Die Küche wird als erstes unbrauchbar. Wir spülen nie mehr das Geschirr, und das Abflussrohr ist bald verstopft. Das Wasser im Spültrog fängt an zu schimmeln. Der Food in den Pfannen macht auch gewaltige Metamorphosen durch. Eines Tages kommt Saint-Juste mit Plastikgeschirr nach Hause. Nicht sehr umweltbewusst, aber praktisch. Nun können wir nach jedem Fressen alles in den Müll kippen. Irgendwann macht der Kühlschrank nicht mehr mit. Das Eis schmilzt, und das bedeutet: Überschwemmung bis zur Türschwelle. Ich drehe die Heizung ganz auf, damit das Wasser verdampft. (Die Luft ist jetzt auch weniger trocken.) Der Fussboden ist klebrig und glitschig. Inzwischen schimmelt der Kühlschrank vor sich hin. Ich stelle einen neuen in die Küche. Dadurch wird leider der Eingang versperrt. Eine Kletterpartie also. Hinein in Abenteuer, Gestank und Schmutz! Wir leben in einer Parterrewohnung mit grossem Schaufenster, welches Einblick in Saint-Justes Zimmer verschafft und Übersicht auf all den Syph der ganzen Wohnung bietet. Es ist eine Wohnung in einem anständigen Haus, in dem Ordnung herrscht. Die Leute bleiben oft vor dem Schaufenster stehen und staunen oder schimpfen. Wir werden schnell berühmt in der ganzen Strasse. Zu unserem Übel, leider. Manchmal wird es uns in der abgefuckten Loge selber zu bunt. Aber wir können dieses Puff einfach nicht mehr in die Finger kriegen. Eigentlich passt dieser Dreck auch zu meinem inneren Chaos. Ich bin strapaziert, nervlich. Seit einiger Zeit geht es mir nicht mehr so gut. Saint-Juste und ich haben manchmal Spannungen. Unsere Beziehung wird immer komplizierter. Während ich traurig nach einer Lösung suche, ist er eher der Typ, der verdrängt. Gestern bin ich ausgeflippt. Ich habe Gläser an die Wand geschmissen und geheult. Ich bin zu stolz - oder zu faul - dazu, die Scherben aufzuwischen. Damit ich mir beim nächtlichen Gang auf das Klo nicht die Füsse zerschneide, habe ich Stühle hingestellt. Über die kann ich nun den Weg machen, ohne mich zu verletzen.
Zwischen Saint-Juste und mir gibt es eigentlich nur ein Problem. Seine Homosexualität. Ich glaube, dass ich wirklich versuche, dies zu akzeptieren. Aber ich sehe nicht ein, was es soll, dass er sich mir

gegenüber so zickig benimmt. "Bitte lass die Finger von mir!" Er hingegen darf soviel an mir rumgrapschen, wie ihm beliebt. Wir sind ja beide verknallt ineinander. Aber er will nicht mehr wie früher von mir gestreichelt werden. Ich leide schrecklich darunter. "Wenn sich zwei gern haben, dann ist es doch natürlich, dass man sich berühren will. Zärtlichkeit gehört doch dazu. Ich will dich spüren. Ich denke nicht ans Bumsen." Wenn ich neben ihm liege und ihn nicht streicheln darf, möchte ich mir am liebsten die Hand abhacken. Woran das wohl liegt, dass er nur noch in der Öffentlichkeit mit mir rumknutscht? Saint-Juste zieht sich immer mehr von mir zurück. Schon bald schlafen wir nur noch getrennt. Häufig weine und grüble ich, bis ich einschlafe.

Ich glaube, Saint-Juste hat plötzlich Angst, seine Homosexualität zu vernachlässigen. Er hat sich für das Schwulsein entschieden. So viel Frau um ihn verwirrt ihn. Ich bin der Meinung, dass in jedem Menschen sexuelle Neigung zu beiden Geschlechtern besteht. Auch wenn die Mehrheit die eine Seite in sich verdrängt - unbewusst. Davon will Saint-Juste aber nichts wissen. Oft kommt er erst spät nachts nach Hause und erzählt mir von seinen Erlebnissen in Parks und Pissoirs. Ich verstehe nicht, was ihn an dieser lieblosen Szene interessieren könnte. Obwohl er sich dort anscheinend köstlich amüsiert, erahne ich dahinter Verbitterung und Einsamkeit. Denn er verliebt sich immer in Heteros und träumt nachts unglücklich von seinem Traumprinzen. Und für mich gibt es nur noch Saint-Juste. Ich habe das Bedürfnis nach Liebe und Zärtlichkeit. Ich will ihm klar machen, dass ich nicht ficken will, was ich ja anderswo tun könnte. Mit Sicherheit versteht er, wie ich das meine, aber er geht nicht auf mich ein. Ich bin verletzt, werde immer gereizter und unsicherer. Ich bin nicht mehr so natürlich und locker, sondern verkrampft und ruhelos. Immer noch hege ich die Hoffnung, Saint-Juste würde seine Ängste und Hemmungen mir gegenüber verlieren. Aber Saint-Juste wird immer abweisender und grober. Frauen werden von ihm Schlabberfotzen, Stinkmösen und absolut unerotisch geheissen. Mit der Vernunft weiss ich, dass er damit nicht von Barbara spricht, aber es tut mir trotzdem weh. Ich wende die verschiedensten Tricks an, um ihn zu verführen, weich zu kriegen. Einmal habe ich ihn so weit

gekriegt, dass er sich wieder anfassen liess. Aber plötzlich hat er sich aus meiner Umarmung gewunden und erschrocken gesagt: "Ich kann doch nicht mit einer Frau rummachen! Das kommt mir vor, als würde ich mit meiner Mutter schlafen!" Ich weiss, dass das Problem noch tiefer liegen muss.
Das Wort **"SCHWUL"** kann ich **NICHT MEHR HÖREN!** Mir scheint, in seinen Augen ist alles und jeder schwul. Bald glaube ich es selber. Alle Männer sind schwul, und ich bin die traurige, beleidigte, unter allen Schwulen leidende Barbara.
Wenn Saint-Juste ein bisschen die Tunte spielt, stört mich das nie. Ich finde es zum Schiessen lustig. Eines Nachts (er hat aber zuerst ein Tokilon schmeissen müssen, das wirkt enthemmend), da kreuzt er im "Profi-Treff" auf. So toll, sag´ ich euch! Eine echte Bombe! Er ist schöner als alle Weiber im ganzen Lande zusammen! "Wow, du hast es geschafft! Du bist einfach wunderbar!" Ich bin richtig verliebt in diese Justine. Er ist unheimlich **SEXY** geschminkt. Sein violettes Haar hat er elegant in die Höhe toupiert. Meine Sonnenbrille steht ihm auch sehr gut. Er hat viel Glitter um die Ohren und stinkt nach Chanel Nr. 19. Mein hellgrünes, seidenes Minikleid trägt er mit dem Rückenausschnitt nach vor, so dass man seine Brustwarzen sieht. Die hat er rot bemalt. Er trägt meinen rosa Strapsgurt und die goldenen Strümpfe. Seine Füsse stecken in rosaroten Pantöffelchen mit Pelzchen. Wir haben Winter, und die Pantoffeln sind ganz süss in schwarzen Strassendreck getaucht. Justine kann kaum mehr stehen. Da liegt sie mit verdrehten Augen auf dem Boden und streckt alle Viere und das Schwänzchen in die Luft. Die olle Schandmarie! Die Leute, die dieses Spektakel erleben dürfen, wissen nicht so recht, was sie davon halten sollen. Ich auf jeden Fall finde es ganz toll.

Es kommt wohl oder übel die Zeit! Barbara entdeckt die Masturbation! "Wenn du mit keinem bumsen willst, dann musst du eben wichsen, das ist auch gut", schlägt mein Geliebter vor. Ich folge diesem Tip. Zuerst aus Verbitterung. Später entdecke ich, wie schön ich mich selber befriedigen kann. Ich glaube, Frauen müssen das lernen. Das geht nicht so selbstverständlich wie bei den Männern. Am Anfang meiner Wichskarriere probiere ich alles aus. Ein aufgeilender Gedanke ist immer, dass ich weiss, dass Saint-Juste in seinem Zimmer dasselbe tut. "Wieso können wir nicht mal zusammen wichsen?" Aber Saint-Juste will und kann das nicht. Ich schockiere gerne meine Umwelt, indem ich von meinen Experimenten berichte. Von den Kerzen, die man, wenn sie weich werden, in die beliebigsten Formen drücken kann. Vom Erlebnis im Kaufhaus, wenn ich in der Gemüseabteilung vor all den Phalli stehe und mich einfach nicht entscheiden kann, was es denn heute sein soll. Von tiefgefrorenen Bratwürsten... Es wirkt. Und es ist eigentlich um Haaresbreite die Wahrheit, die ich da allen offenbare. Aber es ist traurig. Ich habe einen grossen Kampf mit mir, mit meinem Frausein. Mit meinem Körper und den Trieben. Ich sehe mich bald schon selber als eine niederträchtige Stinkmöse.

Das ist jetzt anders und besser geworden. Das Verhältnis zu meinem Körper stimmt wieder. Ich will ihm nur Gutes tun. Wie jeder normale Mensch verspüre auch ich manchmal die Lust zu onanieren. Aber es ist nichts Verbittertes, Perverses mehr an dieser Sache. Ich berühre mich gern und brauche nur noch meine Hände dazu. Keine kalten Fremdobjekte. Der Vibrator, welchen man mir damals passenderweise zum Geburtstag geschenkt hat, steht in einer Ecke. Die Batterien sind ausgelaufen. "Zur Erinnerung!"

Die Wohnung wird uns gekündigt. Scheisse nochmal! Wir sind selber schuld. Wir haben uns tatsächlich ein paar unverzeihliche Knüller geleistet. Zum Beispiel das mit der Dusche. Im Keller hat der Hausmeister eine Duschkabine eingerichtet, die jedem im Haus zur Verfügung steht. Vor kurzem fand bei uns in der Wohnung eine kleine Spontan-Party statt. Zu viert tranken wir einen Liter Grappa. Wir kamen auf die Idee, unsere Körper zu bemalen. Wir waren alle hellauf begeistert und fotografierten die farbigen Bäuche. Bald kam die Nachbarin. Ob es uns vielleicht möglich wäre, die Lautstärke ein bisschen einzuschränken. Aber wir waren nicht mehr zu bändigen. Alles schrie wild durcheinander. Dann haben wir das Fest verlagert. Im Keller, unter der Dusche, ging es weiter.
Am Morgen ist Thomas als erster aufgestanden. An der Wohnungstür

hing ein Zettel: "Schweine! Verdammte Sauerei!" Irgendein Armer wollte frühmorgens vor der Arbeit eine Dusche nehmen. Das muss ein Anblick gewesen sein. Der Duschvorhang von oben bis unten mit Farbe beschmiert! Überall Hand- und Fussabdrücke. Leere Flaschen, Jointkippen, kaputte Gläser! So hat Thomas es geschildert. Wir haben ja alle noch fest geschlafen, als er sich ans Putzen machte. Dieses Ereignis, zusammen mit ein paar nebensächlicheren Lärmreklamationen und dem Skandal, den die lebensgrossen "obszönen" Pin-Up´s im Schaufenster ausgelöst haben, verhalfen uns unweigerlich zum Rausschmiss.

Das bedeutet eine Art Trennung zwischen Saint-Juste und mir. Vorübergehend sind wir bei Simone in ein Zimmer gezogen. Nun müssen wir wieder ein Bett teilen. Was vor allem Saint-Juste nicht ertragen kann. Er säuft seine Nächte mit einer anderen Frau durch. (Ihr steht wohl eine ähnliche Problematik bevor. Vielleicht hat sie mehr Glück. Wenn ich ehrlich bin, muss ich Eifersucht eingestehen.) Wir gehen uns aus dem Weg. Beide schlafen wir oft auswärts. Ich bin mit meinem Ablösungsprozess beschäftigt. Ich widme mich wieder anderen Männern, wenn auch nur oberflächlich. Es ist mir nun klar geworden, dass ich mir eine Wohnung suchen muss, in der ich alleine leben werde. Den Job beim Skandal-Klatsch-Blatt **"BLICK"** habe ich bereits gekündigt. Ich will ein neues Leben beginnen.

"Oh, Barbara! Du steigerst dich immer so schnell in etwas rein!" Das hat gestern Sandra zu mir gesagt. Ich weiss, dass gerade sie mich besonders gut verstehen kann, weil sie diesen Zustand an sich selber auch kennt. Das ist der Grund, weshalb ich oft das Bedürfnis habe, mich an Sandra zu lehnen und meine Gefühle ohne Skrupel einfach fahren zu lassen. Ich habe Sandra gegenüber nie das Gefühl, ich müsse mich erklären. Sie nimmt mich, wie ich bin. Daraus kann immer wieder etwas Neues entstehen. Sei es, dass wir uns gemeinsam noch in die Tiefe (oder Höhe) reissen, oder sei es, dass sie weit entfernt ist von dem, was mich beschäftigt. Es verletzt mich nie. Es gibt immer wieder Zeiten, wo wir uns weniger nah sind. Aber ich kann mir in Sandras Gegenwart alles leisten. (Mit Saint-Juste ist es übrigens dasselbe.) Es ist schön, wenn man nie das Gefühl hat, man müsse sich rechtfertigen. Diese Beziehungen haben nichts mit gegenseitiger Abhängigkeit zu tun. Ich verschwende keinen Gedanken daran, dass mich diese Menschen missverstehen oder verlassen könnten. Ich will keinen Besitz von ihr ergreifen. Jetzt denke ich: Will ich denn irgend etwas, irgend jemanden auf dieser Welt besitzen? Traurig, diese Frage überhaupt. Ich will herausfinden, worin meine Unsicherheiten liegen, die immer hochkommen, wenn ich mich verliebe. In Liebe fallen. Es ist etwas, wogegen ich mit meinem Verstand nie ankomme. Es ist wie ein hungriges Feuer, das in mir brennt. Es braucht immer Nachschub, weil es weiterbrennen will, weil es immer grösser und heisser werden will. Anstelle von Holz und Luft braucht das Feuer in mir Zärtlichkeit und leider Gottes auch sowas wie Bestätigung. Wenn man mir die Unsicherheit nimmt, ist auch die Angst weg. Aber dass ich überhaupt soviel Bestätigung brauche, macht mir auch Angst. Ja, weil ich doch von niemandem etwas erwarten will! Jemand, der von mir geliebt wird, der mich liebt, soll immer so sein dürfen, wie er will. Und das tun, was er will. Ich versuche wirklich alles, was mit Besitz zu tun hat, zu erdrücken. Denn mich kann auch niemand besitzen. Sonst hätte ich Fluchtgedanken, weil auch ich jemand bin, der viel Freiheit braucht. Und trotzdem erliege ich manchmal dem

Bedürfnis, dass man mich in die Arme nimmt und sagt: "Barbara, ich habe dich gern, und ich vergesse dich nicht." Vielleicht hat man mir das noch zuwenig gesagt. Ich rede hier nicht von meinen Eltern. Bestimmt nicht! Aber meine Männerbeziehungen waren immer so einseitig. Ich fühlte mich schon zu oft in meinem Leben ungeliebt und zurückgewiesen. Ich habe dadurch eine seltsame Logik entwickelt: Ich darf keinen Mann zu stark fordern. Ich darf nichts erwarten. Sonst kriegt er Angst und verzieht sich. Ich war jeweils diejenige, die den Mann in die Arme nahm und flüsterte: "Ich liebe dich." Völlig selbstlos, ungeachtet dessen, was zurückkam, denn ich habe einmal so ein gescheites Buch gelesen, worin geschrieben steht, dass **LIEBE** nichts mit Verlangen zu tun hat. Sondern dass es allein schon glücklich und erfüllt macht, wenn man Liebe gibt. - Ohne sich darum zu scheren, was zurückkommt. Ich glaube, ich habe das ziemlich falsch verstanden. Denn ich habe vergessen, dass Liebe auch etwas mit Selbstachtung zu tun hat. Ich habe mich nie erfüllt gefühlt, wenn ich diese Art von Liebe geben wollte. Vor allem habe ich dadurch die Männer zusätzlich gestresst. Meistens habe ich es irgendwann aufgegeben und mich wieder zurückgezogen. Ja, und dann ganz plötzlich haben manche von ihnen gemerkt, dass ihnen viel mehr an mir gelegen ist, als bisher geahnt. Wie seltsam ist doch die Welt.

Bis jetzt habe ich nie das Gefühl gehabt, das zwischen Mac und mir sei einseitig. Ich habe viel von Mac bekommen. Ich wusste gar nicht, dass es sowas gibt. Dieses Erlebnis macht mich glücklich. Ich habe es nämlich fast aufgegeben, an die Liebe zu glauben. An Liebe, die mich auch stark machen kann. Liebe ohne Über- oder Unterlegenheit. Etwas Befreiendes. So habe ich die bisherige Zeit mit Mac erlebt. Nun haben wir uns schon zwei Monate lang nicht mehr gesehen. Ich weiss noch immer nicht, wann er hier eintrifft. Wir begegnen uns am Telefon, in Briefen - platonisch. Ich bin sehnsüchtig. Diese Sehnsucht macht mich gefühlsschwanger und traurig. Wenn ich traurig bin, bin ich schwach. Wenn ich schwach bin, bin ich unsicher. Ja, so geht es. Ich bin verunsichert und stelle alles in Frage. Vergisst er mich?

Sind meine starken Gefühle illusionär? Entfremden wir uns, wenn wir uns lange Zeit nicht mehr sehen? Ein tiefes Gefühl in mir sagt "**NEIN**", findet Vertrauen und Gewissheit. Aber immer wieder kommt diese plötzliche Angst in mir hoch. Angst, dass ich das, was mich so glücklich macht, wieder verlieren könnte. Ich versuche, meine Angst zu verdrängen. Oder besser, ich akzeptiere sie als einen Bestandteil von dem, was ich auch noch bin. Nämlich schwach und manchmal ein wenig einsam. Ich erzähle Mac von diesen Gefühlen, weil ich will, dass er alle Seiten an mir kennt. Er muss mich doch auch so nehmen, wie ich bin! Wenn er das kann und will, dann ist es gut. Ich wünsche mir, dass auch er immer ehrlich ist. Ich glaube, Ehrlichkeit ist einer seiner ausgeprägten Charakterzüge. Auch Egoismus. Er ist ein Mensch, der sich seinen Raum nimmt, um sich selber zu sein, möglichst unverfälscht.

Ich will die Barbara kennenlernen, die ohne Angst lieben kann. Die genug Vertrauen findet, um jeden Moment und jede Phase auszuleben. Was gerade den Platz in meinem Kopf und im Bauch einnimmt. Ich will mit jemandem zusammen sein, der dies in mir bestärkt. Wenn ich nichts in mir abtöten muss, kann ich grösser, breiter und stärker werden. Ich bin überzeugt, dass ich dann auch fähig bin, dem andern Kraft und Freiheit zu geben - oder zu lassen. Ich fühle, dass dies möglich sein müsste. Jeder muss schliesslich bei sich selber anfangen. Es gibt mir ein gutes Gefühl, wenn ich spüre, dass es an mir selber liegt - der Boden, auf dem ich alles aufbauen kann, damit meine Wünsche Realität werden. Ich bin nicht (mehr) Dornröschen, das darauf wartet, dass ein Prinz kommt, der es wachküsst. Als Kind wollte ich immer das Prinzesschen sein. Ich lebte in einem Märchen. Vor dem Einschlafen lag ich im weissen Kissen. Die Haare wie eine Blume verteilt, mit geschlossenen Augen und gefalteten Händen, bei offenem Fenster. Nacht für Nacht wartete ich auf den Prinz, der zu mir hineinsteigen würde, um mich fortzutragen. In eine schöne, heile Welt, in der nur noch unsere Liebe zählen würde. Ein liebes, schönes, sensibles Kind. Ich hatte die Vorstellung, dass man mich nur dann gern haben würde, wenn ich nie böse bin und mich hilfsbereit aufopfere. Ich habe Schneewittchen gespielt und die Kinder und die Tiere geliebt. Auch dann, wenn ich mich gar nicht so fühlte. Das Liebsein wurde zu einer Pflichtübung. Es entstand ein grosser Zwist in mir, denn vor lauter Liebseinwollen habe ich es verpasst, mich für mich und meine Rechte zu wehren. In Wirklichkeit war ich ja nicht nur nett und herzig. Das Böse, Berechnende und Selbstsüchtige hat auch in mir gesteckt. Aber ich dachte wohl, dass dies nicht in einen guten Menschen gehört. Ich habe alles überspielt. Das heilige Schneewittchen hat mir immer Schuldgefühle eingeredet: "Man ist nicht wütend auf den kleinen Bruder! Man ist nicht faul! Man hilft der Mutter gern und freiwillig im Haushalt! Man verstösst keine Mitschüler, weil sie nach Lebertran stinken!" Und so weiter. Immer den grossen Zeigefinger vor Augen. Bärbeli ist ein liebes Mädchen. Bärbeli lässt sich einfach vom kleinen Bruder verhauen, ohne sich zu wehren, denn das würde dem Brüderlein doch weh machen. Bärbeli wischt die Treppe, ganz freiwillig. Dann hat der liebe Gott Freude am Bärbeli. (Woher diese Frömmigkeit kam, ist mir heute noch ein Rätsel.) Wenn Bärbeli denkt, dass der liebe Gott auch sieht, dass es Bärbeli stinkt, wenn es die Treppe freiwillig saubermacht, dann schämt es sich deshalb. Zur Strafe muss es noch lange warten, bis der Prinz endlich kommt.

Ich erwartete immer ein entsprechendes Lob für meine Taten. Völlig berechnend. Ich spürte schon damals, dass daran was faul sein muss. Da ich das alles ja nicht aus einem echten, inneren Bedürfnis heraus getan habe. Dies hat mir wiederum Schuldgefühle eingejagt. Also musste ich noch lieber werden, um die Schuld zu begleichen.

Ein Teufelskreis!

Die verstossene Mitschülerin, die stank und violette Flecken am Körper hatte, dass es mich ekelte, habe ich zu mir nach Hause eingeladen. "Damit sie nicht immer so allein ist und auch einmal einen schönen Nachmittag verbringen darf." In der Schule habe ich mich freiwillig neben sie gesetzt. Ich zwang mich dazu. Obwohl ich, wie alle anderen Kindern, überhaupt keine Lust dazu hatte. Insofern war ich nämlich "normal". Mitleid und Schuldgefühle. Etwas, was mir anscheinend in die Wiege gelegt worden ist. Jahrelang musste ich dagegen ankämpfen. Die Schlacht hat einige Wunden und Spuren hinterlassen, muss ich sagen. Aber ich bin auf dem besten Weg, das in den Griff zu kriegen. Mit meiner Mutter habe ich schon oft darüber gesprochen. Zusammen wollen wir herausfinden, woher das kommen konnte. Jede Mutter fragt sich einmal: "Was habe ich nur falsch gemacht?" Das ist nicht so einfach, denn die Erziehung des Kindes wird durch vieles beeinflusst. Da verliert man bestimmt schnell den Überblick. Gerade deshalb, weil ein Kind so sehr aufnahmefähig ist. In der Zeit, wo man den Menschen zu dem formt, was er werden soll (wie man so schön sagt). Meine Mutter überlegt: "Ich glaube, ich habe dir nie gesagt: "Sei lieb! Sei nett!" Ich habe mir manchmal Sorgen gemacht, weil du immer so ein liebes, angepasstes Kind warst, das nie Unfug trieb. Ganz im Gegensatz zu deinem Bruder. Es wäre mir lieber gewesen, wenn du frecher und weniger ernsthaft hättest sein können." - Gibt es etwa Dinge, die einfach in den Sternen liegen, unter denen ich geboren bin? Ich weiss es nicht. Auf jeden Fall haben mir meine Eltern dabei helfen können, diesen Zeigefinger in mir fortzujagen. Ich habe eingesehen, dass der Mensch nicht nur aus einem klugen Geist

(mit Heiligenschein obendrauf) besteht. Es brodelt in mir wie in einem Hexenkessel. Triebe! "Es hat mir getiert, dass da ein Tier in mir ist!"
Dies zu meiner Kindheit. Frisch von der Leber weg. Ein bisschen Eigenpsychiatrie betreiben - auch nicht schlecht.

Ich liege im Halbschlaf. Das Telefon klingelt. Mac am Apparat:
- "Was tust du so? Etwas vor in den nächsten Tagen?"
- "Nein, nichts Weltbewegendes."
- "Ich komme zu dir. Am dreizehnten. Das ist ein Freitag."
- "Am dreizehnten? Das ist mein Geburtstag! Weisst du das?"
- "Hab´ ich nicht gewusst."
Die **DREIZEHN** ist Macs Lieblingszahl. Oder besser, **SEINE ZAHL!** Alle Rechnungen ergeben bei ihm dreizehn. Er kriegt es immer so hin, dass er in jeder wichtigen Zahl, die ihm begegnet, die Dreizehn finden kann.
Zum Beispiel: 1642.
Die Quersumme ergibt dreizehn.
Sieben ist die Mitte von dreizehn.
Die Vier ist auch eine Dreizehn, denn vier ist soviel wie eins plus drei.
Sechsundzwanzig ist zweimal Dreizehn.
Auch der Buchstabe B ist eine dreizehn. Und so weiter...
Ich bin am dreizehnten März geboren. Deshalb war diese Zahl seit jeher meine Glückszahl. Meine Mansarde hat die Wohnungsnummer 13. Und so weiter... Die Dreizehn symbolisiert den Tod. Tod ist Veränderung... Lassen wir das mit der Numerologie.
Ich bin hocherfreut über diese Neuigkeit. Mac kommt also an meinem vierundzwanzigsten Geburtstag. Das ist in zwei Tagen. Natürlich ist jetzt meine Müdigkeit verflogen. Die ganze Nacht liege ich wach; viel Glück im Bauch.
Freitag, der dreizehnte, morgens um sieben Uhr. Ich stehe beim Getränkeausschank am Bahnhof. Ich trinke ein Bier. In einer halben Stunde wird der Zug aus Amsterdam einfahren. Ich bin todmüde, denn ich habe diese Nacht natürlich durchgefeiert. Ich bin ganz in Schwarz gekleidet. Um den Kopf habe ich schwarze Federboas gewickelt. Die Augen sind stark geschminkt. Heute bin ich "der Tod" in Person. Denn heute, an meinem Geburtstag, beginnt eine neue Zeit. Vieles muss anders werden, sage ich mir, aber ich bin mir nicht im klaren darüber, wo ich anfangen soll. Ein müder Tod. Er schaut alles andere als frisch in die Welt hinaus. Ich bin ziemlich mitgenommen von dieser wilden

Freinacht, die ich hinter mir habe. Ich stelle fest, dass es zwei Züge aus Holland gibt, die beinahe gleichzeitig hier ankommen. Nervös irre ich von einem Gleis zum anderen und wieder zurück. Ich suche Mac, der sich nun unter diesen Reisenden befinden sollte. Er weiss nicht, dass ich ihn auf dem Bahnhof empfange. Zu meiner Enttäuschung taucht weit und breit kein Mac auf. Ich muss ihn verpasst haben. Vielleicht sind wir aneinander vorbei getorkelt. Ich gucke schliesslich nicht mehr sehr nüchtern aus der Wäsche. Wäre blöd, wenn er bei mir zu Hause ankommt, und ich bin nicht da! Also nichts wie los. Ich springe in ein Taxi. Erst jetzt stelle ich fest, dass bereits Busse fahren. Als zweites bemerke ich, dass in meinem Geldbeutel gähnende Leere herrscht. "Oh Verzeihung, lassen Sie mich lieber aussteigen! Ich besitze keinen Penny mehr! Ich habe das in meinem Stress gar nicht bemerkt. Ich wollte nur so schnell wie möglich zu Hause sein!"

Aber da ist nichts zu machen. Die gute Frau fährt mich sage und schreibe bis vor meine Haustüre. "Diese Fahrt schenke ich Ihnen." - "Oh, das ist unheimlich lieb! Übrigens trifft sich das sehr gut, ich habe nämlich heute Geburtstag!" -"Na, siehst du?!"

Ich sitze auf meinem Bett und warte und schlafe sofort ein. Die Tür geht auf, und Mac steht in meinem Zimmer. Ich lache ihm zu. Er lacht zurück, schmeisst sein Gepäck in die Ecke, kramt ein Bier hervor und nimmt einen Schluck. Wir sind beide schüchtern und zaghaft. Wir halten körperliche Distanz. Es ist alles ganz anders, als ich mir das vorgestellt habe. Wir quatschen ein wenig und beschliessen, gemeinsam bei Gustav vorbeizuschauen. Er hat mich auf ein Geburtstagsfrühstück eingeladen.

Bei Gustav zu Hause nehmen Mac und ich ein Bad. Wie ich nackt vor ihm stehe, werde ich verlegen, und ich ziehe den Bauch ein, weil ich zugenommen habe. Wir sitzen in der Wanne und sind beide immer noch schüchtern und prüde. Wir berühren uns kaum. "Darf man reinkommen?" Gustav gratuliert mir zum Geburtstag und bringt uns den Sekt ans Bad. Später setzen wir uns zu den anderen an den Tisch. Mac und ich bringen beide keinen Bissen runter. Das tut mir leid, denn

Gustav hat viel eingekauft. Wir plaudern, und ich beobachte Mac. Ich kann es nicht richtig glauben, dass er hier ist. Er klimpert auf dem Klavier und unterhält sich mit Gustav. Ich bin eher still und introvertiert. Auch beklommen. Meine Hände zittern.
Wieder zu Hause, schlafen wir beide ein paar Stunden. Wir erwachen. Es ist bereits wieder Nacht geworden. Saint-Juste ruft an: "Ich will dir zum Geburtstag gratulieren! Ist Mac angekommen? Störe ich euch beim Bumsen?" Dem ist nicht so. Wir brauchen nochmals vierundzwanzig Stunden, bis wir uns wieder so nahe sind, dass wir miteinander schlafen wollen.

Wir reden, essen und trinken, gehen ins Kino, in Bars, an eine Party. Im Übungskeller versuchen wir es mit Musik. Eines Abends nehmen wir zusammen eine Droge. Wir lieben uns, liegen bei Kerzenschein, Musik, Trank und Snacks im Bett. Manchmal müssen wir uns für ein paar Stunden trennen. Ich will Mac eine Weile allein lassen, um zu erforschen, wie ich mich ohne ihn fühle. Er schaut fern, und ich gehe ins "Stray Cat" ein Bier trinken.
Vier Tage lang sind wir "zu dritt". Mac hat Zahnweh. Er kann an nichts anderes denken. Medikamente nützen nichts. Er leidet nächtelang, bis ich diese Dreierkiste nicht mehr aushalte und ihn eines Morgens gewaltsam zum Zahnarzt schleppe. Vier Stunden später fühlt sich Mac wie neu geboren. Wir kochen Spaghetti und machen Sex. Die zwölf Tage kommen mir vor wie eine Ewigkeit. Wir haben viel erlebt. Schönes und weniger Angenehmes. Mac geht.
Diesmal bin ich nicht traurig, dass Mac schon wieder weg ist. Ich bin glücklich und habe so viel Kraft, dass es mich beinahe zerreisst. Ich habe Lust, alles ganz neu zu erleben. Am liebsten würde ich jetzt gleich meinen Job, meine Wohnung und meiner Heimatstadt künden. Mein ganzes Hab und Gut loswerden und wegziehen. Zeit und Raum schaffen, um etwas Neues zu suchen, zu finden. Ich kann diese Energie kaum bändigen, und vor allem nicht umsetzen. Ich fantasiere vor mich hin und empfinde

meine Umgebung als lähmend und einengend. Warum kann sich nicht einfach alles ändern? Am liebsten schon von heute auf morgen! Ich bin überfordert. Äusserst erregt. Verrückt! Sehnsüchtig! Manchmal treiben mich meine Euphorie-Anfälle auf die Strasse. Mit weit aufgerissenen Augen und Herzklopfen irre ich durch die Stadt. Gedanken schiessen in einem Mordstempo durch das Hirn. Ich zittere am ganzen Körper. Was kann ich tun? Jetzt! Wo soll ich diese Kraft investieren? Am liebsten würde ich überall herumschreien: "Die Liebe! Die Liebe macht mich stark wie ein Tier! Und glücklich! Ich bin eine Frau auf dieser Welt, und ich muss mein Leben leben. **LEEEBEN!** Versteht ihr? Ich will nicht all die Jahre damit verbringen, die Langstrasse rauf und runter zu spazieren und mir dabei vorstellen, was aus meinem Leben sonst noch alles hätte werden können." Ich kriege kaum noch Luft. Singen! Schreien! Es sprüht Ideen. Viel zu verrücktes Zeugs. Ich will weg! Ich will, dass sich alles in mir und um mich herum bewegt! Ich will mit anderen Menschen zusammen sein, die diese Kraft ebenfalls spüren. Ich will, ich will...

Irgendwann, jedesmal, findet meine Raserei ein Ende. Ich sacke in mich zusammen. Fühle mich wie ein erschöpftes Häufchen Mensch. Leer, allein und traurig. Die kalte Dusche nach dem heissen Bad. Himmelhochjauchzend, zu Tode betrübt. Mein Zustand ändert sich innert Stunden, immer wieder.

Rauf und runter. Gefühlsschübe übermannen mich.

Zuerst schütteln mich mein Elan und der Optimismus durch, bis alles zusammenbricht, dann rein in die schwere Dunkelheit. Dann kommt mir mein Leben langweilig vor, und nichts hat mehr einen Sinn. Alles ist mir gleichgültig geworden. Ich denke daran, mich einfach umzubringen, weil das Leben viel zu banal ist. Überflüssig.

Mein Bruder sagt zu mir: "Weisst du, Barbara, immer, wenn mich jemand fragt, was du für ein Mensch bist, dann sage ich: sie ist Berg und Tal!"

Warum verschleudere ich meine Energien? Kann ich die nicht besser verteilen? Warum bin ich immer so absolut? So total?

Ich brauche Intensität. Die grösstmögliche. Meine Gefühle sind immer so stark. Ich will mehr und noch mehr, bis es nicht mehr weiter geht. Ich habe ein Tempo drauf, dass meine Mitmenschen manchmal nicht mehr mitkommen. Da sehen sie mich strahlen, übers ganze Gesicht. Eine Stunde später begegnen sie mir, heulend wie ein Schosshund. Einmal möchte sie am liebsten sterben, und einen Tag später verkündet sie allen, wie sinnvoll doch das Leben ist. Vielleicht denken die: "Der fehlt die nötige Tiefe. Die ist oberflächlich und labil. Die kann man gar nicht ernst nehmen."

Ich selber denke, dass ich gut mit meinen Stimmungsschwankungen umgehen kann. Ich nehme jede Regung in mir sehr ernst und versuche, dabei nicht zu vergessen, wie gerne meine Gefühle übertreiben. Denn meistens ist es nur die eine Hälfte, die sich rührt. Laut und skupellos, um nicht verdrängt werden zu können. Da ist dieses Grundvertrauen in mir drin. Vertrauen in mich selber. Es gibt grundlegende Gefühle in meinem Bauch, die ich nie zu hinterfragen brauche. Zum Beispiel, wenn ich jemanden gern habe. Das ändert sich nicht von einem Tag auf den andern. Meine Gefühlsschwankungen haben mehr mit der Beziehung zu mir selber zu tun. Manchmal liebe ich micht. Manchmal hasse ich mich. Schliesslich bin ich tagaus tagein mit mir beschäftigt. Das schafft oft Verwirrungen. Ich habe alle Hände voll zu tun, mit mir.

Es beschäftigt mich, wenn ich sehe, wie verschlossen und verkrampft die meisten von uns sind. Stadtmenschen erscheinen mir oft wie ein riesengrosser Komplexhaufen. Unglückliche, erstarrte, graue Gesichter. Aufgesetztes Lächeln, wie im Werbespot. Nachgeahmtes Image und coole Sprüche à la Kinohelden. So sieht die Öffentlichkeit aus. Selten zeigen wir das, was wir wirklich sind. Alles wird aufgemotzt und teuer eingekleidet. Man wertet aufgrund von Äusserlichkeiten. Je teurer, desto besser. Gefragt ist alles, was schön, sauber und angepasst ist. Ja nicht aus der Reihe tanzen! Eigenständigkeit empfindet man als Auflehnung. Gefährdet die Norm. Es stört die Ordnung, auf die "wir" doch so stolz sind. Individualität wird im Keime erstickt. "Man" sagt uns, was schön und gut ist!
"Das ist meine Intimsphäre. Das geht niemanden etwas an!" Wir verschanzen uns hinter verschlossenen Türen. Das Privatleben wird vertuscht.
Es wird tonnenweise unnützer Scheisskram produziert. Überall heisst es: Das muss "man" einfach haben. Und **DAS** darf "man" sich auch nicht entgehen lassen. Und das auch nicht. **DIESEN** Film muss "man" einfach gesehen haben! Und so weiter. Wir leiden an Überfluss. Wir konsumieren und sammeln all das Zeug. Gierig! - Und immer noch unzufrieden. Wir verlieren uns selber in unserem Besitz. Wir ertrinken im Luxus!
Manchmal frage ich mich: Ist es eigentlich nicht traurig, dass ich jedesmal erleichtert aufatme, wenn ich auf der Strasse etwas **MENSCHLICHES,** Lebendiges mitansehen oder erleben darf? Wenn ich mich jedesmal darüber freue, dass es noch Leute gibt, die sich nicht dafür schämen, dass sie Menschen sind, die Gefühle haben. Ich bin immer auf der Suche nach Menschlichkeit in der Öffentlichkeit. Zwei Menschen, die sich weinend umarmen. Ein Kind, das kichert, weil ein Hund im Blumengeschäft in den Topf pisst. Ein Mann, der gedankenverloren in der Nase bohrt... Schön, dass es hier solches auch noch zu sehen gibt. Doch ich finde es eigentlich traurig, denn solche Dinge müssten mir doch als selbstverständlich vorkommen. Ich selber müsste versuchen, mehr Kontakt mit meiner Umwelt zu schaffen. Auch ich muss

gegen meine Schüchternheit und gegen Vorurteile ankämpfen. Nicht einfach schnell an allem vorübergehen mit der Einstellung: "Mein Bier - dein Bier!" Ich male mir oft aus: Wie würden diese Leute reagieren, wenn ich mich an ihren Tisch setzen würde? - Etwas erzählen oder irgendwelche Fragen stellen? Wie heisst du? Was machst du da? Kann man helfen? Oder: Schauen Sie mal, wie schön die Sonne heute untergeht! Oder: Ein hübsches Kleid, das du da anhast! Oder was mir so eben durch den Kopf geht. Aber das kennt man ja alles: So benehmen sich nur Verrückte oder Alkis. Auf jeden Fall empfinden wir es als aufdringlich. Wir wollen in Ruhe gelassen werden. Ich will nicht aufdringlich und auch nicht provozierend sein. Aber ich will mich gelassen und natürlich in der Öffentlichkeit bewegen können. Ohne Angst vor meinen Mitmenschen. Wenn mich einer anquatscht, dann entpuppt sich das leider meistens als billige Anmache. Weil wieder einmal einer hofft, er könne gleich mit mir ins Bett steigen, nur weil ich den "Rühr-mich-nicht-an"-Blick eben **NICHT** aufgesetzt habe. Weil ich zuerst erwartungsvoll mir anhören will, was mir dieser Mensch zu sagen hat. Ich habe aber auch schon andere Erlebnisse gehabt. Auch ist schon jemand ganz offen und freundlich auf mich zugekommen. Ich war deswegen dermassen vor den Kopf gestossen, dass ich kein normales Wort über die Lippen brachte. Ein junger Mann, der mir im Zugabteil gegenübersass, hat mir einen Kern geschenkt. Mit den Worten: "Daraus kannst du dir einen Ohrring machen. Wenn ich dir das nächste Mal begegne, dann schenke ich dir noch einen zweiten dazu."
Ein anderer hat mich angehauen: "Ich bin dir schon oft auf der Strasse begegnet. Jedesmal erkenne ich dich schon von weitem, weil dein farbiges Haar leuchtet. Jetzt will ich dir einmal sagen, dass mich das freut."
Ich wünschte mir, es gäbe mehr solche Begegnungen. Enttäuschungen, die daraus resultieren, dass ich einen ach-so-plumpen Schürzenjäger abwimmeln muss, nehme ich nicht allzu tragisch. Auch damit muss man leben können. Wir sind schliesslich nicht alle aus demselben Holz geschnitzt. Ich kenne Frauen, die sich

stundenlang darüber auslassen können, wie pervers die Männer sind, die mit der Zunge schnalzen. Wie niedrig das Niveau der Männer ist, welche die Serviertochter in den Arsch kneifen... "Das dürfen wir Frauen uns nicht mehr länger gefallen lassen. Wir sind doch keine Lustobjekte!" Was regen die sich so auf? Solange man mir nichts zuleide tut, kann mir das doch egal sein. In einer Bar hat mir mal ein Skinhead an den Arsch gefasst. Ich habe ihm sogleich an den Sack gelangt. Der war baff. Ich versuche, mir vorzustellen, wie ich reagieren würde, wenn ich vergewaltigt würde. Ich würde mich wahrscheinlich nicht zur Wehr setzen. Im entscheidenden Moment würde ich ihm eins in die Eier hacken. Oder in den Schwanz beissen. Oder ich würde das Spiel umkehren, indem ich schreien würde: "Oh, ja, du geile Sau, mach es mir, aber schnell und gut! Und gleich hier! Los, zeig es mir."

Wahrscheinlich würde ihm die Lust vergehen, denn solche Männer müssen sich Stärke und Macht beweisen. In gewissen Stimmungen habe auch ich es satt, dass ich nachts auf der Strasse ständig von irgendwelchen Lüstlingen belästigt werde. Sie können mir manchmal auch Angst einjagen. Das Beste ist aber, ich lasse mir dies nicht anmerken. Meistens setze ich auf Gegenattacke. Ein guter Trick: Sowie der Freier ganz dicht hinter mir steht und "Fützli" flüstert, drehe ich mich mit einem Ruck um, schiele mit den Augen, lalle, rülpse und torkle ihm mit schiefem Lächeln entgegen. Das verjagt ihn schnell. Oder der andere Trick - die coole Tour: Der Freier sagt: "Na, Schätzchen, willst du mir einen blasen?" Ich antworte sachlich: "Nein danke, auf deinen Käse habe ich keinen Bock!" und gehe weiter. Auch damit rechnen die selten. Schlagfertigkeit kann man auch vortäuschen. Ich stehe nicht unbedingt auf Obszönitäten, aber wenn mich jemand obszön anmachen will, dann schockiere ich mit demselben hoch drei.

Frühling! Die ersten Sonnenstrahlen. Alles spriesst und duftet. Die Wärme steigt den Leuten in den Kopf (oder zwischen die Beine), wie man weiss. die Leute paaren sich, heisst es. Der Frühling bringt Lust. Die Leute wollen sich verlieben. Mir genügt die Wärme. Die Sonne hilft mir, nicht mehr unter Einsamkeit zu leiden. Auch ich bin verliebt. Glücklich verliebt in Mac, obwohl er gar nicht hier ist. Aber ich bin wieder ausgeglichen und fühle mich wohl in meiner Haut. Ich habe das Gefühl, dass mir nichts davonrennt. Ich habe Zeit. Ich bin ruhig, und bestimmt auf dem rechten Weg. Das Leben geht weiter und immer weiter. In der Frühlingsluft wittere ich Veränderung. Innerlich wie äusserlich. Ich geniesse eine angenehme Spannung im Bauch. Es formt sich eine Kraft daraus, die mich weitertreibt. Wohin? Irgendwohin. Es ist ein verschwommenes Bild einer neuen Zukunft in mir. Alles andere ergibt sich von selbst. Ich habe keine Angst, etwas zu versäumen. Ich weiss, dass ich eine Veränderung will! Also wird sie auch Wirklichkeit werden.
Träumen, Luftschlösser bauen, ohne dass mich die Sehnsucht danach traurig macht. Erfüllung, trotz abwartender Haltung. Es genügt mir, einfach in einem Stuhl zu sitzen und vor mich hin zu denken. Schöne Erinnerungen kommen hoch, erfundene Situationen, oder ich philosophiere über Gott und die Welt. Manchmal setze ich mich in die Sonne an den Strassenrand, beobachte das Treiben und mache mir meine Gedanken dazu. Ich konzentriere mich auf den Moment. Meine Fingernägel wachsen nach, und mein Körper verliert sein überflüssiges Fett. Der eigentliche Grund für all das ist tatsächlich, dass ich mich geliebt fühle. In einer Woche werde ich Mac besuchen, in Holland. Er freut sich. Alle meine Zweifel sind weg. Was bringt es mir, länger darüber nachzugrübeln, ob ich meine Gefühle in jene Person Mac verschwende oder nicht. Ich fühle mich liebend und geliebt. So einfach wie es klingt. Und so schön!

Der Tag vor meiner Abreise. In dieser Nacht werde ich den Zug Richtung Amsterdam besteigen. Vorfreude und Aufregung. Ich hole mir das Ticket, wechsle holländische Gulden, kaufe Bierproviant, verabschiede mich von allen Leuten und schwebe in meinem seidenen Morgenmantel durch die Stadt. Ein laues Lüftchen streichelt meine Haut. Ein letzter Besuch beim Arzt. Ich lasse mir ein Diaphragma verschreiben. (Ich habe endlich die Pille aufgegeben.) Ich bin in romantischer Stimmung. Schön und weiblich will ich sein. Alle helfen mir bei meinen Vorbereitungen. Haare schwarz gefärbt, Gustav schneidet sie noch ein bisschen. Eine Kollegin bringt mir ein Paar Schuhe. Gustav hat eine Jacke für mich genäht. Alle freuen sie sich mit mir, diese lieben Leute. Gustav begleitet mich bis zum Bahnhof. Um 22 Uhr sitze ich endlich im Zug und bin etwas angetrunken. In Basel umsteigen. Eine ganze Stunde Wartezeit, die ich irgendwie vertreiben muss. Das Bahnhofsbuffet hat bereits geschlossen. Ein Araber quatscht mich an. Ich fühle mich so stark, dass ich ihn nicht abwimmeln mag. In meiner Angetrunkenheit lasse ich mich auf ein Gespräch ein, damit diese Stunde im leeren Bahnhof schneller vorübergeht. Wäre vorauszusehen gewesen, wie das abläuft: natürlich, der Typ vollends begeistert von mir. "Die schönste Frau seines Lebens" hat es ihm angetan. Zum Schluss wird mir die Sache doch zu stressig, denn ich habe absolut keine Lust, den Anschluss zu verpassen, weil ich dem Schürzenjäger das Fummeln ausreden muss. Im Zug setzt sich ein jüngerer Tramper aus Südfrankreich zu mir. Ich bringe eine Unterhaltung in Gang und bin immer noch fleissig am Biertrinken. Denke mir, dass die lange Fahrt viel weniger langweilig ist, wenn man jemanden zum Schwatzen findet. Andere Länder, andere Sitten. Vielleicht gehört sich das für eine anständige Dame nicht. - Auf jeden Fall hat mich dieser Bursche missverstanden. Für mich waren die paar Worte jedenfalls noch lange keine Aufforderung, so über mich herzufallen und mir die Zunge in den Mund zu drücken. Pfui! Mich packt der Ekel, und sauer verlasse ich das Abteil, um mich eins weiter zu setzen. Zu einer Gruppe deutscher Jungs, die da am

Rumblödeln sind. Wäre möglich, dass ich die wiederum etwas schockiere mit meiner Sauferei und der Story vom Abteil nebenan. Übrigens hat mich der Franzose noch immer nicht aufgegeben, er verfolgt mich bis auf die Toilette. Das nervt mich entsetzlich. Ist es denn so schwierig, auf diesem Planeten einigermassen richtig verstanden zu werden? Die Deutschen verlassen den Zug. Ein älteres Ehepaar setzt sich zu mir. Ich beobachte die beiden, wie sie sich gegenseitig anschweigen. Die Frau hat einen sehr unsinnlichen Mund und vergrämte Züge um die Augen. Der Mann starrt müde zum Fenster raus. Ich versuche, mir vorzustellen, was für ein Leben die zwei Unglücklichen miteinander führen mögen. Sie scheinen in die Ferien zu fahren. Ein kläglicher Versuch, mit ein bisschen Abwechslung frischen Wind in diese Ehe zu bringen? Wie ich dann den Schlaf suche, bin ich eher in schlechter Stimmung und bereits daran, den Rausch auszukatern. Morgens um neun fährt der Zug endlich in Amsterdam ein. Jetzt würde ich nur noch einmal umsteigen müssen, um in das Kaff zu gelangen, in dem Mac wohnt. Ob er wohl noch schläft? Ich werde mich gleich neben ihn hinlegen. Der Zug hält. Und ganz genau vor meiner Nase steht Mac! Er sucht. - Er sieht mich nicht. Er sieht wunderschön aus, finde ich. Ich bin ganz stolz, wie ich diesem blauschwarzen Mann in die Arme falle. Mac ist ebenfalls übermüdet und erzählt mir von der langen Nacht. Wir torkeln durch die vielen Reisenden zur nächsten Bushaltestelle. Wir wissen beide nicht so recht, was wir sagen sollen. Erneut diese Anfangsschwierigkeiten. Meine innere Spannung nimmt zu. Die Realität hat nicht viel mit dem romantischen Gefühl zu tun, das ich gestern noch empfunden habe. Nach dem ersten Joint und einem Morgenbier bin ich entspannter. Ich schwafle viel überflüssiges Zeug, um die Lücke zu überbrücken. Später liegen wir im Garten in der Sonne und schauen uns an. Es kommt mir vor, als hätte ich mich gerade eben zum ersten Mal in Mac verliebt. Nach einem bisschen Schlaf bin ich dann mit Mac allein. Es ist ein wunderbares Gefühl, diesen Menschen, diesen Körper von neuem zu entdecken. Und entdeckt zu werden. Zuerst schüchtern. Dann immer stürmischer. Danach geniesse ich das altbekannte Vertrauen wieder. Mir wird bewusst, dass ich mich in Macs Nähe einmalig und mir selber ein grosses Stück näher fühle und dass es auf diesem Planeten wenigstens einen Menschen gibt, mit dem ich stundenlang reden kann und mich verstanden fühle.

In diesen letzten zwei Wochen habe ich keine Zeile hingekriegt. Jetzt bin ich wieder zuhause, in Zürich. Es ist für mich schwierig nachzuvollziehen, wie sich meine Gefühle, mein Befinden in diesen vierzehn Tagen verändert haben. Vielleicht lag es vorerst an der Situation, die neu für mich war: Ich bin es nicht mehr gewohnt, mit mehreren Leuten zusammen zu leben. Hinzu kamen noch Sprachprobleme. Ich war deshalb ziemlich verklemmt. Von Anfang an stützte ich mich viel zu stark auf Mac. Es ist nie gut, wenn man anderen Leuten gegenüber mit festen Erwartungen und Wünschen behaftet ist. Nach einem sehnsüchtigen Monat ohne viel Liebe und Zärtlichkeit wollte ich nur noch eins: mein Verliebtsein ausleben. Ich habe fast alles in Mac gesetzt. Mein ganzes Glück hing von ihm ab. Ich wollte nur noch ihn. Ihn spüren, lieben und von ihm geliebt werden. Mac war anderer Stimmung. Er genoss momentane Freiheit. Unabhängigkeit und Eigenständigkeit. Er fühle sich am wohlsten im Kreise vieler interessanter Menschen. Er sah überall schöne Frauen und brauchte eine Menge guter Freunde. Lisa war in dieser Zeit fort, und das spornte ihn an, sich andere Frauen in den Kopf zu setzen. Eigentlich, stellte er fest, kam ich ihm gar nicht so gelegen. Er war ganz andersweitig beschäftigt als ich, die sich hauptsächlich nach Streicheleinheiten und Zweisamkeit sehnte. Mac strebte danach, seine Egoflips auszuleben. Die traurige Barbara hat ihn daran gehindert - oder hindern wollen? Ich war sehr verunsichert, fühlte mich zurückgewiesen und unattraktiv. Meine zunehmende Schwäche, die ich mit aller Kraft nicht verdrängen konnte, löste genau das Gegenteil von dem aus, was ich mir gewünscht hätte. Ich nahm die Rolle eines unglücklichen Mädchens ein, das so viel erwartet und gleichzeitig so viel geben will, dass es nahezu uninteressant wirkt. Mac hat mich oft allein gelassen. Er hat sich an Partys köstlich amüsiert, während ich in einer Ecke hockte, elend und verzweifelt. Das hat ihn natürlich sauer gemacht. Am liebsten hätte er mich wohl abgeschüttelt. Meine Fragen, meine Depressionen wurden ihm lästig. Ich hatte das Gefühl, dass er mich nie mehr anschaut. Immer hat er mir den Rücken zugekehrt. Auch dann, wenn er mit mir sprach. "Was ist los? Schau mich doch an. Dreh dich um, Mac. Ich will dir in die Augen sehen." Ziemlich mürrisch hat er sich nach mir umgedreht. Aber seine Augen habe ich nicht sehen können. Er wich mir stets aus. "Ich fühle mich nicht gut. Es ist so trostlos, wenn man alleine ist in der Verliebtheit. Woran liegt es, dass du nirgends fassbar für mich bist? Kannst du mir darauf keine Antwort geben? Bitte. Hilf mir. Was soll ich tun?" - "Es liegt vielleicht daran, dass ich wochenlang neben Lisa im Bett liegen musste und mich in einer ähnlichen Situation befand, wie du jetzt. Ich wollte sie anfassen, sie spüren, aber sie blieb unerreichbar. Nun ist Lisa nicht da, und du bist gekommen. Ich habe mir keine Gedanken darüber gamacht, was dabei rauskommen könnte. Es klingt vielleicht unverständlich und nicht sehr nett, wenn ich dir eingestehe, dass ich mich eventuell an dir für das räche, was ich durchmachen musste. Das, was mir Lisa angetan hat, tue ich nun dir an. Ich weiss, das ist ungerecht. Ich interessiere mich momentan nur für fremde, unerreichbare Frauen." Ich machte am Heulen rum, als ich das hören musste. Ein paar Mal spielte ich mit dem Gedanken, alles zusammenzupacken und wieder nach Zürich zu fahren. Ich schaffte es nicht! Warum ist es so, dass sich viele Leute

hauptsächlich für das interessieren, was unerreichbar wirkt? Sobald sie es haben können, verliert die Sache ihren Reiz. So wollte ich aber nicht mitspielen! Als diejenige Frau, die man jederzeit haben kann, verlor ich also meine Anziehungskraft. Tja, alle Versuche zu verführen scheiterten. Wieder einmal fühlte ich mich wie in alten Zeiten, als ich neben Saint-Juste im Bett lag und mir die Hand abhacken wollte. Das tat weh! Einmal habe ich Macs Rücken gestreichelt. "Willst du mich etwa verführen, Barbara?" Ich kratzte allen Mumm zusammen und sagte "Ja!" Er wand sich von mir weg.
Trotz allem muss ich sagen, dass ich im grossen Ganzen recht stark geblieben bin. Ich versuchte, aus dem Gegebenen das Beste zu machen. Meinen eigenen Weg zu gehen, in diesem Amsterdam. Ich gab mir unheimlich viel Mühe, mich selber weiterhin zu schätzen und zu lieben. Es gab - vielleicht deshalb - auch noch ein paar gute Momente in diesen zwei Wochen. Ein paar friedliche Abende. Ein paar lange Gespräche zwischen Mac und mir. Ein paar gute Bekanntschaften mit anderen Leuten.
In der Nacht vor meiner Abreise habe ich mich bei ihm noch so lange über meine und seine Konflikte aussprechen können, dass ich mich danach sehr zufrieden fühlte. In dem Moment, wo wir uns zum Abschied umarmten, habe ich mich sehr gut gefühlt. Ich hatte die Kraft aufgebracht, aus dem Erlebten das Lehrreiche zu ziehen und dies als Chance zu betrachten, dieselben Fehler nicht noch einmal zu begehen. Alles in allem waren es zwei gute und wichtige Wochen. Wir haben uns noch einmal neu erlebt, und darin kann ich auch einen Sinn finden. Mit dieser Hoffnung im Bauch betrat ich wieder Zürcher Boden.

Ich muss mich von neuem in dieser Umgebung einleben. Zuhause. Seit drei Tagen führe ich ein Inselleben. Rund um mein Bett. Ich liebe diesen Raum, diese Sphäre, die so abgeschieden ist von der äusseren Realität. Hier lebe ich in einer anderen Wirklichkeit. So sitze ich seit Tagen auf meinem Bett. Ich rauche viele Joints. Ich lese viele Bücher, welche mich eigentlich in dieser "anderen Welt" noch mehr unterstützen. Bücher über Magie und über das Okkulte. Ich beschäftige mich mit meinen Träumen und spiele mit meinen Tarotkarten. Sie geben mir immer wieder neue Impulse, mich mit mir selber zu beschäftigen. Ich führe genau Buch darüber. Jeden neuen Gedanken, der durch meinen Kopf rast, will ich festhalten. Ich sammle Fotos und Bilder, die etwas mit mir und meinen Gedanken zu tun haben. Ich mache Würfel-, Wort- und Zahlenspiele. Ein seltsamer Zustand. In der Zeit des Rückzugs aktiviere ich meinen Geist.

Ich denke viel über die Zeit mit Mac nach. Erinnerungen kommen hoch. Ich versuche, möglichst ganzheitlich zu erfassen, was diese Beziehung in Wahrheit ist.

Ab und zu gehe ich nach draussen. Bei schönem Wetter setze ich mich in den Park. Hier begegne ich wieder Leuten. Diese Eindrücke sind immer ganz heftig. Ich bin so offen und auch verletzlich, dass ich das, was ich draussen alles zu sehen bekomme, gar nicht immer gut verkraften kann. Es stechen mir Dinge ins Auge, an denen ich sonst einfach vorübergehen würde. Immer, wenn ich Freunden begegne, habe ich das Gefühl, dass sie sich in dieser kurzen Zeit verändert haben. Es muss nicht wirklich so sein. Ich glaube, ich sehe sie einfach neu und anders. Plötzlich wird mir alles zuviel. Ich sehne mich danach, mich wieder in mein Zimmer im sechsten Stock verkriechen zu können. Ich glaube, dass diese starke Sensibilisierung auch schädlich sein kann. Neue Perspektiven, alles auf den Kopf stellen, alles relativieren. Vor lauter Bäumen den Wald nicht mehr sehen. Diese sogenannte andere Betrachtungsweise der Dinge ist ein alter Hut. So weit gehen, bis das Gras nach unten wächst? - Warum auch? Sich so sehr öffnen, bis ich nur noch aus

einer einzigen grossen Wunde bestehe? So viele Grenzen überschreiten, bis ich irre bin? - Warum? Das ist doch nicht natürlich. Wir alle haben eine Haut, einen Schutz, einen Panzer. Zerstöre ich diesen, dann kann das sehr gefährlich werden. Selbstschutz kann gut, ja lebenswichtig sein. Und **LEBEN** ist zur Zeit meine Sache. (Der Tod kommt früh genug.)
Ich darf nicht vergessen: Ich bin nicht die einzige, die sich unverstanden fühlt. Wenn ich deswegen eine Mauer um mich erbaue, verstehe ich mich bald selber immer weniger. Ich müsste einen Schritt nach vorne tun, vielleicht fühle ich mich dann doch einmal verstanden. So langweilig und übel ist das nämlich gar nicht. Übrigens.
Eine Erinnerung: Amsterdam. Ich will mit Mac und einem anderen Kollegen Musik machen. Ich sage zu Mac: "Zuerst muss ich mich mit dem Gefühl befreunden - oder abfinden, dass ich in wenigen Minuten hinter dem Schlagzeug sitzen werde. Das ist spannend..." Ich sehe in Macs Gesicht ein Lächeln. Er schaut mich nicht an und dreht sich gleich ab von mir. Mit einer Geste, die ich deute als ein: "Komm, hör auf damit." Ich füge hinzu: "Es ist ähnlich wie beim Malen. Vorher muss ich mich immer mit einer Zigarette vor die leere Leinwand setzen und mich auf meine innere Stimmung konzentrieren. Auch beim Schlagzeugspielen brauche ich diese Zeit der Vorbereitung. Ich sammle meine Kräfte." In Macs Gesicht lese ich ein momentanes Gefühl der Überlegenheit. Wahrscheinlich sieht er in mir eine, die sich überfordert fühlt. Er erahnt in mir Angst und Unsicherheit, ihm und seinen musikalischen Erfahrungen gegenüber. Er lacht. Ich fühle mich nicht ernst, nicht für voll genommen.
Es kommen noch viele andere Erinnerungen hoch. Ich fange an, ihm in gewisser Hinsicht Vorwürfe zu machen. Es ist schwierig, wenn ich es jemandem recht machen will, der immer so selbstbezogen und launisch handelt. Mac geht immer nur von sich aus. Alles dreht sich um seine eigenen Bedürfnisse. Das ist ja recht und gut. Aber in einer Freundschaft erwarte ich Fairness und Einfühlungswillen. Der soll sich doch einmal in den Arsch kneifen, denke ich. Ich sehe eine Verdrängung darin, wenn

jemand nicht auf die Probleme eingehen will, die sich in einer Situation stellen. Wenn er immer nur für sich selber sorgt, muss das Leben recht einfach erscheinen. Aber durch die Verdrängung von Traurigkeit oder Wut sammelt sich alles im inneren Reservoir an. Irgendwann einmal muss das zuviel werden. Was dann mit viel Wucht ausbrechen kann, ist bereits völlig deformiert. Verkrüppelte Hassgefühle. Oder Depressionen, von denen man keine Ahnung hat, woher sie kommen. Mac hat oft meine Äusserungen und Zweifel zu unserem Problem ganz locker abgetan. Mit dem Vorwand, dass ich ihn halt so nehmen müsse, wie er ist. Mit dieser Haltung kann er natürlich alle seine Handlungen entschuldigen. Klar will ich Mac so nehmen, wie er sich fühlt. Aber es gibt Sachen, die ich nicht begreifen kann, die sich gegen **MEINE** Gefühle stellen. Und darüber will ich reden können.
In mir haben die Erlebnisse dieser zwei Wochen viel zuviel Wirrnis geschaffen, als dass ich einfach alles nehmen könnte, wie es ist. Ich will mir auch Gedanken darüber machen, **WARUM** etwas so ist. Jetzt fällt es mir wie Schuppen von den Augen. **WAHRHEIT** ist die Frage. Ich empfinde sowas wie Opposition. **SO** muss es nicht sein, und **SO** darf es auch nicht bleiben. Mac ist noch lange nicht alles, was ich brauche. Illusionen? Zerstörung? Enttäuschung? Alles Beschiss? Ich will klarer sehen! Übrigens: Wut ist aktiv, Trauer passiv. Irgend etwas in mir wehrt sich gegen Mac. Ich distanziere mich. Die körperliche Entfernung unterstützt dies. Ich brauche viel Ruhe, um meine Gefühle und Wandlungen reifen zu lassen. Ich habe das Vertrauen nicht verloren, aber die nötige Distanz gewonnen. Tut dem Gemüt auch besser so. Schützt vor Leid und Schmerz.
Auch das tut gut, wenn ich mir alles von der Seele schreiben kann und dabei immer ruhiger werde. Klar und nüchtern. Drei Uhr dreissig in der Nacht. Wenn ich mich im Raum umschaue, sehe ich alles ganz deutlich und scharf. Die Strukturen an der Wand, in der Bettwäsche. Ich kann Gesichter darin entdecken. Licht- und Schattenspiele. Ich spüre ein Surren in mir, Rauschen des Blutes. Alle Geräusche sind viel deutlicher geworden. Ein ganz starkes Gefühl beherrscht mich: Glück! "Ich bin nicht so

leicht umzuhauen..." Ich drehe mich im Bett auf die andere Seite. Was sehe ich denn da?! Da liegt der Holzpenis auf dem Kissen! Es ist mir unerklärlich, wie sich dieser feste Knoten in der Lederschnur plötzlich von selbst gelöst haben soll. Und dies ausgerechnet jetzt! Ich staune!

Ich versuche zu schlafen. Ich beobachte genau, was sich vor meinen geschlossenen Augen und im Kopf tut. Mit Konzentration und Entspannung kann ich manchmal unbewusste Vorgänge beobachten. Eine Bildersprache, die mir viel über mich erzählen kann. Lange Zeit versinke ich in einen dunklen unbewussten Zustand. Bis ich mich ganz sanft wachrüttle und versuche wahrzunehmen, was da überhaupt abläuft... Es ist eine Kinderstimme, der ich lausche. Das Kind spielt. Ich erkenne mich selber wieder. Ich höre das kleine Bärbeli spielen, erzählen, Fragen stellen. Aus dem Klang der Stimme höre ich Forderung. Dann schlummeriger Schlaf. Im Traum dreht sich alles um eine gute, grüne Aura. Um Hexerei. Zum Teil kann ich mir das Traumgeschehen wünschen, lenken. Ich schwebe auch im Schlaf in diesem neuen Glückszustand.

Nach langem Hin und Her entschliesse ich mich doch dazu: Heute abend reise ich mit Saint-Juste nach Fribourg. Dort findet ein Konzert statt. Unter anderem spielen heute "The Legendary Pink Dots". Wir fahren mit dem Zug. Diese Reise kommt mich teuer zu stehen. Innerhalb einer Stunde habe ich mich entscheiden müssen, ob ich mitgehen will oder nicht. Es gibt gute Gründe, die mir sagen: Geh doch mit! Deine Lieblingsband darfst du dir als Livekonzert nicht entgehen lassen! Aber eine andere Seite in mir ist schrecklich unspontan. Nur mühsam kann ich mich umstellen, wenn ich mir vorgenommen habe, einen ruhigen, gemütlichen Abend zu Hause zu verbringen. Ich hasse es, wenn ich in die Situation gedrängt werde, dass ich mich entscheiden muss. Die Neugier und die Lust auf diese Musik haben diesmal gewonnen.
Saint-Juste und ich sitzen im Zug. Wir trinken Rotwein und kiffen Gras. Hochstimmung! Viel Gelaber in einer Lautstärke, dass alle Mitreisenden davon profitieren oder darunter leiden müssen. Je nachdem.
Der Konzertsaal ist sympathischerweise ziemlich klein. Interessant - ich bin wieder einmal an einem Ort, wo ich die Gesichter nicht kenne. Wir sind etwas nervös. Während die erste Gruppe spielt, fragen wir uns: "Sind das etwa schon die **PINK DOTS**" oder nicht?" Wir trauen uns nicht, jemanden danach zu fragen. Zu verklemmt. Die zweite Gruppe kommt auf die Bühne und beginnt zu spielen. Unverkennbar! Sie sind es! Ich stehe ganz dicht am Bühnenrand und höre gespannt zu. Innert kürzester Zeit bin ich völlig in Bann geschlagen! Meine Knie werden weich. Diese Musik! Unglaublich, was diese Menschen aus ihren Instrumenten zaubern. Ich spüre jeden Ton vom Scheitel bis zu den Zehenspitzen. Diese Musik fährt mir durch den ganzen Körper. Sie verkörpert meine Grundstimmung, mein momentanes Lebensgefühl. Für mich drückt sie die Spannung zwischen Glück und Trauer, Freiheit und Alptraum aus. Ich empfinde sie als sehr bombastisch, gefühlsschwanger und eigentlich als eher weiblich, obwohl da sieben Männer vor mir stehen. Musik ist Musik! Ich kann es nicht in Worte fassen. Ich

bin dermassen erregt und vertieft, dass ich die Leute um mich herum überhaupt nicht mehr wahrnehme. Zwei volle Stunden stehe ich unbeweglich immer an derselben Stelle und verpasse keinen einzigen Ton. Ich vergesse, das übliche Bier zu trinken und meine Zigaretten zu rauchen. Ich brauche gar nichts mehr! Nur noch diese wunderbare Musik, die nie mehr aufhören darf! Ich bin so berührt, dass mir unverzüglich die Tränen kommen. Ich muss tatsächlich heulen! Vor Ergriffenheit und vor Freude. Unvergesslich! Das schönste Konzert in meinem Leben! Ich umarme Saint-Juste: "Danke, danke, danke, dass du mich hierher mitgeschleppt hast!"
Irgendwann kommt auch dieser Auftritt zu einem Ende. Es wird hell im Saal. Ich drehe mich um und schaue in die Menge der Leute, die sich besaufen und amüsieren. Meine Wangen sind ganz heiss. Ich kann mich nicht mehr richtig auf den Beinen halten. Drehe mich im Kreis, torkle und schreie aus voller Kehle dieses starke Gefühl aus meinem Herzen. Ich bin so benommen, dass ich nicht mehr weitersehe. Was jetzt? Es dauert noch eine Weile, bis ich den Ansatz zu einem Gespräch mit Saint-Juste finde.
Ziemlich widerwillig lasse ich mich auf den Sound der nächsten Band ein. Eigentlich führt das bloss zu einer Übersättigung. Aber ich kann mich nicht einfach verdrücken, weil wir die Nacht durchmachen müssen, bis der erste Zug nach Zürich fährt.
Stilbruch. Fun, Fun, Fun. Damit das Publikum am Ende dieser Nacht zufrieden und vollgepumpt von dannen ziehen kann. Drei Frauen fetzen los. Harter Rock. Das Publikum tobt. Die Männer sind betört. Die Sängerin vor allem zieht alle Aufmerksamkeit auf sich. Strohblond, hübsch, roter Schmollmund und erotische Stimme. Turnschuhe, Straps und Minirock, der bei ihren wilden Sprüngen hochfliegt, so dass ihr Slip sichtbar wird. Sexy. Sie hat das gewisse Etwas. Ich sehe sie gerne an. Ein bisschen Neid ist auch da. "Wenn ich etwas musikalischer, frecher und vielleicht noch etwas schlanker wäre, und das alles ins rote und grüne Licht getunkt... dann wäre auch ich 'ne geile Braut. Und alle Männer würden zu meinem Rhythmus hüpfen."

"Lass den Quatsch", denke ich. "Das ist zu oberflächlich. **MEINE** Show würde ganz anders aussehen. Nicht alle Männer fliegen nur auf spitze Brüste und lange Beine. Und überhaupt! Ich stehe zwar nicht im Rampenlicht, habe aber trotzdem was auf dem Kasten. Ich kann zeichnen und schreiben."
Ich drehe mir eine Zigarette und bemerke, dass mich ein Typ dabei beobachtet. Ich ertappe mich, wie ich - seiner Blicke bewusst - die Zigi nun besonders lässig zwischen die Lippen klemme und anstecke. "Oh Gott, Barbara, was bist du doof! Etwa doch oberflächlich? Genau so cool wie alle anderen. Bei mir steckt auch nicht mehr dahinter. Dieser junge Schnösel interessiert dich doch gar nicht! Hast du es wirklich nötig, bei diesem Männlein-Weiblein-Spiel mitzumachen? Etwa, damit die Frau da oben auf der Bühne ein bisschen entwertet wird? Du bist echt bekloppt!" Ich trete weg. Weg von all den Leuten. Ich schäme mich ein wenig vor mir selber. Wie schnell können Stimmungen umschlagen.
Vor kurzem noch war da diese Musik, die mich alles vergessen liess. Für ewig, wie mir schien. Und jetzt bin ich bereits wieder mittendrin in diesem langweiligen Gehabe. Jedem seine Starallüren. Darüber möchte ich endlich hinwegkommen!

Vor ein paar Tagen habe ich mich ein bisschen verknallt. Diesmal hat es mir der Gitarrist einer Zürcher Band angetan. Ich staune selber; da gelingt es mir tatsächlich, mich mitten in meinem unausgereiften Liebeskummer von neuem zu verlieben. Plötzlich taucht ein Mann auf, der etwas ausstrahlt, das mich fesselt und neugierig macht. Das gibt mir neuen Aufschwung. Zurückhaltung ist nicht meine Art. Ich habe ihm meine Verliebtheit ganz offen gezeigt. "Vielleicht freut es ihn, wenn sich jemand seinetwegen freut." Er gibt mir einen Kuss, und ich kann es kaum fassen. Toll!

Wenn meine Freunde davon hören, dass ich mich wieder mal verknallt habe, dann packt sie langsam der Zweifel, wie ich sehe. Warum eigentlich? Ich kann solche Gefühle doch nicht steuern! Einige raten mir: "Sei doch etwas zurückhaltender. Wenn du deine Männer immer gleich überfällst, dann kriegen die doch Schiss. Die kommen gar nicht mehr mit. Du bist verknallt, das ist noch nicht sehr viel. Warte doch ab. Vielleicht reifen die Gefühle noch. Lass ihm mehr Zeit."
Aber das ist nicht mein Stil. Mir fehlt eindeutig die Geduld. Mit Haut und Haar will ich mich in die Sache hineinstürzen können. Ich mag das Risiko, das damit verbunden ist. Und ich habe keinen Stolz. - Ich kann auch einen Korb kassieren. Denn ich kann nichts verlieren, solange noch nichts vorhanden ist. Die Spannung ist kaum mehr auszuhalten. Weil er mir gestern, heute und morgen nicht über den Weg läuft, denke ich mir: Packen wir's an! In solchen Situationen bin ich äusserst mutig. Und das betrachte ich als eine meiner Stärken. Zuerst muss ich seine Telefonnummer ausfindig machen. Dann den richtigen Moment abwarten, wo ich mich so richtig gut und locker fühle. Dann nur noch die Nummer wählen und sehen, wie die Geschichte weitergeht. Und so hat es sich diesmal abgespielt: Ich sitze mit Natal und Flora im Restaurant "Krokodil" und rase alle fünf Minuten in die Telefonkabine. Bis ich endlich seine Nummer habe. Unterdessen bin ich angetrunken, um so leichter fällt mir alles. Die Nervosität ist weg, sobald ich mir etwas fest vor-

genommen habe.
- "Hoi, ich bin´s, Barbara!"
- "... äh, ..."
- "Vor einer Woche, weisst du noch?"
- "Ach so, ja! Kommt völlig überraschend..."
- "Ich rufe dich an, weil ich dich sehen möchte, um herauszufinden, ob du der Richtige bist."
- "... und wie willst du das machen?"
- " Na ja, was soll ich denn sonst in den Hörer sprechen? Ich dachte mir, es gibt zwei Möglichkeiten. Entweder mache ich auf romantisch und quassle um den heissen Brei herum, oder ich bin cool. Den Satz habe ich vorher auswendig gelernt, weil ich mich für **KNALLHART** entschlossen habe. Aber das ist nun in die Hose gegangen... Wie du siehst, bin ich bereits daran, dir den Kopf vollzubrabbeln. Ich muss einfach zuviel an dich denken. Deshalb wollte ich dich fragen, ob du vielleicht Lust hättest, mich mal wieder zu sehen."
- "Dein Telefon überrascht mich ..."
- "Telefonieren ist Scheisse. Ich stehe hier in einer Telefonzelle im "Krokodil", und bestimmt bist du ganz anderer Stimmung. Ich höre bei dir **GUN CLUB** im Hintergrund..."
- "Ein Kollege ist zu Besuch. Ich glaube, ich kann gut verstehen, wie dir jetzt zumute sein muss. Vor einer Woche war ich in einer ähnlichen Situation, da habe ich auch so ein Telefon gemacht. Das ist ja witzig! **A** liebt **B**. **B** liebt **C**, und **C** liebt **D**..."
- "Alles nur halb so schlimm. Und kein bisschen Herzklopfen. Aber Lust, dich besser kennenzulernen. Wollen wir das anstellen? Sollen wir uns irgendwo treffen?"
- "Ja..."
- "Morgen abend! Da gibt´s ein Fest an der Höschgasse, sehen wir uns dort?"
- "O. k. Ich komme mal. Übrigens, woher hast du meine Telefonnumer?"
- "Zuerst habe ich die Nummer eurer Bassistin ausfindig machen müssen. Und sie hat mir dann deine gegeben. Grosse Kraftanstrengung, wie du siehst. Sie hat mich vor dir warnen wollen: Du

seist ein harter Brocken."
- "So schlimm bin ich gar nicht."
- "Gut, dann sehen wir uns morgen?"
- "Ja, ich komme."
- "Also dann, Tschau!"
- "Tschau!"
So! Alles raus jetzt! Mehr Gedanken will ich mir nicht machen. Ich blicke diesem Rendezvous locker entgegen.

Der nächste Tag bietet einiges an Aufruhr! Am Morgen holt mich ein bösartiges Telefon aus dem Schlaf. Meine Vermieterin. Sie will mir die Wohnung kündigen. Ich hätte ihr Vertrauen missbraucht. Sie habe vor kurzem mal meine Küche begutachtet - **WAS FÜR EIN SAUSTALL!** Es gehe noch um eine Anzeige, die sie machen wolle. Ein Raum, gleich nebenan, wurde aufgebrochen. Sie verdächtige mich, dass ich Silberbesteck geklaut habe. Die Polizei werde dieser Sache auf den Grund gehen.
Da sind zwar meine Fingerabdrücke vorhanden, aber geklaut habe ich nicht - so blöd bin ich nicht!
Die Greisin ist senil. Sie blickt nicht mehr ganz durch. Dauernd hat sie was zu motzen. Sie wechselt ihre Meinung pro Woche zehnmal!
Sie stresst das ganze Haus. Wir verfügen nicht mal über einen Mietvertrag. Sie ist todkrank und vollgepumpt mit Morphium. Ihre dünne Stimme klingt heute sehr aufgebracht. Zum ersten Mal nehme ich ihre Drohungen ernst. Bedeutet das nun endgültigen Rausschmiss? Panik überkommt mich. Ich gehe mit Gustav ein Bier trinken und kann meine Probleme wegreden. Jetzt will ich ein Bad nehmen, und deshalb klopfe ich bei Rahel an die Tür.
Ich lasse heisses Wasser in die Wanne laufen und freue mich auf diese Entspannungs- und Entschmutzungskur. Wie ich in der Wanne stehe, läuft plötzlich der Durchlauferhitzer Amok. Es rattert, zischt und dampft! Ich will den Hahn zudrehen, kann aber nicht durch den heissen Dampf hindurchlangen. Zisch! Ratter! Paff Paff Puff! Oh Mann, der Kessel wird gleich

explodieren. Und ich werde mit in die Luft fliegen! Denn ich bin eingesperrt, ich kann nirgend hin flüchten! Ich kreische um Hilfe! Sekundenlange echte Todesangst. Jetzt ist gleich alles aus! Rahel kommt mir zu Hilfe gerannt und kann den Hahn zudrehen, ohne sich zu verbrühen... **GERETTET!** Ich glaubte eine kurze Ewigkeit daran, dass dies nun mein beschissenes Ende sein wird.
An Entspannung ist nicht mehr zu denken! Schlotternd sitze ich im Wasser und inhaliere eine Zigarette nach der anderen. Was ist denn bloss los heute? Was ist das für ein Scheisstag, verdammt nochmal! Ich will mich lieber auf das bevorstehende Rendezvous freuen. Aber dazu muss ich alle bösen, alten Weiber, die Bullen und den Tod vergessen können.
Retten wir, was zu retten ist! Flora und ich gehen auswärts essen. Ich kann mich nun wieder auf diesen Abend freuen...
ER kommt! Ich verlegen, und peinlich die Situation. Was nun? Da stehen wir zusammen an der Bar, nuckeln an einem Bier. Ich habe einen Besen verschluckt. Nicht einen anständigen Satz kriege ich zustande. Da gibt es plötzlich nichts mehr zu sagen. Er nimmt die Schuld auf sich. "Du bist mir sympathisch, aber..." Mein Interesse schwillt ab. Ich langweile mich sogar. Was habe ich hier bloss wieder angerichtet? Vielleicht hab´ ich ja nur mit ihm ins Bett gewollt. Wenn ich ehrlich bin, sehe ich ein, dass auf diese Tour gar nichts läuft. Für mich ist die Sache eigentlich bereits gelaufen und erledigt. Während er sich dafür entschuldigen muss, dass er meine "Gefühle nicht erwidern kann". Da gibt es nichts zu erwidern. Ich bin bereits wieder ganz woanders beschäftigt. Wie soll ich ihm das bloss klarmachen? Es tut mir leid. Barbara macht allzu oft viel Trubel um nichts. Nicolas umarmt mich zärtlich: "Barbara, meine Schöne, weisst du noch, wie gern ich dich hab?" Mein Bruder küsst mich auf den Mund und bedauert einfühlend: "Mit dem Neuen da, war wohl nix?!" Ich kichere beschämt. "Ach komm! Schwamm drüber bis zum nächsten Mal. Prost!"
Ich steige in ein Taxi und freue mich auf viel Schlaf. Was für ein Tag! In dieser Nacht träume ich von Mac.

Ich will herausfinden, warum ich die bin, die ich bin. Ich beschäftige mich mit Kindheitserlebnissen. Meine Kindheit läuft wie ein Film vor meinen Augen ab. Mit sechs Jahren erlebte ich etwas sehr Einschneidendes: Ich schlief in meinem Bettchen und erwachte. Neben mir, am Kopfende des Bettes, stand eine Frau. Sie war blau! Ihre Haut, ihr Haar, ihr langes Kleid - alles an ihr war blau. Sie hatte ein kleines Buch in der Hand. Sie wippte mit dem Handgelenk, als wolle sie betonen: "Das ist ein sehr wichtiges Buch, und es gehört mir." Ihr Gesicht hatte klassische, schöne Züge. Sie lächelte undefinierbar. So, wie sie mich anblickte - stumm und geheimnisvoll, war mir unklar, ob sie mir gut oder schlecht gesinnt war. Ich hatte Angst und griff nach dem Lichtschalter. Mein Zimmer hell beleuchtet. Die blaue Frau stand immer noch da. Es war kein Traum! Ich hätte sie anfassen können. Ich vergrub mein Gesicht unter dem Kissen und schrie nach meiner Mutter, die sogleich hereingestürzt kam. "Eine blaue Frau ist hier gewesen. Da stand sie, und ganz blau!"
Heute noch sehe ich sie genau vor mir, und heute noch würde ich behaupten, das war Realität! Inzwischen weiss ich, dass es sowas wie Visionen gibt. Starke Bilder, die das Gehirn in scheinbare Realität umsetzen kann. Das Unbewusste spricht mit mir, so wie im Traum. Aber tausendmal eindrücklicher, so dass ich es mein Leben lang nie mehr vergessen werde. **"DIE BLAUE FRAU"** ist für mich und meine Familie, sowie auch für ein paar Freunde, zu einem festen Begriff geworden. Jahrelang versuchte ich, die Bedeutung dieser Begegnung zu ergründen. Seit ich mich erinnern kann, ist die Farbe Blau meine liebste Farbe. Der Anblick eines schönen, tiefen Blaus löst ein Gefühl in mir aus, dass ich mich glücklich und verstanden fühle. Ich möchte in diese Farbe versinken. Ich möchte das Blau trinken, in mich aufsaugen. Ähnlich, wie wenn ich zum Vollmond schaue und mein Blick haften bleibt. Magnetisch. Als Teenager hat mich der Vollmond in seinen Bann geschlagen. Ich konnte einfach nicht mehr von ihm wegschauen, und wenn ich deshalb rückwärts die Strasse runtergehen musste. Der Mond hat viel mit der blauen Frau gemeinsam. Von Anfang an habe ich nicht daran geglaubt,

dass die Erscheinung der blauen Frau ein blosser Alptraum war. Ich wollte die Bedeutung dieser Vision ergründen. Bin ich etwa selber diese blaue Frau? Aber warum jagt sie mir denn solche Angst ein? Oder ist sie sowas wie ein Schutzgeist? Existiert sie tatsächlich? Kommt sie aus einer anderen Welt? Wollte sie mir etwas mitteilen? Warum erschreckt sie mich - ein sechsjähriges Kind? Ich habe sie gezeichnet. Immer wieder. Aber das Bild, so wie es in meinem Kopf herrscht, habe ich nie hingekriegt. Wenn ich heute versuche, ein wahrheitsgetreues Bild von ihr zu malen, dann ist es, als würde ich zwanzig Jahre zurückversetzt. Meine blauen Farbstiftstriche werden die eines Kindes. In den Pubertätsjahren habe ich bestimmt hundert Mondbilder gemalt. Und immer kam noch eine blaue Frau hinzu. Eine melancholische Romantik, wehende Kleider, Schattenspiele im leblosen Gesicht einer jungen Frau. Nächtlich öde Landschaft im Mondlicht. Blau bis grün. Kühle Farben. Es wurde zu einer Sucht. Ich konnte kaum mehr etwas anderes malen. Mond und Frau, Frau und Mond. Ich erinnere mich, dass ich meine Mutter fragte: "Ist es nicht blöd und langweilig, dass ich immer dieselben Bilder male?" Sie gab mir eine gute Antwort: "Ich finde, du sollst deinen Mond und deine Frauen so oft malen können, wie dir beliebt. Du kannst tausend solche Mondbilder malen - wichtig ist nur, dass du jedesmal etwas dabei empfindest, wenn du malst. Sobald du den Mond nur noch deshalb malst, weil du daran gewöhnt bist, dann wird er zu einem simplen Signet. Das wäre nicht mehr empfunden. Male diese Bilder so lange, wie es dich freut." Ich glaube jetzt im nachhinein, dass ich durch das Malen dieses Erlebnis besser verarbeitet habe. Die "echte" blaue Frau konnte ich dadurch auf eine Art vergessen. Die Frauen, die ich malte, nannte ich eher "Mondfrauen", und ich identifizierte mich stark mit ihnen. Mit achtzehn habe ich aufgehört, solche Bilder zu malen. Aber ich fing an, mich wieder mit der Vision zu beschäftigen. Ich hatte das Ziel, die Angst vor Bildern, die ein Teil meines Unbewussten sind, zu verlieren. Ich konzentrierte mich in dieser Phase stark auf mein Inneres, auf meine Träume. Ich schrieb jeden Traum auf. Ich versuchte, sie zu verstehen oder

mindestens wahr- und ernst zu nehmen. Oftmals hatte ich das Gefühl, dass sich in meiner Nähe, in meinem Zimmer noch jemand befinde. Es war, als würde ich eine fremde Aura fühlen. Ein paar Mal ist es vorgekommen, dass mich etwas am Nacken leicht berührt hat, und wenn ich mich dann umdrehte, stellte ich erstaunt fest, dass da gar niemand war.
Vor dem Einschlafen nahm ich mir immer fest vor, von der blauen Frau zu träumen. Sie sollte wiederkommen, damit ich sie fragen könne, wer sie sei und warum sie mir solche Angst einjagt. Lange Zeit blieb ich erfolglos. Aber ich gab nicht auf. Bis eines Nachts endlich ein ersehnter Traum kam:
" Es ist Nacht und ich bin auf einem Berg. Der Vollmond steht am Himmel. Plötzlich sehe ich die Silhouette einer Frau in einem langen Kleid. Ich kenne sie nicht. Sie kommt mir entgegen. Ihr Gesicht liegt im Schatten. Sie ist etwa gleich gross wie ich. Sie legt beide Hände auf meine Schultern und wir drehen uns im Kreise, um die eigene Achse. Wie ihr Gesicht vom Mond beschienen wird, erkenne ich in ihr die blaue Frau wieder. Ihre Augen liegen in dunklen Höhlen. Sie schaut mich regungslos an. Sie lächelt nicht mehr. Ihr Haar ist jetzt kürzer. Etwa schulterlang wie meines, und sie ist älter geworden - wie ich. Ich bringe kein Wort über die Lippen. Wir drehen uns immer noch im Kreis und plötzlich heben wir vom Boden ab. Langsam schweben wir in die Höhe. Sie will in den Himmel mit mir! Zum Mond! Ich habe Angst! Was bedeutet das? Ein Ende? Ich schreie!"
... und erwachte. Da war sie nun endlich wiedergekommen, die blaue Frau. Und ich habe sie noch immer nicht danach gefragt, wer sie sei und was sie von mir wolle. Wieder war meine Angst stärker gewesen.

Der Mond. Die Frau. Mondzyklus. Ich erinnere mich an meine erste Monatsblutung. Ich bekam sie am 6. März 1976 - eine Woche vor meinem dreizehnten Geburtstag. Es passierte im Geografieunterricht, eine halbe Stunde vor der Mittagspause. Um zwölf machten sich alle Kinder auf den Heimweg. Ich sass auf dem Klo, und das Blut rann in Bächen in die Kloschüssel. So viel

Blut auf einmal! Ganze Blutklümpchen schied ich aus. Ich glaube, die erste Periode meines Lebens war und bleibt die stärkste. Mein Freundin blieb bei mir. Sie wartete draussen vor der Tür. Ich schrie: "Was soll ich bloss tun? Es hört nicht mehr auf zu bluten. Ist das normal? Sooo viel Blut?" Aus Klopapier bastelten wir eine Binde, damit ich mich auf den Heimweg begeben konnte. Ich glaube, an jenem Nachmittag hatte ich frei, oder ich liess mich krankschreiben. Meine Mutter ging ins Dorf und kaufte Binden. Ich war ziemlich unzufrieden, als ich diese Riesenwindel montierte. Was für ein altmodisches System! Man musste vorn wie hinten die Binde an einem Gummigürtelchen einhaken. Meine Mutter war an "Tampax" gewöhnt. In ihrer Jugendzeit gab es wahrscheinlich noch keine Klebebinden, deshalb brachte sie mir diese Mordsdinger nach Hause. Ich empfand das alles als höchst unpraktisch, unerotisch, unbequem und lästig. Am anderen Tag musste ich während der Schulstunde die Binde wechseln. Ich erklärte dem Lehrer, dass ich aufs Klo müsse und ging mit dem Schulbeutel unter dem Arm aus dem Klassenzimmer. Es war mir peinlich, weil alle Mitschüler registrierten, das auch ich die Mens gekriegt hatte.

Im Volksmund sagt man der Monatsblutung ja auch "Unwohlsein". Mit diesem Wort nimmt man der Sache von vornherein das Schöne weg. Natürlicherweise sollten Frauen ihrer Periode gegenüber doch positiv eingestellt sein. Das Blut, das im Mondzyklus aus der Scheide fliesst, ist eine tolle, wundersame Einrichtung. Trotzdem gibt es viele Frauen, die leiden, wenn sie "ihre Tage" haben. Ich erinnere mich vor allem an eine Situation, die mir als höchst unangenehm in Erinnerung bleibt. Mit etwa fünfzehn hatte ich zum ersten Mal einen Freund, mit dem ich erste Körperkontakte austauschte. Küssen und streicheln. (Im **"BRAVO"** hatte ich gelesen, dass sie dem "Petting" sagen. Und dass sie unterscheiden zwischen "oberhalb - respektiv unterhalb der Gürtellinie".) Mein Freund und ich schmusten im Auto meines Vaters - der einzige Ort, an dem uns mein Bruder nicht störte. Nun (ich glaube sogar, es war das erste Mal) ging er mit seiner Hand "unter meine Gürtellinie". Ich hatte an jenem Tag eine blutige Binde zwischen den Beinen. Ich schämte mich deswegen und verkrampfte mich, getraute mich aber nicht, darüber zu sprechen. Deshalb nahm ich seine Hand von meiner Hose weg, was er bestimmt falsch verstanden hat, denn er konnte nicht wissen, weshalb ich es nicht gewollt habe. Später einmal versuchte ich es mit einem "o. b.". Als ich den Tampon zum ersten Mal einführte, da schmerzte es schrecklich. Ich schwitzte, verkrampfte mich und wurde ganz trocken und wund. Das war gar nicht spassig. Ich spürte dieses Ding bei jedem Schritt, den ich machte. Dann wollte ich es wieder herausziehen, aber das war noch die viel schmerzhaftere Prozedur. Mir kamen die Tränen. Ich hockte völlig verzweifelt auf dem Klo. Als das blöde Ding endlich raus war, sah ich den Fehler. Ich hatte den Tampon samt Verpackungsplastik reingestossen! In meiner Aufregung hatte ich vergessen, es überall zu entfernen.

Solche Erlebnisse prägten meine Einstellung. Ich empfand viele Jahre lang meine Periode als höchst unangenehm und störend. Eine üble Last, die ich einmal im Monat über mich ergehen lassen musste. Sonst hatte ich nie irgendwelche Probleme damit. Keine Bauch- oder Brustschmerzen. Auch nie das Gefühl, ich sei in dieser Zeit besonders reizbar oder grundlos melancholisch. Von anderen Frauen hörte ich, dass sie sich in diesen Tagen besonders lieben und spüren. Auch sowas ist bei mir nicht der Fall. Seitdem ich die Pille abgesetzt habe, kann ich den Zyklus bewusst beobachten und sehe, wie sich meine Stimmungen darin widerspiegeln. Ich habe die Periode als schönen Teil, der zu meinem Frausein gehört, akzeptiert. Und ich fange an, dies zu geniessen.

Wenn sich Lebensgewohnheiten zwingend ändern müssen, hilft oft das Schicksal nach. Umzug. Die Alte hat Ernst gemacht und mich aus der Wohnung rausgeschmissen. Ich wehre mich nicht gegen ihren Entschluss. Ich habe die Nase voll von diesem ewigen Terror, den sie macht. Ich will das Weib nie mehr wiedersehen müssen, und das habe ich ihr ins Gesicht gesagt. Ich haue so schnell wie möglich ab. Hinzu kommt der ernsthafte Gedanke, dass ich in der Galerie aufhören will. Muss ich mir jetzt einen anderen Job suchen? Lieber würde ich versuchen, ein bisschen Geld zu machen, indem ich ein paar Bilder verkaufe. Ferienpläne. Alles steht auf wankenden Beinchen. Immer noch möchte ich mich nirgends festlegen. Zuerst will ich den einengenden Hausrat loswerden. Am liebsten würde ich den ganzen Ballast einfach aus dem Fenster kippen. Ich sehne mich danach, mein äusseres Leben so zu gestalten, dass ich mich freier fühlen kann. Meiner Seele geht es gut. Sie ist losgelöst von allem, was sie abhängig macht. Entkrampfung nach grosser Gehirnwäsche. Aber der Scheiss mit der Wohnungs- und Jobsuche! Meine Ideen zu verwirklichen ist schwieriger, als ich gedacht hätte. Nicht, dass ich meine Ansprüche zu hoch geschraubt hätte, aber es braucht einfach unheimlich viel Power. Und den muss ich ganz allein irgendwoher zu schöpfen wissen. Manchmal habe ich schlaflose Nächte deswegen. Und in meinen Träumen taucht all das wieder auf, was ich zumindest über Nacht gern vergessen würde. Das gelbe Gesicht der alten Hausbesitzerin. Ihr Gebiss klappert und wird immer grösser. Will zubeissen! Sobald ich die Augen schliesse, höre ich die helle Stimme: "Frööleinn **OTT!** Sie sind einn frreches Määdchenn! Sie habenn gegen meinen Willenn die Kommode in den Korridorr gestellt. Obwohl ich immerr sagte: Die-se Kom-mode bleibt drinn!"

Mein erster Schwangerschaftstest! (Beruht auf einem schönen Beischlaf im vergangenen Monat). Gestern Nacht im Traum habe ich etwa zehnmal diesen Test gemacht, und jedesmal lautete das Ergebnis **"POSITIV"**. Ich wollte unbedingt abtreiben. Aber alle Leute wollten mich dazu zwingen, das Kind zu behalten. Ich war am

Verzweifeln. Beim Aufwachen war ich bereits davon überzeugt, dass ich schwanger sei. Ich sah die "B-Test"-Schachtel neben dem Bett stehen, und mein Herz klopfte bis zum Hals, als ich mich daran machte, die Gebrauchsanweisung durchzulesen... Grosses Aufatmen: **NEGATIV!** Eine Abtreibung hätte mir gerade noch gefehlt!

In drei Tagen ziehe ich um. Sophia, Stefan und Richard haben mir bei ihnen ein noch leerstehendes Zimmer angeboten. Vielleicht ist das nur für vorübergehend. Ich kenne diese Leute nicht gut. Aber diese Abwechslung kommt mir gelegen. Ein Jahr lang habe ich nun das "Solo-Leben" erprobt und das Positive daran erfahren. Ich habe mich recht gut kennengelernt, und es ist ein gutes Gefühl zu wissen, dass ich allein sein kann. Wieder mit mehreren Leuten zusammen zu wohnen wird mir aber mit Sicherheit gut tun. Zur Zeit habe ich eine recht kreative Phase. Ich zeichne viel. In einer Plastiktüte schleppe ich immer Malstifte und kleine, weisse Karten mit mir rum. Überall, wo ich bin, kann ich eine Bildidee, die durch meinen Kopf flitzt, umsetzen. Manchmal fange ich auch einfach an zu kritzeln und schaue, was daraus wird. Weil ich selber sehr viel Freude an den Zeichnungen habe, zeige ich sie oft Freunden. Es ist schon vorgekommen, dass mir einer eine abgekauft hat. Zwanzig Franken das Stück. Ich kann mich aber nur schwer von den Karten trennen. Ich werde keine mehr weggeben, bis eine grosse Serie davon vorhanden ist.

Mit Mac habe ich vereinbart, dass wir im Herbst beide Zeit reservieren, um zusammen Ferien zu machen. Portugal. Mehr steht noch nicht fest. Würde mich aufstellen, wenn das klappt. Seit ein paar Wochen bin ich nicht mehr auf Mac fixiert. Ich glaube, ich bin nicht einmal mehr in ihn verliebt. Das ist schliesslich unmöglich, wenn man sich monatelang nicht sieht. Ich habe mich selber von der lähmenden Abhängigkeit befreien können. Ich habe in mein eigenes Leben zurückgefunden, so wie es in der Gegenwart stattfindet. Die Zeiten sind vorbei, als ich mir sagen musste: "Oh Mann, oh Mann, jetzt habe ich es immerhin geschafft, mich ganze fünf Minuten in etwas zu vertiefen, ohne dabei an Mac zu denken." Die Zeiten sind vorbei, als ich am Morgen als erstes die Zeitung aufschlagen musste, um festzustellen, was gestern (!) in Amsterdam für Wetter war. Und so weiter. So litt ich unter dieser verkrüppelten Sehnsucht, für die ich mich schämte, und die ich einfach nicht abschütteln konnte. Wie es mir allmählich doch gelungen ist, ist mir nicht ganz klar. Die Zeit und bestimmt auch ein Stück starker Wille und Einsicht haben ihren Teil dazu beigetragen. Damit eine solche Veränderung gesund vor sich geht, das heisst nicht nur oberflächlich und vorgetäuscht, muss das Wichtigste im Bauch drin passieren. Die Kraft der Selbstachtung, die für mein Wohlbefinden kämpft. Ich will nur noch Leute gern haben, die mich auch mögen, so wie ich bin. Ob die Barbara nun übermütig, müde, pervers, fröhlich oder traurig, mollig oder schlank ist - meine Freunde müssen auch mal ein Auge zudrücken können. Ich muss nicht eine Idealpartnerin darstellen wollen. Wer mich liebt, der mag mich im Ganzen, mit allem drum und dran.

HOKUS POKUS SIMSALABIM, ich mag mich so, wie ich bin.

Ich hasse Langeweile. Und Parties eigentlich auch. Überhaupt, was tue ich hier? Was stehe ich da, wie bestellt und nicht abgeholt? Lustlos nuckle ich an der Bierflasche. Mit dem Fuss drücke ich die Zigarette am Boden aus, während meine Finger schon die nächste aus dem Päckchen grapschen. Ich vermeide es, einem menschlichen Wesen allzu lange in die Augen zu sehen. Nicht, dass einer auf die Idee kommt, mich anzusprechen! Was soll das!

Nach einem ausgiebigen Fernsehabend hatte ich den Einfall, hier rüber zu spazieren, um mir noch ein Schlummerbier zu genehmigen. Ein Auge und ein Ohr voll nehmen. Hier an diesem Ort, wo ich - wie ich wusste - niemanden kennen würde. Solche Experimentalabstecher haben manchmal ihren Reiz. Es gibt Stimmungen, in denen ich mich gerne in Lokale begebe, wo mir alle Leute fremd sind. Eins trinken, beobachten und in Ruhe den Gedanken nachhängen. Nur, der heutige Abend verspricht, langweilig zu werden. Ich bahne mir einen Weg durch das Körpergemenge und versuche, mir einen Überblick zu verschaffen. Wer? Was? Wo? Nun wäre ich doch froh darüber, einen Bekannten anzutreffen. Verschwommene Gesichter. (Ich bin kurzsichtig.) Alles schwatzt eifrig. Hier ein Lachen, dort ein Aufschrei und Discogestampfe. Ein paar Leute, die mir zunicken. Man grüsst. Kühl. Wir kennen uns vom Sehen. Das ist zuwenig, um sich miteinander zu unterhalten. Und so stehen wir Rücken an Rücken an der Wand. Wir starren Löcher in die Luft und lassen uns trotzdem nicht anmerken, dass wir überhaupt nicht wissen, was wir hier suchen. Das heisst, wir erinnern uns an einen unbefriedigenden Abend zu Hause und an die Angst, wir könnten etwas verpassen, wenn wir bei dieser Party nicht zugegen sind. Wir wünschen uns ein bisschen Zerstreuung, eine wenig Amüsement. Vielleicht sogar eine Begegnung, die die grosse Liebe werden könnte, oder auch einfach nur einen kleinen Flirt. Ich bin nicht viel besser. Ehrlicher vielleicht. Wenn mir meine Erwartungshaltung bewusst wird, lache ich mich deswegen selber aus.

Siehe da! Dort lehnt einer an der Wand, und den kenne ich doch schon ziemlich gut. Es sind schon einige Monate her, seit ich eine Nacht lang mit ihm rumgeknutscht habe. Einfach so, weil ich es lustig fand. Ich bestelle mir noch ein Bier und peile ihn an.
- "Hallo. Auch am "In-der-Ecke-stehn-und-alle-Leut´-ansehn?"
- "Ich bin betrunken."
- "Was ja nicht selten vorkommt", lache ich, und das Gespräch kommt ins Rollen.
- "Mit wem zusammen wohnst du eigentlich?" frage ich.
Er deutet mit dem Finger auf den Kollegen, der durch die Menge torkelt. Ebenfalls ziemlich angetrunken.
- "Dein Saufkumpan?"
- "Ja. Wir haben beide dasselbe Problem."
- "Alkohol? - Oder Frauen? - Oder beides? - Oder was?"
- "Wir sind beide Versager!"
- "Versager? Inwiefern?"
- "Wir sind schlechte Liebhaber."
- "Was ist ein schlechter Liebhaber?"
- "Im entscheidenden Moment bringen wir ihn nicht hoch."
- "Jetzt musst du mir aber noch eines sagen: Welches soll der entscheidende Moment sein? Und ist es so wichtig, immer einen hochzukriegen?"
- "Ja. Weil ich mit Frauen schlafen will und dann nicht kann, weil der Schwanz nicht mitmacht."
- "Das könnte am Alkohol liegen. Bestimmt!"
- "Nein."
- "Aber so schlimm ist das doch nicht. Frauen können auch nicht immer bumsen. Manchmal ist die Möse einfach nicht feucht genug. Vielleicht braucht es mehr Geduld, Vertrauen und Entspannung. Man kann übrigens auch noch andere schöne Sachen miteinander machen. Nicht nur bumsen, oder?"
- "Aber ich will das! Der schönste Moment ist, wenn ich mit dem Penis in einer Frau drin bin! Ich will sie spüren, ganz nah."
- "Ich finde, dass ich einem Menschen auch nah sein kann, wenn ich ihn umarme, küsse und streichle."

- "Klar, ich will nicht **NUR** bumsen. Ich will sie auch mit den Händen spüren. Aber es ist mir wichtig, dass ich in ihr drin bin."
- "Ich glaube, für mich ist das anders. Das Einander-spüren kann für mich schon in einem Gespräch beginnen. Sicher, es kann natürlich immer weitergehen. Aber ich habe kein Ziel vor Augen. Keinen Höhepunkt."
- "Ich meine ja nicht den Orgasmus."
- "Ich auch nicht. Aber vielleicht versteifst du dich zu sehr auf den Gedanken, dass dein Schnäbi jetzt dann steif werden muss, und deshalb wird es nicht."
- "Weisst du, Barbara... Das letze Mal..." Er zögert. "... Da habe ich es doch so fest gewollt. Dich spüren. Mir dir schlafen. Du bist mir so eingefahren! Aber plötzlich ging es nicht mehr. Alles vorbei!"
- "Aber warum machst du denn ein Problem daraus? Was heisst hier vorbei? Ich wollte übrigens nicht mit dir schlafen. Ich habe gern geknutscht. Es war doch gut so. Wenn ich feststelle, dass meine Möse nur noch dringend einen Schwanz braucht, finde ich das meist etwas widerlich. Es wird gebumst und fertig. Ich finde schmusen schön. Ich bin gut eingeschlafen neben dir. - Aber seltsam erwacht. Du bist unterdessen abgehauen. Weshalb?"
- "Ich habe mich tödlich genervt. Ich wollte **GANZ** nah bei dir sein. Deshalb bin ich aufgestanden und stundenlang umhergeirrt."
- "Und du fühltest dich tatsächlich als ein Versager?"
- "Ja."
- "Ach so, und deshalb hast du dieses Gespräch so eingefädelt, ... damit du mir das sagen kannst. Du musst dich doch nicht entschuldigen! Das ist schade. Für mich hat alles gestimmt, so wie es war."
- "... Du bist so schön! Immer, wenn ich dich sehe, fahr ich auf dich ab. Nach jener Nacht hatte ich Angst, du würdest alles bereuen."
- "Tja, und du hast mich seither nur noch knapp gegrüsst. Du selber hast den Anschein gemacht, als würdest du bereuen."

- "Es belastet mich eben, dass du mich so stark anziehst. Es ist ein Problem."
- "Ich habe keine Probleme. Und ich habe mir auch keine weiteren Gedanken über den Abend gemacht. - Hast du eigentlich deiner Freundin davon erzählt?"
- "Nein. Sie hat mir mal was über einen anderen erzählt, und ich war deswegen sehr eifersüchtig. Ich sage ihr lieber nichts, weil ich ihr nicht weh tun will."
- "Hm-m. Ich will nicht, dass mein Freund Rücksicht nehmen würde. Das heisst, ich will, dass er mir alles erzählt. Auch wenn es weh tun könnte. Sonst fühle ich mich irgendwie beschissen. In Unwissenheit glücklich. Ich will lernen, mit Eifersuchtsgefühlen umgehen zu können. Wenn erst später mal alles rauskommt, wäre ich überfordert und doppelt verletzt."
- "Für mich ist es halt nicht so."
- "Ja..."
- "Ach bist du schön! Einige Frauen haben mir erzählt, dass du Komplexe hast."
- "Ja, manchmal finde ich mich hässlich. Dann finde ich meinen Körper zum Kotzen. Den Bauch, die Hängetitten."
- "Aber dein Körper ist doch wunderschön. Überhaupt, die Schönheit kommt vom Hirn."
- "Oder vom Herz... Es gibt auch Tage, wo ich in den Spiegel sehe und sehr zufrieden bin mit mir. Dann kann ich mich nehmen und schön finden, wie ich bin. Die Komplexe kommen daher, weil schon manche Männer zu mir gesagt haben, dass sie mich zwar gern hätten, sich aber nicht in mich verlieben könnten. Dann sah ich sie mit einer schlanken "Puppe" rumturteln, und schon dachte mein Kopf: Der will mich nicht, weil ich zu dick bin! Ein Freund hat mal zu mir gesagt: "Vielleicht kann ich dir einfach nicht geben, was du brauchst." Ich habe ihn gefragt: "Was brauche ich denn, nach deiner Meinung?" - "Du würdest einen Mann brauchen, der dir sagt, dass er dich schön findet." Tja, er selber konnte mir das anscheinend nicht sagen. Ich stand ziemlich perplex da."

- "Das kann ich mir kaum vorstellen. **ICH FINDE DICH SCHÖN.** Und nun will ich es dir nicht mehr sagen, sonst nervst du dich und denkst, ich wolle dir Honig ums Maul streichen."
- "Ich habe es doch gern, wenn man mir sowas sagt. Nerven würdest du mich eher, wenn du sagen würdest: Du bist eine blöde Gans. Wenn ich dich bloss anschaue, wird mir schon übel. Und du stinkst einen Kilometer gegen den Wind." Wir lachen. Er küsst meinen Hals und sagt:
- "Du riechst **GUT.**

  Mir wird schwindlig. Von **DIR.** Ich glaube, ich muss gehen." Er tritt zurück. Ich sage:
- "Dann geh, wenn du musst."
- "Ich kann fast nicht. Es zieht Fäden. Ich habe das Gefühl, als würde ich an dir kleben." Ich lache und sage.
- "Tschau!"
- "Dieses Tschau klingt aber, als würde es für ewig gelten." Er umarmt mich. Ich erwidere die Umarmung nicht. Damit es nicht noch mehr Fäden zieht.
- "Du klingst wie in einem Stück von Shakespeare. Ich sage doch nur Tschüss zu dir. Wir sehen uns ein andermal wieder."
- "Tschau" sagt er und geht. Langsam.

Ich mische mich wieder unter die Leute und muss lächeln.
Später erzähle ich jemandem davon.
- "Der will dir doch bloss schmeicheln. Der will endlich zu seinem Fick kommen, das ist alles!"
So könnte man es auch sehen. Und wenn auch, mir tun auch Schmeicheleien gut. Von Zeit zu Zeit.

Ein Brief. Oder: B. rief:
"Ein sonniger Sonntag. Ich liege auf dem Bett in meinem neuen Zimmer. Stefan spielt Gitarre. Sophia macht sich für ihren Mann schön. Ich bin wahnsinnig gerne hier. Gute Leute, gute Räume, gute Zeit. Mein Zimmer wird gehegt und gepflegt. Ich bin plötzlich so pedantisch drauf. Alles muss zueinander passen. Alles muss **STIMMEN** (ergibt Stimmung!). Und so ooordentlich! Jedes Ding hat einen Ort, wo es hingehört, damit das Ganze gut aussieht. Ich bin auf dem Bastteltrip. Alles gestalte ich so um, dass es in mein Zimmer passt. Vom Buchumschlag bis zum Feuerzeug. Manisch! Heute gehe ich den ganzen Tag rum; mit einer schwarzen Langhaarperücke auf dem Kopf. (Sieht so sexy-spitze-super aus.) Es tut mir gut und wohl, wieder mit Leuten zusammen zu wohnen. Es war ja eher Zufall, dass ich hier gelandet bin. Niemand hätte wohl gedacht, dass dies eine derart glückliche Menschenkombination ist. Ich bin glücklich. Mir ist sauwohl. Ich habe alle richtig liebgewonnen: Sophia, Stefan und Richard!
Lieber Mac, es ist ein spannendes Gefühl zu wissen, dass wir uns bald wiedersehen werden. Wir haben schon lange keine Zeit mehr füreinander gehabt. Manchmal gehen mir Sachen durch den Kopf, über die ich gerne mit dir reden möchte. Dinge, die nicht per Brief oder Telefon fliessen können. Ausserdem glaube ich, dass wir uns beide in diesem Sommer verändert haben. Ich hoffe, dass unser Ferienexperiment klappen wird. Es hat etwas Herausforderndes für mich. Weisst du, ich war eine Ewigkeit nicht mehr mit einem Menschen so lange Zeit zusammen, zu zweit. Vielleicht habe ich auch noch ein bisschen Angst davor. Ich freue mich, Portugal kennenzulernen. Am Meer war ich auch nur noch per Kinoleinwand."

Alle meine Ferienerinnerungen sind hauptsächlich negativ. In meiner Kindheit begann der Ferienstress mit der Reisetablette, die ich schlucken musste und nicht runterbrachte. Ich musste jedesmal fast kotzen. Meistens gab es deshalb Spannungen zwischen meinem Vater und mir. Er regte sich auf, wenn ich mich so zimperlich aufführte. Wenn ich dann im Auto sass, fand ich immer irgendwelche Gründe zum Nörgeln. Weil ich meine Beine unbequem neben zuviel Gepäck verstauen musste. Oder: Es war ein Geruch aus der Proviantasche, der mich störte. Oder: eine zu enganliegende Hose, oder: zuviel Schlafsack unterm Arsch. Auf jeden Fall war ich ein unleidiges Mädchen und grantig. Meistens verbrachten wir unsere Ferien auf einfachen Campingplätzen, ohne unnötigen Komfort. Meine Eltern wollten natürlich auf all den üblichen Campingscheiss mit Wohnmobil, Fernsehapparat, Zaun, Rasenteppich und Plastikblumen verzichten.

Wir stellten unsere Zelte auf. An einem schattigen, einsamen Örtchen. Wenn es darum ging, dass ich die Heringe und Stangen anpacken sollte, hatte ich Fieber. Vielleicht war es der Klimawechsel, oder ein Sonnenstich. Oder meine Unzufriedenheit, ganz allgemein. Ich verkroch mich sogleich in den Schlafsack. Das Fieber verschwand - die Unzufriedenheit blieb. Ich schmollte und zog mich auch tagsüber immer in das Zelt zurück.

Morgens war ich immer die letzte, die aus der Höhle kroch. Der Strand reizte mich überhaupt nicht. Ich liess mich nur selten dazu überreden, mit den anderen mitzugehen. Ich trug immer ein langes T-Shirt, das meinen zu dicken Bauch versteckte. Es machte mich traurig, wenn ich die vielen hübschen, schlanken Mädchen rumhüpfen sah. Ich war immer um einiges jünger als die Leute, für die ich mich interessiert hätte. Ich schloss nur selten Ferienbekanntschaften. Nicht so wie in den Jugendromanen, die ich in meinen Ferien verschlang. Am Strand war es mir viel zu heiss. Lieber sass ich in der Bar und schleckte mit schlechtem Gewissen ein Eis. Da beobachtete ich die jungen Leute, die miteinander flirteten. Aber diese Campingfritzen und Tussies waren mir meist unsympathisch. Absolut nicht meine Wellenlänge. Zu jener Zeit war ich eher hippiemässig drauf und verabscheute Discos. Also lag ich beim Zelt im Schatten rum. In der Nähe meines Vaters, welcher die Hitze auch nicht ertrug und der meistens malte, Gitarre spielte und Rotwein trank. Ich glaube, ich bin zwar bei meiner Familie auf Verständnis gestossen, aber manchmal war ich ihnen zu schwermütig, und sie verloren deshalb ab und zu die Geduld. - Ferienerinnerungen. Als ich älter war, wurde es nicht viel besser. Idealferien habe ich noch keine erlebt. Es kommen mir lange ungemütliche Zugreisen in den Sinn. Und immer braucht man viel mehr Geld, als man vorher annimmt. Man hängt in Städten rum, schlendert von einer Kneipe zur nächsten, und aus Langeweile leert man Flüssigkeit in sich hinein, auch wenn man gar keine Lust dazu hat. Bald hat man sich gegenseitig nichts mehr zu erzählen, man ödet sich an und nervt sich. Ich denke, dass man sich alles viel romantischer und einfacher vorgestellt hat, als es dann wirklich kommt. Und plötzlich findet man sich in viel zu teuren Hotels wieder, weil man zu bequem ist, mit all dem Gepäck am Hals ein billigeres zu suchen, oder weil man nachts in allen Parks davongejagt wird. Schöne, einsame Strände sind zu weit entfernt, als dass man sie zu Fuss erreichen könnte. Und dann sonnt man sich missmutig zwischen den roten Touristenbäuchen am braunen Wasser. So hat man eine Weile die Nase voll von solchen Ferien. Man schwört sich, nie mehr in der Hochsaison ans Meer zu fahren, das nächste Mal weniger Gepäck mitzuschleppen oder nur noch mit dem Auto zu reisen. Oder man wünscht sich gleich von Anfang an ein Haus am Meer mit Treppe zum Strand... Man weiss jetzt, dass solche Abstecher in Grosstädte nicht viel bringen, ausser dass sie das Portemonnaie ruinieren.

Schlecht aufgewacht! Morgenmufflig? Gestern war Vollmond - hinter schwarzen Wolken. Tut ja nichts zur Sache! Der arme Mond! Wofür der alles herhalten muss. Ich bin übererempfindlich. Ein Druck in der Magengegend. Seit langem ein Tag, an dem alles so schwer erscheint, fast ein bisschen sinnlos.
Weshalb? Meine Freude über die zukünftigen Ferien mit Mac ist weggeblasen. Warum? Ich erwache eines Morgens und alles erscheint mir ätzend! Scheisse! Scheisse! Zum Frühstück genehmige ich mir all das, was mir jetzt bestimmt nicht gut tun kann: einen Joint, einen Gin-Tonic und einen Politcomic! Ich könnte schreien und heulen. Wo liegt mein Scheissproblem? Ich will malen! Ich **KANN** nicht! Ich will lieben! Ich **KANN** nicht! Ich will verreisen! Ich **KANN** nicht! Oder noch nicht! Da ist sowas wie Angst! Angst vor dem Malen, vor dem Lieben, vor der Reise... Etwas stimmt nicht! Was? Es ist, als hätte ich das Vertrauen verloren. Ich muss Mac anrufen. Unser Telefon ist defekt. Ich gehe ins "Stray Cat". Ich bestelle bei Flora ein Bier und wechsle genügend Kleingeld für das teure Telefongespräch. Das Herz klopft bis zum Hals. Nachmittag, zwei Uhr. Mac ist zu Hause.
- "Na, Mac. Und? Wie sieht es aus bei dir, wann wollen wir verreisen?"
- "Es ist eine totale Scheisse! Ich kann nicht! Es tut mir leid. Ich würde doch auch so gerne verreisen. Jetzt! Aber es haut nicht hin - ich muss hierbleiben." Mir bleibt die Luft weg. Er fährt fort:
- "Ich habe kein Geld. Das Monatsgeld habe ich zwar gekriegt, aber nun sind Leute gekommen, denen ich Geld schulde. Jetzt hab´ ich nichts mehr. **ICH WILL WEG,** aber ich kann nicht. Hinzu kommt noch was anderes. Meine Ehefrau hat einen Selbstmordversuch begangen. Die Bullen sind bei ihr eingefahren und wollten natürlich wissen, wo ihr Mann sei. Wahrscheinlich kriegen die jetzt raus, dass ich gar nicht dort wohne. Sie könnten mir eine Klage wegen Scheinehe verpassen. Übrigens weiss ich nicht mal, ob sie mich über die Schweizer Grenze lassen würden. Ich habe noch eine Geldstrafe offen - Militärpflichtersatz."
Jemand hat mal zu mir gesagt: Wenn einer mehrere Entschuldigungen bringt, dann sucht er nach einer Ausrede. Ein **RICHTIGER**

Grund genügt. Daran muss ich jetzt denken, weil ich das Gefühl habe, dass Mac nach Ausreden sucht. Der **WILL** gar nicht mit mir nach Portugal kommen! Ich bin verzweifelt und zerstreut. Ich sage:
- "Wenn man etwas wirklich will, dann kann man es auf irgendwelchen Wegen auch verwirklichen... Wenn du dich anstrengst, dann kannst du auch diese Probleme lösen. Das mit der Grenze könntest du abklären. Das mit der Scheinehe ist bestimmt nicht so schlimm, wie es aussieht. Für das Geldproblem musst du dir halt was einfallen lassen. Scheisse nochmal. Mir sind diese Ferien so wichtig!" Ich mache am Heulen rum.
- "Ich könnte jetzt sagen: Geh doch allein in die Ferien. Aber das ist auch doof."

Ich bin verletzt und traurig. Der begreift gar nicht, wie wichtig es für mich ist, dass ich mit **IHM** nach Portugal gehe. Eine kleine Welt scheint zusammenzubrechen. Wir vereinbaren heute Abend ein weiteres Telefongespräch. Ich hänge ein. **NIX PORTUGAL?** Ich suche nach Lösungen. Aber ich bin resigniert und, wie gesagt, zutiefst verletzt. Ich trinke ein Bier und kämpfe mit den Tränen. Flora sagt: "So ein Arschloch!" Ich stürze mächtig ab. So richtig theatralisch. Innert kürzester Zeit bin ich stockbetrunken. Auf einem "Fürstenberg"-Rechnungsblock zeichne ich mir die ganze Wut und Verzweiflung von der Seele. Ein Bild nach dem anderen entschlüpft dem Kugelschreiber. Das tut ein bisschen gut. Aber die ganze Welt verschwindet hinter einem beissenden Tränenschleier. Ich wanke nach Hause und hoffe ganz fest, dass ich in der Wohnung ein Menschenherz antreffen werde, dem ich meines ausschütten kann. Päng! (Wer Türen zuschlägt, erschrickt manchmal selbst.) "Uff!" Ich stehe breitbeinig und tränenverschmiert im Korridor. "Verdammte, hurenverdammte, verwixte, verkotzte Scheisse nochmal!! Die ganze Welt soll mich am Arsch lecken!" Richard legt die Gitarre weg. "Was ist los, Barbara?" - "Ich muss pinkeln... Und ich mache mir noch einen Gin-Tonic, willst du auch einen? Hau weg die Scheisse!" Ich packe aus! Über die Portugalferien, die ins Wasser fallen, über meine Probleme

mit Mac. Und über die Liebe überhaupt. Richard hört mir zu - das hilft mir. Nun überlege ich, wie ich die Ferien retten könnte. Ich spiele mit dem Gedanken, dass ich Mac zu den Ferien einladen könnte. Ich könnte mir das finanziell mehr oder weniger leisten. Aber ich bin mir nicht sicher, ob ich diese Offerte machen soll. Ich habe Angst davor, ausgenützt zu werden. Ein plötzliches Misstrauen. Sobald ich spüren würde, dass Mac diese Ferien **MIT MIR ZUSAMMEN** hundertprozentig genauso will wie ich, würde ich den Vorschlag machen. Aber ich will nicht, dass er es einfach bequem findet, wenn ihm eine Frau das Geld für eine Entspannungsreise aufwirft. Ich zermartere mir den Kopf. Und vor allem bin ich immer noch wahnsinnig enttäuscht!
Richard geht. Nun bin ich wieder allein. Ich will mich schlafen legen. Ich bin erschöpft. Kaum liege ich flach, muss ich kotzen. Ich erbreche, heule und schreie vor mich hin.
Ich erwache. Auf dem Klo. Es kommt ein Fremder rein, der anscheinend pissen will. "Was machst denn du hier?" Es ist mir etwas peinlich, so aufgefunden zu werden. Da trifft man am hellheiteren Nachmittag ein besoffenes Fräulein auf dem Klo an. Etwa zwei Stunden muss ich da gepennt haben, den Kopf auf die Klobrille gelegt. Ich wanke zurück in mein Zimmer. Sophia ist da. Sie sieht mir Suff und Kummer natürlich sofort an und kommt zu mir. Die Situation muss anscheinend auch etwas Witziges an sich haben. Sophia kann sich ein Kichern nicht verkneifen. Ich nehme ihr das überhaupt nicht übel. Ich muss selber lachen und heulen zugleich. Ich erzähle ihr kurz, was mir über die Leber gekrochen ist. Sie tröstet mich. Dann bin ich wieder allein und schlafe erneut ein. Es hat an der Haustüre geklingelt. Es ist fast Mitternacht. Ein Nachbar steht vor dem Haus. "Telefon für dich! Aus Holland. Ich habe gesagt, du rufst zurück. Du kannst bei uns telefonieren." Bin ich froh! Und überrascht. Hätte nicht geglaubt, dass Mac nochmals anrufen würde.
Nach diesem Telefon geht es mir viel besser. Alles ist wieder gut. Mac hat sich bemüht, einiges klarzustellen. Die Grenzüber-

schreitung soll kein Problem mehr sein. Die Geschichte mit seiner Frau nimmt er inzwischen lockerer. Aus dem, was er mir nun alles viel genauer schildert, kann ich entnehmen, wie für ihn die Situation aussieht. Dass es für ihn auch schlimm wäre, wenn er auf die Ferien verzichten müsste.

Alles klingt jetzt anders. Auch seine Stimme wirkt viel wärmer. Der alte Freund, also doch. Mein Misstrauen schwindet. Die Probleme schaffen wir gemeinsam aus dem Weg. Ich bin zuversichtlich, die Reise wird doch stattfinden. Mac ist echt überrascht und dankbar, wie ich ihm nun doch den Vorschlag mache, dass ich ihm das Geld für die Ferien schenken will. Ich erzähle ihm auch von den Zweifeln, die mich deswegen geplagt haben. So wie Mac reagiert, bin ich überzeugt, dass es richtig ist. Dass er sich sehr darüber freut. Sein schlechtes Gewissen, das ihn deswegen überkommt, will ich ihm ausreden. Hauptsache wir kommen weg - so schnell wie möglich.

Am anderen Tag kann ich es noch nicht recht glauben. Bald werde ich in Portugal sein. Ich wage noch nicht, mich darauf zu freuen. Ich versuche, die Sache cool zu nehmen. Selbstschutz. Besser nichts erwarten. Abwarten. Mac ruft an. Letzte Abmachungen, Vorbereitungen - rein organisatorisch. Fünf Minuten später hängt er schon wieder am Draht. "Ich freue mich, Barbara! Dauernd kommt mir was in den Sinn, was ich doch noch fragen muss. Also: Soll ich einen Walkman auftreiben - oder hast du einen? Und dann wollte ich noch fragen, ob du dir vielleicht auch die Haare färben willst. Weil ich meine schwarz machen will, dachte ich, das könnten wir doch zusammen tun, wenn ich bei dir bin. Ich freue mich so!" Ich finde ihn rührend. Seine Vorfreude wirkt langsam ansteckend auf mich...

Mac und ich sitzen im Flugzeug. Seltsam, ich kann es kaum glauben. Endlich fühle ich, wie eine innere Anspannung nachlässt. Wir sind so hungrig, dass wir sogar den vakuumverpackten Flugzeugfood fressen. Mac ist so durstig, dass ich dem Nachbarn den zugehörigen Rotwein abbetteln muss (weil er sich nicht getraut). Wir hatten das Glück, dass wir einen einfachen Flug nach Lissabon bekommen konnten, zum gleichen Preis wie eine Zugfahrt. Ein guter Anfang. Weiter so! Wahnsinn! In drei Stunden sind wir in Lissabon. Völlig abnormal. Wie lange braucht der Mensch, bis endlich die Seele nachgekommen ist? Der Körper ist schneller als die Seele!
Etwas schüchtern lege ich den Kopf an Macs Schulter. Ich fremde noch ein bisschen. Wir reden darüber, dass wir uns in dieser Zeit nicht davonlaufen oder verlassen wollen. Wir müssen versuchen zusammenzuhalten. Keiner von uns darf einfach - mir nichts, dir nichts - abhauen, falls es Schwierigkeiten geben würde. "Wenn es einmal vorkommt, dass ich eine Nacht mit einer anderen Frau verbringen möchte, dann ist es trotzdem gut zu wissen, dass du in der Nähe bist", sagt Mac. (Umgekehrt ist das genauso.) Ich fliege in neue Erfahrungen hinein und bin ein wenig durcheinander. Wie werde ich mich in sechs Wochen fühlen - auf der Rückreise? Kommt mir vor wie eine Reifeprüfung!
In Lissabon regnet es. Wir haben keine Lust auf Grosstadt. Wir erwischen noch den letzten Bummelzug in Richtung Süden. Ich kann die ganze Nacht kein Auge zu tun. Mac hat die Zug-Bar entdeckt und trinkt ein Bier nach dem anderen. Mitternacht! Mac hat Geburtstag. Den sechsundzwanzigsten (zweimal dreizehn!). Zufrieden hocke ich auf der Bank und rattere durch die schwarze, nachterfüllte Landschaft. Wie es hier wohl aussieht? "Jetzt gefällst du mir wieder besser", meint Mac. "Du bist endlich ruhig und gelassen geworden. In Zürich hast du mir überhaupt nicht gefallen. Du warst dermassen nervös, dass ich dich zeitweise richtig gehasst habe!" Ich erschrecke ein bisschen. Ich fühle zwar, was Mac meint. In Zürich konnte ich mich selber nicht ausstehen, weil ich sehr befangen und unsicher war. Ich fühle die Wandlung, die ich durchmache, auch. Aber mich

deswegen hassen? ... Vielleicht gibt es Menschen, die dieses Wort schneller gebrauchen als ich.
Der Zug steht manchmal still. Ruhe im Wagen. Alles schläft. Mac hat die Kopfhörer auf den Ohren. Volle Lautstärke. Aber auch er schläft und schnarcht. Alles schnarcht - im Kanon. Es scheint, nur ich bin hellwach. Ich warte, bis die Sonne aufgeht. Ich will die Landschaft sehen. Wir nähern uns dem Meer, ich rieche es! Lagos! Das Meer! Morgensonne! Mac kennt sich hier aus. Er führt mich in sein früheres Stammlokal. Es gibt Milchkaffee und Sandwiches. Ich bin todmüde, Mac wird wach. Warten auf den Bus. Wir wollen an einen abgelegeneren Ort fahren. Mac erzählt von einem "Kommunistenstrand", wo man gratis duschen kann. Wir fahren etwa eine halbe Stunde mit dem Bus durch die hügelige Landschaft. Jetzt erst spüre ich den Süden, die klare Luft, exotische Gerüche, warme Farben, weisse, kühle Häuser. Mensch! Ich bin in den Ferien! Endlich am Meer angelangt, feiern wir Geburtstag. Ich packe mein Geschenk aus. Ich habe ein T-Shirt bemalt. Ich glaube, Mac freut sich. Das Wasser ist mir zu kalt. Ich lege mich in den Sand und schlafe ein. Als ich erwache, liegt Mac zwanzig Meter weiter, ebenfalls flach. Wir unterschätzen die Sonne. Beide verbrennen wir uns den nackten, weissen Arsch. Heute abend ist Stehbar angesagt!

In den ersten Tagen an der Algarve irren wir ziemlich ziellos durch die Gegend. Meistens per Bus oder Autostopp. Wir leiden und fluchen über viel zuviel Gepäck. Mac will Lisa und ihre Freundin suchen. Er ahnt ungefähr, wo sie sein könnten. Aber unsere Suche bleibt erfolglos. Wir unternehmen eine lange nächtliche Taxifahrt zu einem abgelegenen Strand an der Westküste. Es ist stockdunkel, wie wir dort ankommen. Mac ist fest überzeugt, dass wir hier auf der richtigen Spur sind. Wir übernachten zwischen den Felsen. Ich bin froh, dass ich jetzt nicht allein bin. Es ist auch ein bisschen unheimlich. In der Nacht erwache ich, weil ich grossen Durst kriege, aber wir sitzen auf dem Trockenen. Ich versuche, so schnell wie möglich wieder wegzuschlafen, um nicht an die durstige Kehle denken zu müssen. Ich träume von einem riesengrossen, kalten **SCHWEPPES!** Mac muss ähnliche Probleme haben. Er leidet zusätzlich noch unter Nikotinmangel. Wir erwachen, weil die Sonne aufgeht. Mac klettert über die Felsen und nimmt ein Morgenbad. Ich schaue ihm zu und sehe, dass er sich mit einem Fischer unterhält, der sein Häuschen hier in der Nähe hat. Mac wird ihn fragen, ob wir vielleicht ein wenig Trinkwasser haben könnten. Und siehe da! Wie im Film. Gleich hinter den Büschen, nur ein paar Meter von unserem Schlafplatz entfernt, befindet sich ein Ziehbrunnen.

Ein Problem weniger! Ich bin glücklich in dem Moment, wo ich das kühle Grundwasser trinke. Aber Lisa und ihre Freundin scheinen weit entfernt zu sein. Mac ist nachdenklich und enttäuscht: "Ich bin mir nicht mehr ganz sicher, ob wir hier am richtigen Ort suchen. Dieser Strand sieht nämlich ganz anders aus, als ich ihn in Erinnerung habe. Es könnte auch sein, dass sich die Landschaft inzwischen verändert hat. Es ist schon einige Jahre her, seitdem wir hier waren."

Er steigt auf den Berg, um in die andere Richtung zu sehen. Wir beschliessen, den Sandstrand entlangzugehen - aber Mac ist immer noch sehr unsicher. Wir wollen jedoch noch nicht aufgeben. Ich spüre, wie wichtig es für Mac ist, dass wir Lisa treffen. Also weiter. Es ist heiss und der Weg noch lang. Der

Strand zieht sich kilometerweit dahin. Nur Sand und Meer! Eine Hauptstrasse gibt es hier weit und breit nirgendwo. Ich denke jetzt lieber nicht darüber nach, wie wir hier ein Taxi finden können, das uns in die Stadt zurückfährt. Ich mühe mich mit meinem Gepäck ab und versinke mit jedem Schritt im Sand - immer hinter Mac her, der mir vorangeht. Der Abstand wird immer grösser. Ich fühle mich etwas verzweifelt. "Muss ich die ganze Woche damit verbringen, hinter Mac herzulaufen, der Lisa hinterherläuft?" denke ich gereizt. Wir sehen Leute. Autos. Nicht die Leute, die wir suchen, aber der Anblick des Autos macht mir Hoffnung, dass ich jemals wieder von hier wegkommen könnte. Mac strahlt jetzt! "Hier sind wir richtig. Das hier ist der Strand, an dem wir vor drei Jahren waren. Bestimmt sind die anderen hier gewesen." (Was uns diese Leute auch bestätigen. Zufälligerweise sind es auch Holländer: "Ja, die waren da, aber die sind vor drei Tagen abgereist.") Wir sind zu spät. Mac sucht nach Spuren. Hinter einem Busch entdeckt er den Verpackungsplastik einer Binde. "Das ist genau die Marke, die Lisa benutzt. Sie hat die Mens!" Ich starre betreten auf den Müll, der da rumliegt, und frage mich, ob ich deshalb hierhergekommen bin. Aber ich lasse mir nichts anmerken. Sicher habe ich noch einen strengen Tag vor mir. Bei den Holländern gehe ich mir eine Zigarette borgen. Dieser Typ wirkt uninteressiert und abweisend. Er hat wohl keine Lust, sich mit einer Schweizerin zu unterhalten. Mit weinerlicher Stimme frage ich den Mann, wie weit es wohl noch bis zur Hauptstrasse sei. Fünfzehn Kilometer! Oh Gott! "Und wann fahrt **IHR** wieder in die Stadt?" - "Morgen vielleicht." Tja, jetzt heisst es, Zähne zusammenbeissen und losmarschieren. Fünfzehn Kilometer, in der Hoffnung, dass dieser Mann ein schlechtes Gefühl für Distanzen hat. Die Strasse windet sich über bergiges Gelände. Rauf und runter. Um viele Kurven herum. Keine Ahnung, wohin der Weg führt. Kein Ziel vor Augen, aber rückwärts schauen und sich Mut einreden. "Der Strand ist schon ganz klein geworden. Zwei Kilometer haben wir bereits hinter uns." Nach weiteren dreitausend Metern haben wir grosses Glück. Ein portugiesischer Bauer nimmt uns mit dem Auto bis zur Hauptstrasse mit. Bin ich froh! Von hier nimmt uns ein junger Mann in seiner Ente mit. Schon wieder ein Holländer! Mac blüht auf, wenn er Holländisch sprechen darf. So landen wir in einem Dorf, wo sich ein wilder Campingplatz befindet. Hier kann man pennen, ohne von den Bullen zum Teufel gejagt zu werden. Es sind viele Leute hier. Alles so alternative Cliquen, die Feuerchen machen und Jointchen kiffen. Mac und ich sondern uns ab. Uns plagen Hunger, Durst und Zigarettensucht. Wir haben kein Bargeld mehr, und alle Banken haben bereits geschlossen. Also gibt es heute keine Sauf- und Fressparty. Ich hätte Lust, mir einen anzutrinken, denn ich fühle mich beschissen und sehr befangen. Mac gegenüber bin ich ziemlich verunsichert. Ich versuche, irgend etwas zu tun, um eine bessere Stimmung zu schaffen. Ich will ein Feuer machen, aber ich finde nirgends Holz. So muss ich auch das bleibenlassen. Ich lege mich in den Schlafsack und versuche zu dösen. Es wird dunkel und kühl. Macs Melancholie überträgt sich auf mich. Ich kann ihm nicht helfen. Wie soll ich ihm seine Lisa hierherzaubern? Wenn er gelöster wäre, könnte es mir auch besser gehen. Ich empfinde sowas wie eine Mauer zwischen uns. Ich fühle mich einsam, mit einem Berg von belastenden Gefühlen im Bauch. Schweigend liegen wir nebeneinander. Ich blicke in den Sternenhimmel über mir. Mir wird schwindlig. Ich würde gern weinen. Ich sehne mich danach, umarmt und verstanden zu werden.

Am anderen Tag geht die Reise weiter. Wir kommen nach Villa do Bispo. Mac will auf der Post nachfragen, ob Lisa einen Brief für ihn dagelassen hat. "Früher hatten wir hier unsere "Posta restante". Wenn Lisa hier war, hat sie mir bestimmt eine Botschaft hinterlassen. Ausser sie würde nicht damit rechnen, dass ich so klug bin, hier nachzufragen."

Aber kein Brief. Was jetzt? Für mich ist es am wichtigsten, dass ich mein unnötiges Gepäck loswerden kann. Wir machen ein grosses Paket, das wir zu mir nach Hause schicken. Das erleichtert uns um ein paar schwere Kilos. Im Strassencafé schlagen wir uns die Bäuche voll. Ich möchte mit Mac zusammen herausfinden, was wir als weiteres tun werden. Ich möchte vorschlagen, den

Tag zu geniessen und ohne Sucherei zu verbringen. Meine Nerven sind nämlich gestresst. Ich könnte ein Motorrad mieten, um damit in die Landschaft zu fahren. Ausserdem unbedingt einen Ort finden, wo wir unser Gepäck lagern könnten - für einen Tag wenigstens. Mac grübelt immer noch darüber nach, wo er Lisa finden könnte. In Lagos? In Faro? Ich kann es kaum fassen. Um mein Recht auf Entspannung will ich kämpfen. Lange mach´ ich das nicht mehr mit!
In dem Moment kommt ein Bus um die Ecke gefahren. "Hester! Das ist doch Hester!" schreit Mac. Sie ist es. Ein strohblondes Mädchen. Man sieht auch ihr die Freude an, ein vertrautes Gesicht zu erblicken. Ich kenne sie nicht. Hester ist aus Amsterdam. Sie hat viel erlebt und berichtet Mac lange Geschichten. Ich verstehe kein Holländisch. Aber sie weiss anscheinend mehr darüber, wo Lisa sich befinden könnte; das kriege ich nun auch mit. Hester muss auf der Post in Faro ein Medikament für den Hund von Irena abgeben. (Irena ist Lisas Begleiterin.) Das bedeutet, dass die beiden Frauen in Faro sein müssten. Wieder nichts mit Faulenzen! Direkt in den nächsten Bus und ab nach Faro. Wir fahren bis in den Abend hinein.
In Faro nehmen wir ein Hotelzimmer zu dritt. Morgen geht die Suche weiter. Heute Nacht gehen Mac und ich noch einen trinken. Seit langem kann ich wieder einmal über all das reden, was mir auf dem Herzen liegt. Wir verbringen ein paar intensive Stunden, in denen wir uns wieder näher stehen. Später liege ich im Bett, spüre den Alkohol im Kopf und bin gefüllt mit neuen, besseren Eindrücken. Mein Körper prickelt heiss von zuviel Sonne, und meine Haut riecht gut nach Après-Douche. Ich habe Lust, Mac zu streicheln, und auch Lust, mit ihm zu schlafen. Wir haben seit fünf Monaten nicht mehr miteinander geschlafen. Aber ich spüre, dass er keine erotischen Gefühle mir gegenüber empfindet. Vor dem Einschlafen umarme ich ihn und frage mich, woran es wohl liegt, dass solche Gefühle oft nicht gegenseitig sind. Im Innersten hege ich die Hoffnung, dass sich dies im Laufe der Zeit noch ändern könnte.

Zwei weitere Tage verbringen wir in dieser Stadt. Bei der Post hinterlegen wir einen Brief und hoffen den ganzen Tag auf eine Antwort. Die ewige Warterei überbrücken wir mit Baden, Bummeln, Essen und Trinken.

Am dritten Tag entschliessen wir uns, die Suche aufzugeben. Wir alle, und im besonderen Mac, sind genervt und etwas wütend. Da sitzen wir am Strassenrand und rätseln vor uns hin. Mac entdeckt eine Autonummer, die in der Quersumme **DREIZEHN** ergibt, und meint: "Dreizehn! Das hat was zu bedeuten!" Fünf Minuten später hören wir Lisas Stimme **"MAC!"** rufen. Und da fallen sich der Prinz und die Prinzessin um den Hals! Bin ich verbittert? Es besteht Hoffnung, dass jetzt alles besser wird.

An einem einsamen, schönen Sandstrand. In einem kleinen Café sitzend. Seit gestern sind wir fünf Leute. Wir bleiben drei Tage zusammen. Dann fliegen Lisa und Irena wieder nach Amsterdam zurück. Das Meer ist wild, schäumend und silbergrau. Am Himmel hängen dunkle Wolken. Wir haben eine schreckliche Gewitternacht hinter uns. Zum Schlafen verzogen wir uns in die Hügel. Zwischen Felsbrocken und Disteln haben wir uns, so gut es ging, eingenistet. Dann kam der grosse Regen. Und der kalte Wind. Es pisste in Strömen! Und es wollte nicht mehr aufhören. In Kürze war ich klatschnass, bis auf die Haut. Ich lag ein paar Meter abseits von den anderen und fühlte mich ziemlich verlassen und hundeelend. Der Schlafsack vom Regen durchtränkt, zu meinen Füssen eine grosse Pfütze. Damit ich am Morgen wenigstens ein paar trockene Kleider zum Anziehen hätte, kniete ich wie ein Embryo über der Gepäcktasche. Mit mindestens einer Blasenentzündung würde ich rechnen. Ich litt hilflos vor mich hin. Es regnete und regnete auf mich runter. Erbarmungslos! Zittern, schlottern, mit den Zähnen klappern, fluchen, stöhnen, beten... Zum Glück war ich todmüde, so dass ich manchmal kurz wegdöste. Die Glieder schmerzten unter dem triefend nassen Laken. Es war, als würde man in einer kalten Badewanne pennen. Es gab keinen Ort zum Unterstehen. Null Lösung. Nur durchstehen, bis um acht, wenn die Kneipe endlich öffnet.
Der ersehnte Milchkaffee und einen aufwärmenden Schnaps dazu. Über den ganzen Strand haben wir unsere Kleider ausgelegt, die trocknen müssen. Die Sonne kommt!

Ich bin nicht gerade glücklich! Ich fühle mich kraftlos in der Seele. Verwelkt. So ziemlich der Gegenpol zu Lisas lebendigem Leuchten. Warum bin ich bloss so ein schwermütiger, introvertierter und dunkler Mensch?! Ich bin verschlossen und fade. Kann nicht an den Gesprächen der anderen teilnehmen. Ich verstehe ihre Sprache nicht. Sie reden nur Holländisch untereinander. Ich komme mir vor wie ein dummes Schaf, das überall hinterhertrottet und nicht mitdenkt! Kein schöner Anblick - eine solche Barbara. Inmitten von vier fröhlichen, herzlichen Menschen. Von dem Mann, der mein Freund sein könnte, fühle ich mich weit entfernt. Ich beobachte das Geschehen nur am Rande und fühle, dass man von mir vielleicht mehr erwartet und fordert. Aber ich kann´s nicht bringen! Denn ich fühle mich ungeborgen und unverstanden. Erste Anzeichen von zähen Spannungen zwischen Mac und mir. Obwohl sich das immer wieder ablöst mit besseren Momenten.

Ich erkenne **MICH** nicht wieder, **IHN** nicht, **MEIN LEBEN** nicht. Da ist ein Gefühl extremer Zweiteiligkeit in mir. Ich bin nachdenklich - bis zum Überdruss. Schwindelgefühle. Ein rasendes Karussell im Kopf. Alles erscheint sinnlos! Wen auf dieser Welt kann und will ich überhaupt noch lieben? Ich habe von allem und allen die Nase voll!

Die Vernunft rettet mich vor dem Absturz. Klaren Kopf behalten! Schau dich um! Diese Landschaft! Natur! Schliesslich und endlich bist auch **DU** einfach ein Produkt dieser Natur!

Und trotzdem: Ich bin auf dem falschen Pfad! Welchen Weg ich auch einschlage - es wird nicht besser!

Wir haben eine Bleibe gefunden. Eine zweite solche Nacht bleibt uns erspart. Am Strand hat uns jemand von diesem Bauernhof berichtet, der sich ein paar hundert Meter weiter im Landesinnern befindet. Inmitten von Feigen- und Mandelbäumen. Hier lebt ein sechzigjähriger Schweizer: Georg. Vor ein paar Jahren hat er sich diesen Hof erbaut. Es sind mehrere Räume vorhanden, die man mieten kann. Eine Art Alternativhotel. Der Strom wird durch Sonnenenergie erzeugt. Es hat hier Pferde, Hunde, Gänse und Katzen. Wir haben Glück: Georg zeigt uns ein wunderschönes, grosses Zimmer, in dem wir alle zusammen übernachten können. Georg hat noch einen Gehilfen, Jochen. Er ist Deutscher und will hier in Portugal bleiben. Er arbeitet streng, im Haus und im Stall, und er kann gratis in einem Zimmer wohnen. Verdienen wird er jedoch kaum etwas.
Entspannend. Ich fühle mich hier gut aufgehoben. Das romantische, farbige Zimmer wirkt gemütlich. Ich beziehe das Bett in diesem Raum. Es gibt noch zwei Doppelmatratzen. Auf der einen schlafen Lisa und Mac - auf der anderen Hester und Irena. Diese Gruppierung erscheint mir logisch. Ich fühle mich ein bisschen als fünftes Rad am Wagen, wie ich mich so selbstverständlich auf dem Einzelbett niederlasse. Ich schmolle ein wenig. - Oder auch nicht. Auf jeden Fall bin ich stumm und betrübt. Ich vergrabe mich im Schlafsack und höre dem Reden der anderen zu. Ab und zu glaube ich, ein paar Sätze dieser Sprache verstehen zu können. Das heisst, ich spüre, dass sie sich über etwas unterhalten, was mich auch interessieren könnte. Worüber ich sogar was zu sagen hätte. Aber sie verlieren wohl nur den Gesprächsfaden, wenn ich sie jetzt auffordere, alles ins Deutsche zu übersetzen. Hester kann übrigens gut Englisch. Aber auch diese Versuche scheiterten, denn diese Sprache liegt mir überhaupt nicht. (Ich kann nur Französisch.) Ich denke an die Geschichte vom Turm zu Babel, als der liebe Gott die Welt damit strafte, dass er die Menschen verschiedene Sprachen sprechen liess. Zur Zeit fühle ich mich persönlich von ihm bestraft!
Heute war ich manchmal sauer auf Mac. Undefinierbare Kleinigkeiten, die mir auf den Wecker fallen. Wahrscheinlich als Folge

meiner Einsamkeitsgefühle, die mich seit gestern befallen haben. Ein Anflug von Eifersucht. "Anflug" sage ich dem, weil mein Verstand sich wünscht, dass ich über "solch niedrige Instinkte" erhaben wäre. Ich erzähle Mac nichts davon, denn ich schäme mich, diese Gefühle offen zuzugeben. Angst, das würde mich in unvorteilhaftes Licht rücken. Mit Lisa hat dies nur wenig zu tun. Weil ich sie mag. Weil ich auch froh bin, dass sich die beiden endlich gefunden haben. Weil Lisa mir immer das Gefühl gegeben hat, dass sie diese Eifersucht nicht kennt. Weil ich einsehen will, dass die zwei eine sehr tiefe Verbundenheit empfinden, welche auf einer langjährigen Freundschaft beruht. Ich will das, was ich seit bald einem Jahr mit Mac pflege (denke, es hat bestimmt was mit **PFLEGEN** zu tun), nicht mit dem vergleichen, was diese zwei Seelen miteinander verbindet. Beide sind irgendwie unerreichbar für mich. Nicht zugänglich genug, dass ich darüber sprechen könnte. Also was tue ich? - Ich mache mir Vorwürfe über meine Eifersucht und ziehe mich immer mehr in mich selber zurück. Vor allem distanziere ich mich von Mac. Ich rede mir ein, dass ich gar nicht verliebt bin und dass wir ohnehin nie im Leben ein **"PAAR"** hätten werden können. Diese Unterlegenheit, wie ich sie manchmal empfinde, schadet. Macs Kommentare und Kritiken akzeptiere ich - zu meiner Unzufriedenheit - als vollkommen und abschliessend. Alles, was ich jeweils noch resigniert beifügen kann, ist ein **"JA UND AMEN!"** Hundert Stunden später fällt mir dann die richtige, für **MICH** stimmende Antwort dazu ein. Jeder anderen Person hätte ich meine Meinung schon zu Anfang entgegnen können. Es erscheint mir so, als würde ich durch Mac meine eigene Meinung verlieren. Es irritiert mich, dass alles was er sagt, so überzeugend auf mich wirkt. Ganz ähnliche Gefühle hatte ich früher meinem Vater gegenüber. Diskussionen hatten wir eher selten, weil seine Argumente keinen Einspruch meinerseits herausforderten. Das macht mich unzufrieden. In solchen Situationen bin ich weder die Barbara, wie ich sie kenne, noch eine, die ich gern haben könnte. Durch Mac fühle ich mich erdrückt. Ich kann nicht mehr frei durchatmen. Die Frage taucht auf, ob sich Mac wohl mit mir langweilt. Warum kann ich ihn selten herausfordern? Ich weiss, das er das braucht. Lisa kann ihm dies geben. Wenn ich mich auf mich selber konzentriere, finde ich, dass ich gar nicht so schlecht bin. Und langweilig doch auch nicht! Mein Problem mit Mac muss nicht unbedingt nur an mir liegen. Mac ist ein Mensch, der sehr viel Platz beansprucht. Wenn ich **NICHT** in draufgängerischer Stimmung bin (was ich unmöglich immer sein kann), dann ziehe ich mich traurig zurück und mache ihm Platz. Und trotzdem bin ich unglücklich, traurig und eifersüchtig dabei. Ja, aber so geht das doch nicht! Wo bin hier **ICH?** Was ist mit mir? Ich kann mich doch nicht immer anpassen! Das fällt mir wie Schuppen von den Augen! **ICH** brauche das Gefühl, dass ich mich frei und wohl fühlen kann. Freunde müssen dies in mir bestärken. Was ist das für ein Freund, der mich beengt, klein und unselbständig macht? Was ich in Wahrheit doch gar nicht bin! Mit dieser Einsicht schwindet das Suchtgefühl nach dem unerreichbaren Mac. Das, was unerreichbar ist, scheint plötzlich nicht mehr erstrebenswert. Mac ist kein Märchenprinz, der mir alles geben kann. **NIEMAND** ist das! ... Entlastung macht sich in mir breit. Vielleicht habe ich nun endlich etwas begriffen. Dass es wohl noch einige Zeit brauchen wird, bis alle Wunden ausgeheilt sind, ist mir schon klar. Die heutige Erleuchtung gibt mir einen zarten Vorgeschmack von einer besseren Zeit, die noch vor mir liegt...

Mac kommt zu mir ans Bett und gibt mir einen Gutenachtkuss. Ich bin ihm bereits für nichts mehr "böse" und habe nicht vergessen, wie gern ich ihn habe. Diese Freundschaft ist noch nicht verloren. An Mac werde ich immer jemanden haben, mit dem ich über Vieles reden kann. Seine Gegenwart inspiriert mich dazu, auf Entdeckungsreise in mich selbst zu gehen. Mein Inneres erforschen. Mit Mac zusammen ist noch einiges möglich... Das Ent-verlieben wäre ein positives Stück Arbeit - zur Unterstützung einer "kameradschaftlichen Freundschaft". (Was für ein Wort! Gibt es das überhaupt? - Barbara erstellt Theorien über das Problem **LIEBE**.) "Ich will jetzt endlich eine Frau werden! Ich will mich endlich zu einer Frau entwickeln, die ihre

Möglichkeiten kennt und sich gern hat dafür!"
Ich öffne die Augen. Sie sind verklebt vom langen Schlaf. Ich schaue mich im Zimmer um, sehe zwei paar Füsse, die sich streicheln und umklammern. Ich drehe mich zur Wand und stelle mich schlafend. Aber ich bin hellwach. Ob sie vielleicht in dieser Nacht miteinander geschlafen haben? Was für eine Frage! Unwichtig - tut nichts zur Sache! Oder doch? Für Mac und Lisa wäre dies bestimmt nicht unwichtig...
Ich richte mich auf: "Guten Morgen!" Oh, was liegt dann da auf dem Laken? Ein abgebrochenes Metallstück - von einem Anhänger, den mir Mac geschenkt hat. Ich trage ihn seit langem um das Handgelenk. Ein Schwert, dessen Griff aus einem Totenkopf mit Schlange besteht. Die Schwertklinge ist in dieser Nacht abgebrochen. Lisa findet: "Jetzt sieht es aus wie ein Hexenhammer." Und ich schreibe heute in mein Tagebuch: "Das Schwert ist zerbrochen! Das Schwert, das mein Herz durchbohrt **HAT!**" Ich sehe eine Tarotkarte vor mir. Schwert drei. Drei Schwerter, die ein blutendes Herz durchbohren. Sie steht für Eifersucht und Liebeskummer. Wenn ich an meine Einsicht von gestern denke, kommt es mir vor, als hätte ich mein Herz von diesem Schwert befreit. Ich muss lächeln. Über mich und meine pathetische Ader. Ich mag sie.
Den ganzen Tag verbringen wir am Strand. Es ist angenehm warm. Ich geniesse die Sonnenstrahlen auf meinem Rücken, und ich liebe es, auf einem Felsen zu sitzen und die Wellen zu beobachten, die an die Steine klatschen.
STEINE SIND STUMM. Ich auch. Ich sehe zu, wie Lisa und Mac schwimmen und mit den Hunden spielen. Erneut kämpfe ich gegen Einsamkeitsgefühle an, in die ich mich nicht reinsteigern darf. Erzwungene Teilnahmslosigkeit. Ich darf nicht engstirnig und selbstmitleidig werden. Barbara, gib dir einen Stoss - nimm den Daumen aus dem Arsch! Du bist in den Ferien, an einem wunderbaren Strand, zusammen mit lieben Leuten... Also, wo ist das Problem? Mac? Mit dem wirst du noch manche Tage alleine verbringen. Lisa geht morgen zurück nach Amsterdam. Also, sei so gut und lass den beiden doch bitte diese paar Tage, wo sie es

gut zusammen haben. Es sollte dich freuen, wenn du siehst, dass Mac glücklich ist. Bist du dermassen egoistisch, dass du den anderen so wenig Freude gönnst? Ich schäme mich - schon wieder!

Jemand, der wenig spricht, wird mehr beim Wort genommen. Das ist ein Nachteil, den ich in meiner wortkargen Phase kennenlerne. Auch wenn ich nicht soviel quassle wie üblich (da ich bekanntlich Sprachschwierigkeiten habe), will ich trotzdem so reden dürfen, wie mir der Schnabel gewachsen ist. Es macht mich sauer, wenn mir die Worte im Mund verdreht werden. (Wütend auf Mac.) Dann sag ich besser gar nichts mehr. Er will mich gar nicht verstehen! Er weiss alles besser. Wenn sich zwei Menschen nicht mehr gut vertragen, ist oft zu beobachten, dass sie sich an Details und Kleinigkeiten nerven, über die sie früher grosszügig hinweggeschaut hätten. Jeder meckert und nörgelt am anderen rum. Weil man nicht mehr auf den gegenüber eingehen mag.

Viele Leute sind **ICH**-krank. Wenn jeder nur sein eigenes **ICH** im Kopf hat und sich keine Zeit für das **DU** nehmen will, wird jeder, der in dieser Beziehung anders geartet wäre, dazu gezwungen, sich ebenso zu verhalten. Im Stil: Wenn du dich nicht mehr für mich interessierst, dann interessiere ich mich auch nicht mehr für dich. Jeder ist sich selbst der nächste! (Was ich keineswegs bestreite.) Aber durch diese Einstellung können Machtkämpfe entstehen. Ein **ICH** gegen das andere **ICH**. Mein Vorschlag: Ich für **MICH** und **DICH!** Du für **DICH** und **MICH!** In unserer Zeit ist es in, dass jeder möglichst skrupellos sein **ICH** kultiviert. **INDIVIDUALISMUS.** Selbst ich bin viel damit beschäftigt, aber ich nehme an, dass in meinem **ICH** noch viel Platz für andere Menschen vorhanden ist. Ich brauche ein **DU** für die eigene Zufriedenheit. Ich profitiere davon. Ich will nicht kämpfen. Es stimmt mich traurig, wenn ich mich kämpfen sehe und einfach nicht mehr zurück kann. Ich kann mich doch auch ohne Machtspiele bestätigt fühlen, und ich will gar nicht wissen, wer der stärkere ist. Aber jetzt kann ich aus diesem Spiel nicht mehr zurücktreten, weil ich mich sonst erdrückt, übergangen, ja gar entwürdigt fühle. Ich hasse es, wenn ich mich rechtfertigen und aufplustern muss. Fälschlicherweise passe ich mich manchmal lieber an, als dass ich mich um mein eigenes Wohl kümmern würde. Das ist nicht gut. Das Pendel kann zu weit ausschlagen. Wenn ich unweigerlich einsehe, wo ich da gelandet bin, dann muss ich mich selber schützen. Mein übertriebener Einfühlungswille schwächt mich. Im nachhinein mache ich mir nur noch Vorwürfe. Verletzt und verunsichert ziehe ich mich in mich selbst zurück und nehme eine oppositionelle Haltung ein - immer bereit loszuschlagen, weil ich mich für mich selber wehren muss. Aus der dummen Abhängigkeit wird verkrampfte Ablösung!

Lisa und Irena sind abgereist. Hester bleibt noch ein paar Tage, dann fliegt auch sie zurück. Trotz Kommunikationsschwierigkeiten haben wir uns näher kennengelernt. Sie ist mir sehr sympathisch. Ich fühle mich viel besser - vielleicht liegt das daran, dass wir nur noch zu dritt sind. Im Holländischen mache ich bereits Fortschritte und kann nun eher mithalten.

Ich habe Mac endlich von meiner Grüblerei und Nachdenklichkeit erzählen können. Hier in Portugal fühle ich mich an der Quelle und am Ursprung allen Lebens, und ich habe so viel Zeit, dass alles, was mich quält - schon in Zürich gequält hat, hochkommen kann. Ich lasse mich nicht gern von Mac belehren: Er versucht, mir einzureden, ich soll den ganzen Zürich-Stadt-Quatsch einfach fallenlassen und mich wie ein Kind fühlen, das nichts mehr braucht ausser Sonne, Wasser, Erde und Luft. Wenn ER das kann, dann vielleicht deshalb, weil er dieses Land kennt. Er hat diese Erfahrungen schon einmal gemacht, als er ein Jahr lang in Portugal gelebt hat. Mein Rhythmus ist aber anders. Um mich vollends zu entspannen, brauche ich mehr Zeit. Schliesslich bin ich mit dem Vorhaben hierhergekommen herauszufinden, wie ich mein zukünftiges Leben anpacken soll. Was will ich ändern? Wofür will ich wirklich arbeiten? Was bedeutet mir Mac? Diese Ferien stellen in einer Art auch unsere Freundschaft auf die Probe. Gehirnwäsche! Mac rümpft die Nase und findet, dass ich mich allzu sehr verkrampfe. Das tue ich vor allem in dem Moment, wo er das sagt, und ich mich erneut erklären muss: "Siehst du denn nicht? In Zürich erwarten mich nichts als Probleme! Geld- und Wohnprobleme! Ich suche nach einer Beschäftigung, die mich befriedigen kann. Die mir einen Sinn gibt. Und ich meditiere darüber, was das überhaupt ist: **LIEBE!** und **KUNST!** Das sind die einzigen Dinge im Leben, die mich **WIRKLICH** interessieren! Ich muss mein Leben ändern. Erstens weil ich das selber will, und zweitens muss ich es gezwungenermassen tun. Keine Kohle, keine Wohnung, keine Zukunft! Ich will endlich einmal glücklich sein! Das erscheint manchmal so hoffnungslos. Viel zu lange Zeit habe ich mich an dich, Mac, geklammert. **DU** warst das

Wichtigste. Ich dachte, dass mich die Freundschaft mit dir glücklicher macht, und jetzt spüre ich, dass das illusionistisch war. - Du brauchst mich nicht zum Glücklichsein. Du hast Lisa. Ich bin damit beschäftigt, mich von dir loszulösen, was schmerzhaft für mich ist. In diesem Portugal bin ich mit sehr vielem konfrontiert, was mich alles andere als entspannt. Es wühlt mich auf!"

Er sagt: "Als ich zum ersten Mal hier unten war, brauchte ich auch meine Zeit, bis ich es schaffte, von all den Belastungen, die ich im Rucksack von zu Hause mitnahm, frei zu werden. Dann wirst du spüren, dass das Leben hier unten ein anderes ist. Du lebst in den Tag hinein, und später lachst du, wenn du dich an all das erinnerst, was dich zuvor noch geplagt hat. Ich bin jetzt das dritte Mal hier. Das ist ein Vorsprung dir gegenüber. Es ist gut, wenn man jemanden hat, der einem etwas in diesem Land zeigen kann. Mit Lisa habe ich immer viel erlebt, hier unten. Als ich sie nun hier angetroffen habe, glaubte ich, da steht ein neuer Mensch vor mir! Sie hat sich in diesen Ferien verändert. Ich habe mich von neuem in sie verliebt. Wir haben eine wundervolle Nacht zusammen verbracht. Wir haben miteinander geschlafen. Zum ersten Mal seit Monaten. Weisst du, ich kann mit Lisa sehr weit gehen, immer wieder neue Dinge erleben... Unsere Freundschaft übersteht alle Phasen. Wir werden uns wohl immer wieder begegnen, auch wenn manchmal jeder seinen eigenen Weg gehen muss. Du kannst dir nicht vorstellen, wie schön es war, wieder mit Lisa Liebe zu machen. Es war... Ich wusste gar nicht, dass sowas möglich ist. Es war so schön, dass mich das beinahe traurig macht. Ich bin ganz benommen. Ich bin immer noch eingelullt von diesem schönen Gefühl jener Nacht. **ICH FÜHLE MICH EINS MIT DIESEM MENSCHEN!"**

Ich sehe, dass Mac gegen die Tränen kämpft. Ich bin beeindruckt von dem, was er mir da erzählt hat, und ich frage mich, ob er vielleicht tatsächlich über etwas redet, was mir bisher noch erspart geblieben ist.

- "Schön. Ich spüre, wie dich das bewegt. Und es freut mich, dass du es mit Lisa gut hast. Aber es ist nicht sehr einfach für mich,

nur mitfühlend und selbstlos zu sein. Hier sitze ICH - Barbara - und begreife, wie wichtig Lisa für dich ist. Da kann ich mir nichts anderes mehr vormachen. Ich selber habe noch nie in meinem Leben was ähnlich Starkes erleben dürfen. Ein Teil in mir beneidet dich um diese Erfahrung. Hinzu kommt, dass ich sehr in dich verliebt war ... - oder bin. Ich weiss es nicht genau... Wenn ich ehrlich bin, muss ich zugeben, dass ich auch eifersüchtig bin. Aber ich versuche, das mit allen Mitteln, die mir zur Verfügung stehen, zu bekämpfen - bin mir aber nicht mal sicher, ob das richtig ist. Ich will das, was zwischen uns ist, nicht dem vergleichen, was deine Beziehung zu Lisa ausmacht. Gut, dass wir endlich mal drüber reden können. Ich will dir noch sagen, dass du meine Kräfte nicht überschätzen darfst. Deine Ehrlichkeit kann manchmal auch hart für mich sein."
- "Stimmt! Aber hier handelt es sich um das, was MIR wichtig ist. Wir sind Freunde, und einem Freund erzähle ich von allen meinen Sehnsüchten. Von allem, was mein Herz einnimmt!"
Wir sind zwei alkoholisierte Gefühlsbomben. Unsere Augen glitzern im Kerzenschein, und wir reden und reden... Wir lachen und weinen... In dieser Nacht geht es uns beiden gut.
Ich liebe das Leben! Vor allem wenn es intensiv und schonungslos ist!

Heute lassen mich Mac und Hester alleine am Strand zurück. Hester fliegt weg. Mac reist nach Faro. Ein ziemlich weiter Weg. Er wird dort übernachten, und am anderen Morgen will er Olaf im Knast besuchen. Olaf ist sein Freund aus Hamburg, der in Portugal seit sieben Monaten im Gefängnis sitzt. Dies war mit ein Grund, dass Mac unbedingt nach Portugal reisen wollte. Man muss sich darum kümmern, dass er so schnell wie möglich wieder entlassen wird. Das raubt viel Zeit und Geld. - Aber das macht ja nichts! Schön, wenn man Freunde hat, die für einen da sind, wenn man sie braucht. Ich überlege, wer ausser meiner Familie sich wohl um mich kümmern würde, wenn ich in eine solche Lage käme. Olaf hat anscheinend nicht das Glück, einer Familie zu entstammen, die ihm beisteht. Aber er hat Lisa und Mac und noch andere Freunde, die ihn nicht im Stich lassen.
Ich geniesse diesen Tag und diese Nacht, wo ich zum ersten Mal ganz allein bin. Ich dusche und wasche mein Haar. Ich ziehe um auf die Matratze, die zuvor Hester belegt hatte. Dort richte ich mir eine Nische ein. Kerzen, Spiegel, Muscheln, Bücher, Zeichnungen usw. Ich bemale mir ein Stück Stoff, welches ich mir um den Kopf binden kann. Gegen den starken Wind. Walkman an den Ohren, Rotwein im Glas. Ferienstimmung! Zufrieden schlafe ich ein.

Freitag.
Es ist Mittag. Ich bin alleine auf dem Hof. Seit Mittwoch ist Mac weg. Er hätte gestern abend zurückkommen sollen. Ich habe schlecht geschlafen, deshalb. In der Nacht bin ich aufgewacht und hörte ein leises Atmen. Schnell zündete ich eine Kerze an. Macs Bett war leer. - Alles nur Einbildung. In der Dunkelheit im Halbschlaf begann ich, mir Sorgen zu machen. Wenn irgend etwas schiefgelaufen ist, dann wüsste ich nicht mal, wo ich Mac finden könnte, falls er meine Hilfe braucht. Wie könnte ich ausfindig machen, wo er steckt? Ich suche noch andere Gründe für sein Wegbleiben. Vielleicht hat er den Bus verpasst. Oder es ist ihm eine schöne Frau über den Weg gelaufen. Trotzdem bin ich unruhig.
Gestern war ich den ganzen Tag am Strand und habe mit Jochen einen Liter Sangrillas getrunken. Jochen ist ein lieber, witziger Typ. Obwohl ich manchmal denke, zu Hause würden wir uns wohl kaum begegnen oder was zu sagen haben. Man nimmt, was da ist. Als ich auf dem Rückweg den Pfad durch die Kamillefelder entlangging, war ich überglücklich. Sanftes, goldenes Streiflicht. Alle Farben so intensiv! Es riecht gut! Und diese Stille! Man hört nur ein paar Grillen zirpen und die eigenen Schritte auf der Erde. Rascheln vom Wind. Ich spürte den Alkohol im Kopf, sang eine Melodie und dichtete eine Ode an diese Landschaft. Für ein paar Minuten verspürte ich die Lust, für immer hierzubleiben. Singend schwebte ich durch die Schafherde, die da graste. Der Schafhirt lächelte mir zu, und ich baute mein "Potard" (heisst: Guten Abend) in mein Lied ein. Mann, es geht mir wirklich scheissgut!

Heute macht die Sonne einfach nicht mehr richtig mit. Trotzdem entledige ich mich meiner Kleider und knalle mich in den Sand. Ich versuche, mich von der belastenden Besorgnis abzulenken, und vertiefe mich in mein Buch. Ich lese "Angst vorm Fliegen", von Erica Jong. Das, was ich in diesem Buch lese, löst das Ventil. Ich werde traurig. Traurig über mein Leben, über alle Sehnsüchte und Träume, die mich beherrschen. Die mir nicht erlauben, glücklich zu sein. Da liege ich nun im Sand, und die Tränen verwehen im Wind. Schmerz setzt sich mitten in mein Herz. Die Frau in diesem Buch mit ihren Schuldgefühlen und ihrer unselbständigen, abhängigen Ader, erinnert mich an meine eigenen Probleme. Da verbringe ich nun schon vierundzwanzig Jahre damit, nach meiner Erfüllung und einer Bestätigung zu suchen. Ich erleide viel Schmerz und Scheisse, aber ich sehe, wie ich daraus immer reifer und stärker geworden bin. Ich gebe nie ganz die Hoffnung auf, dass ich in meinem Leben noch etwas erreichen könnte, woran ich spüren würde, dass sich mein Kraftaufwand gelohnt hat. Manchmal sehne ich mich nach einer tiefen, gesunden Freundschaft mit einem Mann. In meinem Kopf erstelle ich mir - je mehr Beziehungen missglücken - ein Ideal zwischen Kampf und Friede. Und doch spüre ich genau das, was mir kürzlich Mac mal so schnell an den Kopf geworfen hat: "**SO** wirst du dein Liebesglück nicht finden!" Ja, dass ich mir dazu selber im Weg stehe, habe ich begriffen. Soviel Pech in der Liebe kann wohl nicht nur ein Schicksal sein. Das mache ich mir doch alles selber! Wie ich von einem Leiden ins nächste treibe! Meine Einsamkeit macht mich zwar einsichtig, aber auch immer verbitterter und unsicherer. Aber, wie geht denn das? Wie macht man das, eine Beziehung aufbauen? Welches ist denn euer Rezept dafür? Ihr könnt doch nicht behaupten, dass man perfekt sein muss, damit man geliebt wird. Niemand ist perfekt. Und alle meine Freundinnen, die solche Beziehungen "haben", sind es auch nicht. Oder blick ich einfach nicht richtig durch? Alle haben Probleme, ich weiss. Aber was ist denn der Grund dafür, dass dieses ... **(WAS?)** in mir steckt, das mich immer wieder von neuem zu solchen Männern zieht, die meine starke Zuneigung nicht erwidern? Wenn sie es tun, dann sind sie durch irgendwelche Gründe verhindert, sich mit mir zusammen zu tun. Liebe ich etwa **FALSCH?** Auch blöd. Mein Selbstmitleid macht mich nicht liebenswerter. Manchmal habe ich das Gefühl, dass all die geballte Kraft, die mich zum Glück immer wieder überkommt, auch nicht zum Ziel führt. Vielleicht ist es falsch, ein Ziel zu haben. Aber ist es denn nicht natürlich, dass der Mensch nicht immer allein sein kann und will?! Dass er sich manchmal danach sehnt, von jemandem mit all seinen Schwächen geliebt zu werden. Und den anderen ebenso lieben zu dürfen! Da ist noch die Lust nach Zärtlichkeit! Triebe! Begierde! Sexualität! Ich möchte wieder einmal mit einem Mann schlafen! Ich spreche nicht von ficken. Nein, es müsste mehr sein, tiefer sein...

Bevor ich Mac kennenlernte, sagte ich zu Peter:
"Jetzt habe ich schon sehr viele missglückte Liebesstories hinter mir. Die erste Geschichte verlangte nach einer zweiten.
Der zweite Mann schien meine "grosse Liebe" zu sein. Aber bald habe ich nur noch gelitten. Man könnte sagen, er hat mich verlassen.
Der dritte Mann liebte vor allem den Alkohol, so dass ich **IHN** verlassen musste. Darunter hat diesmal **ER** gelitten!
Der vierte war schwul. Auch diesen Kampf gab ich auf und verwöhnte mich mit ein bisschen Vielmännerei. - Was mich auch nicht gerade erfüllen mochte.
Der fünfte war ein langweiliger, fader Lauch und fixte.
... Was fehlt jetzt noch? Nur noch ein Fall, den ich noch nicht gehabt habe. Einer, der im Ausland wohnt!"
Dann habe ich also diesen sechsten kennengelernt. Mac. Er wohnt in Holland. Jetzt käme dann die Nummer sieben. Die magische Zahl verheisst vielleicht mehr Glück. Wie man weiss, heisst es: "Schneewittchen und die **SIEBEN** Zwerge!"
(Oder die acht - der Prinz?)
Ich glaube nicht, dass die Tatsache, dass Mac in Holland wohnt, der Hauptgrund für das Scheitern dieser Liebe ist. Vielleicht sind wir uns zum falschen Zeitpunkt begegnet. Mac ist einer der ganz wenigen Männer, die mich fordern. Er hat mich gelehrt, meinen Körper zu mögen. Kurze Zeit habe ich erleben dürfen, wie es ist, wenn man mit jemandem zusammen ist, dem man nicht scheissegal ist. Das werde ich nicht mehr vergessen. Diese Momente, in denen ich mich stark, sicher und schön fühlte. Ich liebte. Ich wollte dies nicht mehr verlieren - nie mehr hergeben. Aber Liebe kann man nicht besitzen und auch nicht fassen. Tut

man das, dann entgleitet sie einem. Ich war kaum zu sättigen. Durstig nach mehr und noch mehr und allem! Das vielleicht, und noch anderes, hat vieles kaputt gemacht. Ich habe einen Mann gefunden, der mir gut tun konnte, aber ich übersah meine Unterlegenheit, die ich ihm gegenüber empfinde. (Vielleicht ändert sich das eines Tages.) Ich fühlte mich wie ein kleines Mädchen, das genommen werden wollte, damit man ihm die volle Aufmerksamkeit schenkt und ihm die grosse, weite Welt zeigt, - damit es, geborgen in viel Liebe und Glück, sich selber entdecken und verwirklichen kann. Und alle meine Lebenselexiere und Liebestränke sollten ihn nähren und glücklich machen. **AMEN!**

Was für naive Träume! Was für eine scheissgewöhnliche Wirklichkeit! Bin ich denn nun erwachsen geworden? - Oder will ich das gar nicht?

Ich lese nicht mehr. Ich heule! Die Gläser der Sonnenbrille beschlagen sich. Ich nehme sie ab und schaue erstmals wieder bewusst um mich. Schwarze Wolken hängen am Himmel. Es windet stark. Der ganze Strand ist menschenleer. Vor der Bar stehen Leute in dicken Pullovern und staunen über den Anblick, den ich ihnen biete. Wie ich mich halbnackt, mit Öl eingeschmiert und der Sonnenbrille auf der Nase, im kalten Sand räkle. Ich packe zusammen und mache mich auf den Heimweg. Die Sorge um Mac kommt wieder in mir hoch. **WEHE** dir! Wenn du nicht zu Hause bist... Ich betrete das Zimmer, und er liegt auf dem Bett und schläft. Pfff...! Diese Entlastung! Im selben Moment spüre ich, dass Blut ins Höschen fliesst. Die langersehnte Periode kann wieder strömen.

Mac hat mir natürlich sehr viel zu erzählen. Eine lange Geschichte. Was der alles erlebt hat! Während ich am Strand lag und in den Wind schluchzte. Mac hat viel Unangenehmes über sich ergehen lassen müssen. Aber er hatte ebenso Glück im Unglück. Und so hat er eine alte Kollegin von hier angetroffen, Fatima. Bei ihr blieb er über Nacht. Er scheint mir ein bisschen verknallt zu sein. Das kann meine Freude überhaupt nicht trüben. Ich bin heilfroh, dass er ganz und lebendig zurückgekommen ist.

Wir sind in Lagos und kaufen ein. Ich habe Lust auf Barstimmung. Geil! Die Drinks sind so billig hier! Ich trinke Bloody Mary´s. An diesem Abend bin ich sehr schnell betrunken. Ich fühle mich ganz aufgeweicht, anschmiegsam und selbstzufrieden. Ich rede viel. Über mich, meine Wandlungen, über Liebe und Freiheit. Ich erzähle viel und meine es ernst, denn ich bin stärker als sonst und sehe alles durch die rosa Brille. Bevor wir uns in diese Bar setzten, haben wir Fatima angetroffen. Mac bekam Herzklopfen - und ich sah auch, weshalb. Fatima ist eine sehr schöne, zarte, dunkelhäutige Frau mit grossen, schwarzen Augen.
Jetzt äussert Mac den Wunsch, dass er diese Nacht gerne in der Stadt, bei Fatima, bleiben würde.
Ja, - und ich schwinge grosszügige Phrasen: "Aber natürlich! Das geht doch klar! Wenn es dich freut, mit Fatima zusammen zu sein, freut mich das auch für dich. Mir macht es gar nichts aus! Ich werde den Bus nehmen und alleine nach Hause fahren!" (Wie gesagt: Ich meine das ernst, denn ich bin stärker als sonst.) In der **"LATINO-BAR"** trinken wir weiter. Wodka. Mac unterhält sich mit dem Freund von Fatima, und ich hänge meinen Gedanken nach. Es geht mir immer besser. Ich bin in überschwenglicher Stimmung und sehr unternehmungslustig. Mac hat anscheinend erfahren, wo es eine gute Disco gibt, die heute auf hat. Au ja, da will ich hin! Aber er eröffnet mir, dass er lieber alleine gehen will. "Wenn du mitkommst, dann habe ich dauernd das Gefühl, ich müsse auf dich aufpassen! Ich gehe alleine. Heute will ich mich zu nichts verpflichtet fühlen." Ich flippe aus! Ich bin geradezu empört!
- "Geht es denn noch? Ich kann doch wohl selber auf mich aufpassen! Für wen hältst du mich eigentlich? Wenn du solche Gefühle hast, dann ist das höchstens dein eigenes Problem. **MIR** geht es **GUT!**"
- "Das weiss man nie. Das kann sich plötzlich ändern."
- "Hör mal! Wenn du rumflirten willst, dann lass ich dich bestimmt in Ruhe. Vielleicht habe ich sogar selber Lust zu flirten..."

- "Ich verstehe dich nicht. Vor kurzem hast du davon geredet, dass du den Bus nimmst. Übrigens warst du da noch so unselbständig, dass ich dir den Weg zeigen musste, damit du überhaupt die Haltestelle findest."
- "Hör doch auf! Das tut gar nichts zur Sache! Jetzt ist es anders: Ich habe jetzt Lust, mich zu amüsieren und noch etwas rumzusaufen. Das kannst du mir doch nicht verbieten, oder? Alkohol macht mich locker, ich finde bestimmt einen Ort, wo ich übernachten kann. Gar keine Problem!"

Jetzt fangen wir an, uns regelrecht zu streiten. (Zum ersten Mal übrigens, seit wir uns kennen.) Wir werden laut und giftig. Ich finde, Mac ist gemein und versteht mich keinen Deut. Immer muss alles nach seiner Pfeife tanzen! Ich will selber wissen, was ich tue. Das Arsch sagt doch tatsächlich:
- "Hau ab! Geh nach Hause. Hau ab nach Zürich! Da gehörst du hin! Du bist genau gleich wie alle anderen! Ich hasse Leute, die immer alles auf den Alkohol abschieben. Du nervst mich entsetzlich! Du hast **NULL** Ahnung, worum es mir geht!" (Und umgekehrt!) Warum hängt er nun die Sache daran auf, dass ich erwähnt habe, wie voll ich bin? Gut, zugegeben: Zum Teil sagte ich das als Rechtfertigung für diesen Streit. Wäre ich nüchtern, dann könnte ich mich besser beherrschen. Am liebsten würde ich ihm ins Gesicht schreien, **ER** sei ein verkommener Alkoholiker, der dies nicht wahrhaben will. Aber ich lasse es bleiben, weil es ja doch nichts bringt. Jetzt fange ich an zu heulen. **SCHEIIISSE!**

Wenn ich in seine Augen schaue, kriege ich Angst! So habe ich ihn noch nie gesehen. Er ist dermassen wütend! Und enttäuscht, wie er sagt. Aber ich lasse diesmal nicht locker! Ich will mich durchsetzen und für alle meine Rechte (und meinen Stolz?) kämpfen.
- "Du Arschloch! Ich mache, was mir passt! Dränge mich **NICHT** in eine Rolle, in der ich nichts zu suchen habe! Das ist zu bequem. Warum begreifst du denn nicht? **ICH WILL IN DIESE DISCO, VERDAMMT!** Das ist alles. Und du weisst zufälligerweise, wo die ist. Ich komme mit!"

Mac bezahlt. "Komm, wir gehen", sagt er. "**LOS!** Am besten gehen wir gleich alle beide nach Hause. Wahrscheinlich ist das besser so." - "Was soll das? Ich will **WEITERSAUFEN!** Komm, gehen wir doch in die Doors-Bar."
Er schimpft. Ich fühle mich elend. Er verlässt den Raum. Ich schnell hinter ihm her. Jetzt falle ich noch auf die Schnauze! Platsch! Wie peinlich! Ich komme mir absolut blöd vor, wie ich hinter ihm herrenne. Ich fühle mich scheissabhängig und mies. Ich kenne ja nicht mal den Weg in die Doors-Bar! Was kann ich dafür, dass ich zu Hause hockte, während Mac das Nachtleben in der Stadt auskundschaftete!? Ich bleibe stehen und schreie: "**MAAC!** Ich weiss überhaupt nicht mehr, was ich tun soll! Warte doch!" Gerne würde ich davonlaufen. Aber der Streit ist irgendwie noch nicht ganz abgeschlossen. Also wanke ich weiterhin widerwillig hinter ihm her. Bis ich das Schild der **DOORS**-Bar erblicke. Mac trifft einen Mann, den er anscheinend kennt. Ich - cool an ihnen vorbei - betrete die Bar. Und wen sehe ich da? Fatima! Ich setze mich an die Theke und bestelle einen Wodka-Orange. Ich nehme einen Schluck und peile Fatima an. Dazu kratze ich mein hinterletztes Englisch zusammen: "Hee Fatima. You have a wonderful name. **F A T I M A...** I see a picture in this name: **THE UNIVERSE.** Really... I like your name..." Wir strahlen uns an. Danach beobachte ich, wie sie sich mit einem Typen unterhält, der völlig auf sie abfährt. Er kriecht ihr fast in die Nasenlöcher. Mann, ist die Frau schön! Sie scheint sich Ihrer Anziehungskraft sehr bewusst zu sein. So nippe ich weiter an meinem Drink und stelle fest, dass Mac immer noch nicht aufgetaucht ist. **AHA!** Der hat die Gelegenheit erfasst und ist abgehauen! Auch eine Art! Ich finde das feige - einfach davonlaufen, wenn es Trouble gibt. Ich gehe nachschauen. Draussen, da ist weit und breit kein Schwanz. Ist doch scheissegal, wo der hockt. Kommt nicht mehr drauf an, wo ich abstürze heute Nacht. Sterben werde ich auf keinen Fall! Nein! Ich werde einfach schauen, wo es mich hinverschlägt. Ich sacke immer mehr in mich zusammen - vor meinem Drink, der mich absolut

kalt lässt. Alles dreht sich. Wahrscheinlich schiele ich bereits. Plötzlich legt sich sanft eine Hand auf meine Schulter. Ich drehe mich um und erblicke Mac, der strahlend um mich herumhüpft: "Hoi, Barbara! Wie geht´s?" Jetzt lacht der doch tatsächlich wieder! Ich sehe sofort, dass er mir für nichts mehr böse zu sein scheint. Ich weiss wieder etwas mehr über diesen Menschen: dass er ebenfalls nicht nachtragend ist. Friede ist wieder da! Wir geben uns lachend die Hand. Über den Streit spricht niemand mehr.
Vor allem muss ich mich von meinem Vollsuff erholen. Ich gehe ins Klo und stecke mir den Finger in den Rachen. Da kommt´s! Deftig und knallrot übrigens (Bloody Mary). So, von nun an geht´s wieder aufwärts. Den ganzen Abend rühre ich keinen Tropfen Alkohol mehr an. Den Wodka-Orange lasse ich stehen. (Oder hat ihn etwa Mac getrunken?) Fatima und ich tanzen. Wir wirbeln ausgelassen im Zeugs rum - es ist genügend Platz vorhanden. Bis zur Fast-total-Erschöpfung. Ich liege am Boden und ärgere mich über meine schlechte Kondition. Mac hilft mir aufzustehen: "Mach weiter! Es ist toll, dir beim Tanzen zuzusehen!" Er strahlt wie ein Maikäfer. Nun versuche ich, es Fatima gleichzutun, will eine Bierflasche auf dem Kopf balancieren und die Hüften schwingen. Die Flasche fällt runter. Vielleicht ist das eher was für exotischere Fälle! Schön brav wische ich die Scherben zusammen. Mac sagt: "Ich bin richtig stolz darauf, mit einer Frau wie dir zusammen gesehen zu werden." Es sieht aus, als wäre er nun verschossen in mich, und weniger in Fatima. Tja, wir haben viel zusammen durchgemacht - das bindet... Wir liegen auf den Bänken rum, und Mac zeigt mir irgendwelche Atemübungen. Es ist klar, dass wir gemeinsam heimfahren. Wir nehmen ein Taxi. Heute brauchen wir für den Spaziergang zum Hof eine ganze Stunde, denn überall bleiben wir stehen oder sitzen, plaudern, singen und picknicken. Es ist fast Vollmond. Glück und gute Laune. Mac legt den Arm um mich: "Ich will mit keiner anderen hier sein als mit dir!" - "Ich auch." Was für eine wilde Nacht!

Der Hof ist leer. Seit drei Tagen bin ich allein, weil Mac wieder in Faro ist. Was ihn wohl diesmal am Nachhausekommen hindert? Diesmal hat es in meinem Kopf keinen Platz für Sorgen.
Wir mussten leider unser schönes Zimmer gegen ein kleineres eintauschen. Es ist düster da drinnen. Aber dennoch gemütlich. Ein Bett, ein Tisch, ein kleines Fenster. Der Raum ist mit Bambus isoliert. Ich sitze in spärlichem Kerzenlicht. Wir müssen Strom sparen. Seit einer Woche scheint die Sonne nicht mehr. Es pisst in Strömen. Das Dach rinnt. Überall habe ich Behälter hingestellt, die die Tropfen auffangen. Pling, pling, plong...
Die Wege und Strassen sind zu Flüssen geworden. Im Winter steigt das Wasser bis an den unteren Hausteil. Eigentlich ist es zu kalt für diese Jahreszeit. Aber mir macht das schlechte Wetter nicht viel aus. Ich bin von Natur aus eher ein Stubenhocker. Im Laufe der letzten Woche sind noch mehr Leute hier bei Georg eingezogen. Familien mit Kindern. Jetzt sind alle irgendwo unterwegs. Das gibt mir ein ruhiges Gefühl. Ich kann tun, was ich will, und habe nicht das Gefühl, dass ich mich für meine Faulheit rechtfertigen muss. Den lieben langen Tag liege ich auf dem Bett und lese, zeichne und schreibe, während der Regen auf das Ziegeldach poltert. Die Pferde im Stall schnauben und scharren. Hunde bellen. Gänse schnattern und Katzen miauen. Sonst nichts. Ich schaue mich im Zimmer um und muss lächeln. Weil man eigentlich den Eindruck hat, dass dies hauptsächlich Macs Zimmer sei. Neben dem Bett hat er alle seine Muscheln aufgereiht. An der Decke hängt eine Schnur mit sieben Knoten drin. Daran hat er das Messer von Lisa befestigt. Das Lisamesser baumelt mahnend über meinem Kopf...
Mac hat dem Zimmer schnell einen Hauch seiner Persönlichkeit verpasst. Das ist so seine Art. Er hat was von einem Tier, das sein Revier abpinkelt, sobald es sich wo niederlässt. Vielleicht bin ich einfach etwas praktischer veranlagt. Seine Postkartensammlung, Feuerzeuge, Sardinenbüchsen, Kassetten -alles, was Mac über den Weg läuft, stellt er so bewusst im Raum auf, dass es seinen Wert bekommt. Auch der Abfall wirkt "poetisch", wenn er an

ordentlichen Häufchen absichtlich liegengelassen wird. Wer weiss, ob man den Ramsch nicht doch noch für irgendwas verwenden könnte... Ich habe noch eine leere Wand erobern können, an der ich meine Zeichnungen ausstellen kann. Also doch ein wenig Barbara im Zimmer. Die schwarze Katze ist bei mir. Es scheint, als würde sie sich zum ersten Mal im Leben auf einem weichen, warmen Bett wiederfinden. Zufrieden schnurrend leckt sie sich das Fell. Ich mag Katzen! Weil sie egoistisch, erotisch und skrupellos sind. Ich mag Hunde manchmal nicht, weil sie so sehr auf den Menschen bezogen sind. Hunde haben etwas Arschkriecherisches. Hier auf dem Hof gibt es einen portugiesischen Hund. Er ist einer der vielen verwaisten, wilden Köter, die sich so durchschlagen, bis sie ein mitleidiges Touristenherz aufnimmt und aufpäppelt. Jochen hat ihn zu sich genommen und ihm den Namen Pluto gegeben. Er lahmt an einem Hinterbein. Diesen Hund finde ich extrem witzig. Er hat Charakter. Es ist das erste Mal, dass ich einen Hund richtig gern bekommen habe. Er kommt immer mit mir zum Strand und wieder zurück. Jedesmal habe ich das Gefühl, dass da noch ein kleiner Freund mit mir geht, der sich anscheinend gern in meiner Nähe aufhält. Ich glaube, dass Tiere viel Gespür für die Stimmungen haben, die wir Menschen ausstrahlen. Wenn ich innerlich ruhig bin, ist Pluto gern bei mir. Wenn ich angespannt und nervös bin, kann sich das auf den Hund übertragen. Oder er flüchtet, weg von mir. Bilde ich mir das ein? Sicher ist, dass Tiere ausgeprägte Antennen haben und sie somit zwischen Freund und Feind unterscheiden können.

Mit Kindern habe ich auch mehr zu tun als zu Hause. Es stellt mich auf, dass ich in diesen Ferien Zeit und Möglichkeit habe, mich mit solchen Sachen zu beschäftigen. Langweilig wird es mir nie.

In Zürich soll es sehr kalt sein. Es zieht mich noch nicht nach Hause zurück. Aber ich weiss: Heimkommen ist auch schön. Gründe dafür, dass ich wieder zurück will, sind meine Familie, Sophia, Richard und Stefan, Natal (an den ich oft denken muss), Nicolas und Rahel. (Sie ist unterdessen meine beste Freundin geworden. Heute schreibe ich ihr einen Brief. Es ist gut, einmal eine Freundin zu haben.) Ich vermisse meine vier Wände, mein Bett, meine Bücher, Platten, Kleider und Farben. Es geht nicht um den Luxus, auf den ich nicht verzichten könnte. Ich brauche einfach alle meine Schätze um mich herum, damit ich mich richtig wohl fühlen kann. Würde ich hier in Portugal bleiben - hätte ich in Kürze wieder neue, andere solche Sachen um mich angesammelt.

Ich bin sehr gern allein. Ich liebe diese Höhle und die Zurückgezogenheit. Es gibt nichts, was mich bedrücken könnte. Meine innere Blockierung hat sich aufgelöst. Ich bin inspiriert zum Aktivwerden. Voll von Ideen und Plänen, die ich alle verwirklichen möchte, wenn ich wieder in Zürich bin. Es gibt so viele Dinge, die das Leben lebenswert machen! Nicht nur die Liebe! Es gibt zum Beispiel sowas wie die Kunst, oder einfacher ausgedrückt, die Arbeit. Es gibt noch die Geselligkeit. Feiern, geniessen, essen, trinken, Musik... usw. Das sind alles Möglichkeiten, die die Lebensqualität zu erhöhen!

M orgen hat Olaf den Prozess. In Lagos. Wir fahren schon einen Tag früher in die Stadt, denn der Prozess beginnt vormittags um zehn Uhr. Wir machen Autostopp. Zwei junge Deutsche nehmen uns in einem Bus mit. Mac kriecht nach hinten zu der hübschen Blondine. Sogleich beginnt er, sich mit ihr zu unterhalten. Er schwatzt viel, während ich neben dem Freund des Mädchens sitze. Ich geniesse die Autofahrt, den Wind und die Musik. Ich sage in der ganzen Viertelstunde kein Wort. Der Typ neben mir auch nicht. Ich blicke ihn von der Seite an. Er ist, wie seine Freundin, blond und braungebrannt. Sein T-Shirt hat weit ausgeschnittene Ärmellöcher und entblösst schöne Männerarme. Ich bin vernarrt in schöne Männerarme! Im Rückspiegel sehe ich Mac. Seinen schwarzen Hut. Wir sind beide schwarz heute. Wir geben ein ebenso einheitliches, perfektes Bild ab wie diese Deutschen. Ein helles und ein dunkles Paar. Zumindest muss man, wenn man uns sieht, den Eindruck haben, dass Mac und ich ein verliebtes Pärchen sind. Mac erzählt innert kürzester Zeit sehr viel. Über den Prozess von morgen, über Olaf... Vielleicht will er sogar diese Leute dazu anheuern, dass sie auch zum Prozess kommen. Ich überlege mir, ob sich die beiden überhaupt dafür interessieren, was Mac berichtet. Ich nehme mit Selbstverständlichkeit an, dass die Weiblichkeit der Frau da hinten ihn anzieht. Er hat zur Zeit sehr offene Augen für alles um ihn herum, was nach Frau riecht. Ich muss grinsen. Flirten ist etwas, was dem Mac nicht so liegt. Dazu ist er zu schüchtern, oder einfach anders geartet als ich. Er kommt über andere Wege zum "Ziel". Zum Beispiel dadurch, dass er ein sehr anregender, sensibler Gesprächspartner sein kann. Er macht wahrscheinlich nie plumpe Anmachereien. Aber er hat eine starke Ausstrahlung und Fantasie, die Frauen neugierig macht. Ich denke, dass der Typ da neben mir auch nicht übel ist. (Was wie ein Selbsttrost erscheint.) Obwohl er mich in Wirklichkeit völlig kalt lässt. Ich habe überhaupt keine Interesse an Ferienflirts!
Wir steigen aus. Wir müssen auf die Bank, auf die Post, und ich kriege die unwiderstehliche Lust auf Eis. Süssigkeit fürs Gemüt. Mac macht eine Bemerkung über das "schöne Mädchen im

Auto". Ich könnte mir in die Fresse treten, weil ich es doch tatsächlich für nötig befinde, als Gegenleistung die schönen Arme des Typen erwähnen zu müssen. Gott, bin ich kindisch! Wir begeben uns in unsere Stammpinte. Da sitzt einer, mit dem Mac anscheinend auch schon Bekanntschaft geschlossen hat. Er heisst Jürg und kommt aus Hamburg. Die zwei haben sich das letzte Mal bei Olaf getroffen. Jürg will morgen auch zum Prozess kommen. Mit ihm komme ich sehr schnell ins Gespräch. Er strahlt eine angenehme, sympathische Ruhe aus. Jürg übernachtet in einer Pension, nur unweit von hier. Wahrscheinlich werden wir uns für diese Nacht ihm anschliessen. Diesen Nachmittag verbringen wir wie üblich mit Rumsitzen und Biertrinken. Was kann man schon anderes tun, wenn die Sonne nicht scheint! Wir schliessen noch einige Bekanntschaften mit irgendwelchen zugelaufenen Leuten, welche dieselbe oder eine ähnliche Sprache sprechen. Ich komme in Fahrt und unterhalte mich gut mit einem Holländer. (Den Mac für ein Arschloch hält, obwohl er den grössten Teil unserer Unterhaltung gar nicht mitgekriegt hat.) Jürg und ich begeben uns in eine Bar. Mac muss noch ein paar Telefone auf der Post erledigen. Es wird schon dunkel. Jürg will zu seiner Pension zurück und eine Dusche nehmen. Da ich auf Mac warten muss, macht er mir einen Plan, damit ich weiss, wo sich die Pension befindet. Wir wollen da also auch ein Zimmer nehmen und danach in der Doors-Bar noch einen trinken gehen. Später machen wir, Mac und ich, uns auf die Suche nach dieser Unterkunft. Aber es ist wie verteufelt! Wir können diesem Plan überhaupt nicht folgen. Wenn wir den Strassen so entlanggehen, wie sie auf der Zeichnung angedeutet sind, dann kommen wir an einen völlig falschen Ort. Ich behaupte, es muss da langgehen. Mac behauptet das Gegenteil. Und jeder Portugiese, den wir um Rat fragen, behauptet etwas ganz anderes als der vorhergehende. Mac nervt sich:
- "Ich finde es entsetzlich, dass dieser Jürg nicht mal weiss, wo er wohnt. Es wäre doch wenig verlangt, dass er wenigstens den Namen der Strasse kennt."

Ich bin nicht unbedingt dieser Meinung:
- "**ER** weiss schon, wo er wohnt. Er kennt den Weg, das genügt. Es fahren nicht **ALLE** Leute auf Strassenschilder und Nummern ab."
Wir rätseln und irren rum. Mac ist total muff. Ich finde die Situation überhaupt nicht tragisch. Und ich bin überzeugt, dass ich das Hotel irgendwie finden würde, wenn ich allein suchte.
- "Dann trennen wir uns eben. Mir stinkt das, ich gehe in die Doors-Bar", meint Mac.
- "Ach komm, Mac. Nehmen wir es auf die leichte Schulter. Wir können auch beide zusammen in die Bar gehen. Früher oder später wird Jürg von selbst dort auftauchen!" ... und so ist es dann auch.
In der Bar ist eine portugiesische Frau namens Arlette, die Mac auch schon kennt. Ich sehe, dass er sich unheimlich darüber freut, Arlette zu begegnen, und dass er nun nicht mehr viel anderes im Kopf hat.
Jürg und ich gehen Pizza essen. Er führt mich in ein ziemlich elegantes, ruhiges Restaurant. Der Kellner schmunzelt verständnisvoll: Er hält uns natürlich für frisch verliebt. Das ist lustig. Jürg ist anscheinend sehr hungrig. In einem Mordstempo stopft er sich eine Riesenpizza und die Hälfte der meinigen in den Kopf. Ich komme vielleicht nicht zum Essen, weil ich zuviel (oder mindestens ziemlich viel) quassle. Ich bin in einer ganz speziellen Stimmung. Jürg macht eine Bemerkung über den Sound im Hintergrund. Bob Dylan. Und schon löst dies Assoziationen aus. "Wenn ich den höre, kommt mir eigentlich nur etwas in den Sinn: mein erster Zungenkuss! Ich sass mit einem Jungen aus der Nachbarschaft auf einer Mauer und wir plauderten. Über die Beatles, die Rolling Stones. Der Junge war zwei Jahre älter als ich. Er sprach von diesem Bob Dylan, von dem ich zuvor noch nie etwas gehört habe... Und plötzlich küsste er mich. Wie richtig! (So nannte ich die Küsse, bei denen man die Zunge braucht.) Das ist alles, was diese Musik in mir bewirkt." Ich rede und rede. Aber ich muss sagen, dass ich das mit gutem Gefühl tue. Denn ich merke, dass mir Jürg sehr aufmerksam zuhört. (Obwohl er ununterbrochen Pizza in sich

hineinschaufelt.) Ich spüre, er ist nicht daran gewohnt, dass jemand in dieser - sagen wir mal freien Art - mit ihm spricht. Aber dass er meine Offenheit und meine Art, die Dinge zu sehen, ein bisschen bewundert. Das stelle ich durch die Randbemerkungen fest, die er zwischen dem Kauen ab und zu fallenlässt. Man könnte auch sagen, dass während diesem gemeinsamen Nachtessen eine Wolke warmen Vertrauens über unseren Köpfen schwebt. (So mal ganz bildlich gesehen.) Einen ähnlichen Eindruck flössen wir auch Mac ein, wie wir - von der Pizza schwärmend - in die Doors-Bar zurückkommen. In seinen Augen kann ich ein "Na, hast du Spass gehabt?" ablesen. Er befindet sich inzwischen in sehr erregtem Zustand. Man kann Macs erweitertes Energiefeld beinahe in allen Farben sehen. Er zieht Arlette völlig in seinen Bann. (Oder umgekehrt? Oder gegenseitig, nehme ich an!)
Zwischendurch wechseln wir ein paar Worte miteinander. Wir **BEIDE** versprühen an diesem Abend sehr viel Wärme. Ich verteile sie an ein paar beteiligte Zuhörer. Mac konzentriert sich auf Arlette. Sie ist ein eher unscheinbares, knabenhaftes, aber hübsches Mädchen mit sympathischen Augen. Mac hat schon einige Promille drin. Ich beobachte ihn gerne. Seine Augen funkeln. Alles an ihm ist in Bewegung. Er redet in etwa vier verschiedenen Sprachen und hilft mit Händen und Füssen nach. Er stellt mich Arlette als eine **SEHR** gute Freundin vor. Und ich identifiziere mich vollends mit dieser Version. In dieser Nacht habe ich einen Lichtblick. Ich sehe, was eine gute Freundschaft sein kann. Ich empfinde gegenseitiges Einvernehmen. Zwar sind wir jeder anderswo beschäftigt, aber zugleich können wir uns Kraft verleihen und in Gedanken beistehen. Ich sehe ein, wie wichtig es für den Menschen ist, dass er Freunde um sich schart, die ihn unterstützen in dem, was er tut. Tun muss! Freunde, die ihn nicht etwa blockieren und lähmen.

Jürg ist müde und begibt sich heimwärts. Ich weiss jetzt, wo die Pension ist. Bevor wir Essen gegangen sind, hat er mir den Weg gezeigt. Ich habe da ein Zimmerchen reservieren können. In dem

sich zwar nur ein kleines Bett befindet. Aber das macht ja nichts, habe ich mir gesagt. Jürg schläft in einem Doppelbett, wo ohne weiteres noch eine zweite Person drin Platz finden könnte. Ich habe es mit Jürg so abgesprochen, dass ich vielleicht zu ihm unter die Decke schlüpfen werde, falls Mac die Absicht hegt, diese Nacht anderswo zu verbringen... Das wäre von Vorteil, weil ich dann das kleine Bett nicht bezahlen müsste und ich den Preis für Jürgs Zimmer mit ihm teilen könnte. Ich weiss nicht, woher ich dieses Gefühl hatte - ich ahnte einfach was in der Richtung.
So kommt schliesslich der Moment, wo ich mich ebenfalls dazu entschliesse, den Heimweg anzutreten. Ich zu Mac: "Wie sieht es bei dir aus? Ich bin allmählich müde. Wenn du willst, kann ich dir jetzt einen sauberen Plan machen, mit dem du die Pension bestimmt finden wirst. Für alle Fälle! Dann kannst du ja später nachkommen. Oder wie siehst du das?"
- "Ich weiss nicht recht! Ich würde gerne mit Arlette zusammenbleiben. Aber ich weiss nicht, ob sie das will."
- "Frag sie doch einfach!"
- "Ich getrau mich nicht!"
- "Ach komm, Mac. Jetzt hast du es einen Abend lang so gut mit ihr gehabt, da kannst du sie doch bestimmt fragen, ob sie auch bei dir bleiben will."
Er rafft sich auf, und ich höre, wie er ihr seine Wünsche offenbart. Sie scheint sich zu freuen, aber sie zögert noch. Ich kriege mit, dass das Problem die Unterkunft ist. Sie fragen das Barmädchen, ob sie bei ihr übernachten dürfen. Die reagiert sehr zurückweisend. (Ihr Vater könne jederzeit zurückkehren, und das würde Krach bedeuten.) Es sind aber noch andere Gründe, die sich den beiden in die Quere stellen. Da geht´s irgendwie um Moral. Die Barmaid und Fatima (die übrigens heute auch anwesend ist) ärgern sich. Sie finden Mac wohl einen blöden Macker. Empörung regt sich in ihnen. (Lässt er die andere einfach stehen? Und Lisa?) Vielleicht ist Fatima sogar eifersüchtig... Auf jeden Fall stehe ich daneben und sehne mich nach Schlaf, Flucht, Ausgleich, während die anderen über Dinge diskutieren, die für mich nichts zu diskutieren gäben. Die

Stimmung im Lokal ist gereizt - sie werden gleich schliessen. Mac und Arlette investieren immer mehr dahinein, dass sie zusammenbleiben wollen. Ich also habe mit diesen Problemen nichts mehr zu tun. Was in mir drin an Gefühlen und Kämpfen abgeht, ist allein meine Sache. Ich verziehe mich.
- "Mac, du denkst aber daran, dass morgen um zehn der Prozess stattfindet? Wir treffen uns dann vor dem Gerichtsgebäude."
Mac scheint beleidigt zu sein, dass ich **IHN DARAUF** aufmerksam mache.
- "Gute Nacht, Barbara, bis morgen." - "Tschau." Ohne noch einmal zurückzuschauen, verlasse ich den Raum. Auf dem Heimweg führe ich ein Selbstgespräch. Zwei Stimmen, die in mir laut werden:
- "So, Barbara, was jetzt?"
- "Jetzt gehe ich schlafe, was sonst."
- "Wie geht es dir denn?"
- "Ich weiss es nicht. Ich spüre den Alkohol und will mich in nichts hineinsteigen, weil ich morgen alles besser beurteilen kann."
- "Eifersüchtig?"
- "Hör auf! - Ein bisschen vielleicht... Aber ich habe das Gefühl, dass meine Eifersucht unbegründet ist."
- "Warum bloss immer so vernünftig, Barbara?"
- "Ach! Ich bin nun mal ein vernünftiger Mensch, oder? Zudem sehe ich nicht ein, was das zur Sache tut, wenn Mac mit einer anderen Frau schläft. Ist etwa allein **SEX** der Punkt, wo sich Eifersucht lohnen soll?"
- "Aber irgendwie bist du doch etwas traurig geworden...!"
- "Ja. Aber nicht unbedingt, weil ich eifersüchtig bin. Ich fühle mich vor allem ein wenig einsam. Das ist alles."
- "Und du schluckst natürlich - vernünftig wie fast immer - die Tränen runter."
- "Nein! Nein! Nein! Recht hast du! Ich heule jetzt zünftig drauf los! Das tut gut!"
Fertig geheult. Ich sitze auf dem Bettrand. Jürg ist aufgewacht. "Wo ist Mac?" fragt er. "Ach, der ist mit dem Mädchen

zusammengeblieben... - Was meinst du? Ist es etwa **UNVERNÜNFTIG**, wenn man **NICHT** eifersüchtig sein will? ... Du musst mir keine Antwort geben - war nur so eine Frage an mich selber. Scheisse! Schlaf gut, Jürg. Und danke!"

Selbst im tiefen Schlaf kann ich mich auf mein Zeitgefühl verlassen. Ich stelle einfach meinen intuitiven Wecker, indem ich mir einpräge, wann ich aufwachen will. Und das klappt auch jedesmal.
Ich erwache um neun Uhr und wecke Jürg. Surren im Schädel. Das übliche mulmige Gefühl im Magen. Der Kater strapaziert mich vor allem dann, wenn ich ihn nicht ausschlafen darf. Wir gehen in ein Café. Ich könnte jetzt niemals einen Kaffee runterbringen. Ich hab 'nen Brand und trinke ein Mineralwasser. Diese Reaktion "beweist" mir immer wieder, dass ich keine Alkoholikerin bin. Nach einer solchen Sauferei kann ich etwa drei Tage lang keinen Alkohol mehr anrühren. Ein **ECHTER** Alki trinkt gleich am nächsten Morgen zum Frühstück ein Bier, um den Kater auszukurieren. Aber mir wird schon schlecht, wenn ich das Wort **BIER** nur höre! Selbst dieses Wasser bekommt mir nicht. Mein Magen steht beinah Kopf! Jetzt eine Zigarette - und ich würde kotzen.
Punkt zehn Uhr betreten wir das Gerichtsgebäude. Welche Überraschung! Da stehen etwa zehn Leute rum. Alle aus Hamburg! Sie sind eigens wegen Olaf hierhergekommen. Wir müssen warten. Die Verhandlung hat Verspätung. Olaf wird an Handschellen in den Saal geführt. Er strahlt, und er nickt mir freundlich zu. Wir stehen uns zum ersten Mal gegenüber, aber er erkennt mich sogleich. (Mac hat ihm von mir erzählt.) Ja! Wo bleibt Mac? Kann man sich ja denken. Der hat noch ein paar Stunden weniger geschlafen als ich. Und jetzt schafft er es tatsächlich nicht, zu dem wichtigen Prozess zu kommen, von dem er seit Tagen spricht. Aber wenigstens bin ich ja da. Ob wohl Olaf verletzt ist - deswegen, weil Mac nicht aufkreuzt? Ich bin ein bisschen traurig.
Zum ersten Mal in meinem Leben betrete ich einen Gerichtssaal.

Wir nehmen zuhinterst auf Holzbänken Platz. Den Rücken zu uns gekehrt, sitzt Olaf allein in der Mitte des Saales. Ganz vorne drei hohe, schwarze Stuhllehnen, die einen dunklen Rahmen um die Vorsitzenden bilden. Der Richter in der Mitte. Die Anwältin (die sich Olaf nicht selber aussuchen konnte, die hochschwanger ist und nicht viel Zeit für Olafs Probleme übrig hatte) sitzt rechts aussen an einem Tisch. Die Dolmetscherin, ... und noch andere Gesichter. Ein paar Wächter, mit Knarre bewaffnet, stehen regungslos und respekteinflössend zu beiden Seiten, sowie am Eingang. Olaf schaut über die Schulter und grinst uns zu. Er wird streng zurechtgewiesen. Neugierige Zuschauer drängeln in den Raum. Die Tür bleibt übrigens während der ganzen Verhandlung geöffnet, was höchst unangenehm ist, da der Krach draussen stört. Ich muss mich sehr konzentrieren, damit ich das undeutliche Gemurmel des Richters, der nun die Verhandlung eröffnet, einigermassen mitkriege. Man hat keine Ahnung, was der da vorne alles zu erzählen hat. Olaf versteht auch kein Wort Portugiesisch. Ich versuche, mich in seine Lage zu versetzen. Aber das kann ich wohl nicht, denn ich bin schliesslich noch nie sieben Monate lang in Untersuchungshaft gesessen. Immer wieder schaue ich auf die Uhr und frage mich (ärgere mich), wo Mac wohl bleibt. Olaf hat nun das Wort und soll die ganze Geschichte erzählen. Das heisst: Nein, er hat vor allem die Fragen des Richters zu beantworten! Die Dolmetscherin übersetzt. Man hat das Gefühl, dass **SIE** die Stelle der Anwältin einnimmt, indem sie Olaf die Fragen ausführlich erläutert und ihn über seine Rechte aufklärt. Die echte Anwältin nervt! Sie sagt während der ganzen Verhandlung kein Wort! Die dumme Gans! Olaf berichtet von seinem Geburtstag im März. Er und sein Kollege haben den Geburtstag gefeiert und zwei Tage lang durchgetrunken. Es bleibt unklar, warum die beiden schliesslich mit ihrem Auto vor dieser etwas abgelegenen Villa gelandet sind. Anscheinend wollten sie (laut Olaf) klingeln und nach dem Weg (oder sowas) fragen. Sie stellten fest, dass niemand zuhause war. So kamen sie, in euphorischer Stimmung, auf die Idee, durch das **WC**-Fenster hineinzuklettern. Über diesen Weg schleppten sie 48

(!) Flaschen Wein ab. (An dieser Stelle Gelächter unsererseits.) Plötzlich hörten sie, dass sich der Besitzer, ein reicher Engländer natürlich, dem Haus näherte. Sie versteckten sich hinter dem Haus, wollten zum Auto schleichen und die Flucht ergreifen. Die Armen mussten feststellen, dass der Zündschlüssel fehlte. (Schlauer Engländer, nicht? Hat wohl tüchtig "Miami Vice" im Fernsehen geguckt.) Jetzt wurden sie umzingelt. (Das hat er wohl eher John Wayne abgeguckt.) Der Kollege konnte ins Gebüsch fliehen. Olaf wurde festgehalten. Olaf ergab sich auch gleich und machte keine Anstalten, sich zur Wehr zu setzen. Er wollte mit den Engländern reden und ihnen den Wein wieder zurückerstatten. Der Engländer ging natürlich nicht darauf ein und holte die Polizei. Ja, und wegen einem solch dummen Lausbubenstreich sitzt Olaf nun schon sieben Monate in Untersuchungshaft.

Während Olaf dem Richter Frage und Antwort steht, betritt irgendwann einmal Mac den Raum. Er hat einen Liter Bier unter dem Arm. Ich vernehme beim Anblick dieser Flasche ein Rumpeln in meinem Magen und versuche, mich nichtsdestotrotz auf das Geschehen da vorne zu konzentrieren. Mann, oh Mann! Ist mir schlecht. Ich muss ganz grau sein im Gesicht. Die Zeugen werden aufgerufen. Der Engländer hat meiner Meinung nach eine absolut behämmerte, faschistoide Fresse. Ich schau lieber woanders hin. Aber der Anblick der bis auf die Zähne bewaffneten Zinnsoldaten ist auch nicht viel schöner... **HOPPLA!** Jetzt wollte sich doch tatsächlich der Magen kehren. Ich unterdrücke es gewaltsam, sonst würde ich nämlich glatt in den Gerichtssaal kotzen! Ich halte mir symbolisch die Hand vor den Mund. Das Würgen im Hals lässt nach. Die Tränen kommen... Noch ein letzter Blick auf Macs Bierflasche. Das genügt! Ich muss fluchtartig den Raum verlassen. Aber zackig! Ich stürze die Treppe runter und suche verzweifelt ein Klo. Überall öffne ich Türen, die mich nicht zum Ziel führen. Ich kann es kaum glauben. Haben solch´ hohe Tiere, wie sie hier ein- und ausgehen, denn keinen Stuhlgang? Leuchtet mir sofort ein: Die haben alle Verstopfung! Nirgends ein Örtchen, an dem man seine Fäkalien gebären kann. Ich stürze zum Ausgang - vorbei an fragenden Blicken! Alles wandelnde Klosetts! Stinktiere! Verdammt, ich muss kotzen! Ich renne über die Strasse. Schnell, schnell in die Stammkneipe. Das Wiedersehen mit der Kloschüssel von innen ist eine wahre Freude! Dünnschiss auch noch! "Nie mehr Alkohol!" (Kommt mir bekannt vor.) Ich wasche mir mein Fudi und das Gesicht mit Wasser. Spüle den Mund und trinke von dieser herrlich erfrischenden Flüssigkeit. Wie ich wieder vor diesem verhassten Gebäude stehe, wird Olaf gerade abgeführt. Mittag.

Die Urteilsverkündung findet in drei Stunden statt. Wir alle setzen uns in die Kneipe. Ich bestelle ein Glas Wasser. Mein Magen ist immer noch überempfindlich, aber ich fühle mich um einige Pfunde giftreichen Inhalts erleichtert. Mac streichelt meinen Arm: "Tag, Barbara. Was ist denn mit dir los? Machst keinen guten Eindruck. **ARME!** Wie geht´s?" Ich setze mich zu ihm hin. "Ich kann keinen Alkohol mehr sehen! Und diese Stimmung im Gerichtssaal macht alles nur noch schlimmer!" Mac will mir helfen. Er sieht mich mitleidig an. "Schade! Mir geht es prächtig! Ich habe zwar nicht viel geschlafen, aber ich habe eine wunderschöne Nacht verbracht. Das macht mich stark und solide." Das sieht man. Ich bleibe in seiner Nähe. Er erzählt mir, wie die Geschichte für ihn und Arlette gestern noch ausgegangen ist. Sie haben sich mit Fatima und dem Barmädchen verkracht. Diese zwei Weiber haben Arlette völlig fertigmachen wollen. Sie schimpften sie eine dreckige Hure usw... Grauenhaft! Dann haben Mac und Arlette unsere Pension gesucht. Auf der Strasse haben sie laut nach mir gerufen. Aber ich habe natürlich geschlafen wie ein Stein. Schwarz und traumlos. Die beiden haben die Pension gefunden und übernachteten somit im selben Haus wie Jürg und ich. Weitere Details hat Mac netterweise auf später verschoben. Ich fühle mich nämlich nach wie vor hundeelend und todmüde. Das Sprechen macht mir Mühe. Ich könnte auf der Stelle einschlafen.

Die Urteilsverkündung lautet: zwanzig Monate Gefängnisstrafe! Das heisst noch zusätzliche dreizehn Monate sitzen, nach den sieben in U-Haft! Die Dolmetscherin erkärt, es sei wahrscheinlich, dass Olaf (falls er sich "brav" benimmt) in zirka drei Monaten nach Deutschland abgeschoben wird. Punkt, Ende, Bullshit! Ich kann das nicht fassen.

Ein portugiesischer "Anarchist", dem wir heute begegnen, behauptet, dass der Richter vom Engländer bestimmt Kohle kassiert habe, damit er diese Höchststrafe austeilt.

Mac und ich sitzen auf der Treppe vor dem Gebäude und warten auf Olaf, den sie abführen. Nun kommt er und wird in den Kastenwagen bugsiert. Mac ruft: "Olaf! Olaf! Ich werde mich um dich kümmern! Ich lass dich nicht im Stich! Ich gehe nach Holland und treibe Geld auf, dann komm ich zurück zu dir! Wir sehen uns bald wieder. OOLAAF!" Die Wärter schliessen die Wagentür ab. Das Auto hat hinten keine Fenster, nur vier Lüftungsschlitze. Mac rennt zum Auto und schreit durch die Öffnung: "OOLAF, HALLO OOLAF! Ich denk an dich! Heee, eeeheee!" Olaf lacht und schreit zurück. "Hallo MAAC!" Die Leute auf der Strasse bleiben stehen und beobachten das Schauspiel. Ich bleibe auf der Treppe sitzen. Der Wagen fährt davon, kehrt und braust auf der anderen Strassenseite nochmals an uns vorbei. "OLAF! OLAF!" Mac brüllt aus voller Kehle. Der Wagen entfernt sich, und er wird wütend: "Sieg heil! Sieg heil! Scheeeeiiiisssseeee!"

Wir brauchen ein Bier! Oder ich bräuchte jetzt eines, wenn ich nicht diese Probleme mit dem Magen hätte. Die Sonne scheint. Wir sitzen im Strassencafé, und ich trinke ein Schweppes. Mac kauft eine Tüte Marroni für mich. Und nun? Wir sitzen uns erstmals wieder alleine gegenüber. Jürg ist verschwunden. Zeit zu verdauen, was uns über die Leber gekrochen ist.

Es ist soweit! Er schneidet das THEMA an! Arlette. Der vernünftige Teil in mir reisst alle Kraft zusammen. Ich bringe Einfühlungsvermögen und einen klaren Kopf auf: Barbara, wo ist dein Selbstwertgefühl? Schau doch, wie Mac strahlt! Ist es nicht toll, wie er sich freut? Vielleicht solltest du anzapfen. Dein Freund hat viel Energie und will, dass du daran teilnimmst. Diese

Situation hast du dir doch immer so ausgedacht: ein Freund, der, nachdem er die Nacht mit einer anderen Frau verbracht hat, offen und zugänglich bleibt. Einer, der dir von seinen Erlebnissen erzählt. Einer, der es nicht nötig hat, Eifersuchtsgefühle zu provozieren, indem er dir eine Weile die kalte Schulter zeigt. Da sitzt er nun. Mit leuchtenden Augen und schildert seine Nacht. Er beschreibt die erregend grossen Brustwarzen dieser Frau. Wie er sie ausgezogen hat, wie er sie verwöhnt hat... Und dann dieses Gefühl: Nach solchen Nächten kann man Bäume ausreissen! Oh ja, ich weiss! Jetzt erinnere ich mich an unsere erste Liebesnacht. Da bin ich abgehoben, weggetreten. In jener Nacht hatte sich etwas erfüllt, wonach zu träumen ich beinahe aufgegeben hatte. Plötzlich die Bewusstwerdung: Seit sechs Monaten habe ich nicht mehr mit Mac geschlafen! Und ich leide! Ja, ich leide! Wenn ich ehrlich bin, dann wünsche ich mir doch nichts sehnlicher, als dass ich wieder einmal mit **IHM** in solche Tiefen stürzen könnte. Und deshalb, ja genau deswegen, kann ich seine Geschichte **NICHT** hören, denn ich bin eifersüchtig und verunsichert! Nehmen wir mal an, wir wären ein glückliches Liebespaar, dann würde es mir nicht halb so viel ausmachen, wenn er mit einer anderen schlafen würde. Aber da ich mit diesen unterdrückten Lustgefühlen seit sechs Monaten kämpfen muss, fange ich an, an mir zu zweifeln. Dämliche Gedanken rasen durch mein Hirn! Ich bin nicht schön genug! Ich bin zu wenig reizvoll. Oder bumse ich schlecht?

Ich blicke Mac nachdenklich und tief in die Augen. Er ist schöner als sonst. Ich empfinde Zärtlichkeit. Das ist der Grund, weshalb ich ehrlich sein kann. Ich platze heraus: "Weisst du, wenn ich ehrlich bin, dann muss ich sagen, dass ich ein bisschen eifersüchtig bin. Verunsichert und traurig. Zwar bin ich neugierig zu erfahren, was du mit Arlette erlebt hast, und es schmeichelt mir, dass du mir das alles erzählen magst. Du bist nicht wie andere Männer. Du gibst mir das Gefühl, dass du mich nicht weniger gern hast als gestern. Du bist nicht so kindisch und machst aus der Sache ein Game, das dich überlegen machen würde. Du nimmst einfach an, dass ich mich freue, wenn es dir

gut geht. Das ist o. k. Aber ich verdränge allzu oft meine Eifersucht. Nun habe ich herausgefunden, dass sich diese lindert, wenn ich sie auslebe... Ich **BIN** eifersüchtig! Und... wir haben eine Ewigkeit nicht mehr miteinander geschlafen."
- "Es tut mir sogar ein wenig gut, wenn du das sagst. Vielleicht brauche ich das als Bestätigung... ich bin aber nicht schadenfreudig. Übrigens glaube ich, dass wir irgendwann wieder mal miteinander ins Bett gehen werden... Zur rechten Zeit."

Wir sitzen am Strand. Der Himmel ist grau bedeckt. Die Flut kommt. Ich wühle mich in den Kleidern in den Sand. Etwas angenehm Prickelndes liegt in der Luft. Ich mag dieses Wetter. Wir haben uns zwischen ein paar Felsbrocken ausgebreitet. Unsere Ecke in den Steinen wird zu einer Art Wohnung. Ein flacher Stein wird zum Tisch. Da stehen zwei Gläser und die Rotweinflasche. Wir drehen einen Joint, schwatzen und spielen mit den Steinchen und Muscheln. Ich stecke sie in den Sand, und es entsteht ein rundes Zeichen. Ich mache einen Kuchen aus Sand und fühle mich wie ein Kind. Ein runder Hügel, ein weisses Steinchen obendrauf und sechs kleine, dunkle drum herum. Mac geht Muscheln suchen. Ich lege mich auf den Rücken und schaue in den Himmel. Die Wolken, Vögel. Ich schliesse die Augen und höre Macs Armkettchen klimpern. Lustig. Wenn ich ihn auch nicht sehen kann, wie er hinter den Felsen nach Muscheln gräbt: Ich höre ihn. Die Geräusche faszinieren mich. Ich lausche den Wellen, die an die Steine schlagen. Das Wasser donnert, rauscht. In regelmässigem Rhythmus bäumt sich das Wasser grollend auf, kommt immer näher und klatscht in die Bucht. Eine Welle folgt der anderen. Unerschöpflich. Tagelang, wochenlang, jahrelang...

Ich versuche, mir vorzustellen, wie das wäre, wenn ich blind wäre. Welchen Eindruck hätte ich vom Meer, wenn ich es nie gesehen hätte? Nur hören könnte ich es. Anfassen kann man es nicht. Da wäre gewaltig viel Wasser, das nach Salz schmeckt.

Ich nehme eine Muschel in die Hand und fühle die Form. Meine Fingerspitzen tasten alles ab, und so kann ich mir im Kopf ein Bild machen. Ich rieche daran. Ein schönes Spiel. Mir wird bewusst, dass die Menschheit die Umwelt hauptsächlich mit den Augen wahrnimmt. Wieviel von all dem, was für uns wichtig ist, würde an Wert verlieren, wenn wir blind wären!

So hänge ich zufrieden im Sand rum und blicke zum Horizont. Ich spiele mit Buchstaben. In mein schwarzes Büchlein schreibe ich:

"AM MEER HAT ES MUSCHELN IM SAND" - Jetzt zähle ich alle Buchstaben auf, die in diesem Satz vorkommen: **A M E R H T S U C L N I D**. Das

sind dreizehn verschiedene Buchstaben. Die darf ich nun beliebig oft benutzen, um neue Sätze zu kreieren. Aber wichtig ist, dass ich möglichst spontan und schnell hinschreibe, was mir in den Sinn kommt. Ohne bewusst auf den Inhalt zu achten. Dieser Text kommt dabei raus:
Ich hasse tausend harte Sachen. Musst du meine Schramme suchen? Natuerlich summe ich nie "Lieder des Leidens" laut. Du lachst schnell und schlauer, als du ahnst. Nichts ist schlimmer, denn immer mehr Mauern nehmen mir den Atem. Menschen martern mich ins Ende mit ihrer Mentalitaet. Recht dumm! Mit Mut meistert man den Schlamassel. Muede leere ich mein Hirn. In einen See aus Seelen. In der Nacht sehe ich mehr. Ein Mantel tut es auch! Duester ist es da im Raum.
Ich schummle manchmal!
Ich staune selber, wie ich den Text durchlese. Was da alles zum Vorschein kommt! Ich lese ihn Mac vor. Er fragt: "Geht es dir nicht so gut?"
Darauf kann ich keine Antwort geben.

In dieser Nacht kommt es zu einem langen, wichtigen Gespräch zwischen uns. Es ist mir zum Bedürfnis geworden, dass ich Mac einmal die Erlebnisse, die **MEIN** Sexualleben prägten, schildern kann. Ich glaube, dass Mac mich nie wirklich verstehen kann, weil die Sexualität für ihn etwas ganz anderes ist als für mich. In meinen Augen sieht es so aus, als wäre der Sex eine Sache in Macs Leben, durch die er sich irgendwie verwirklichen kann. Die er vollends genüsslich und begeistert ausleben kann. Ein Stück rosa Himmel, wenn sonst doch vieles so düster aussehen mag.
Für mich ist die Sexualität aber schon oft zu einem Problem geworden. Mein allererstes Erlebnis war in Ordnung. Ich war achtzehn und zum ersten Mal in meinem Leben glücklich verliebt. Für meinen Freund war es ebenfalls das erste Mal. Nachdem wir drei Monate zusammen waren, wollten wir miteinander schlafen. Wir benutzten Kondome. Die Sache verlor etwas an Erotik. Aber ich fühlte mich sicher und gut, wir hatten das nötige Vertrauen ineinander. Irgendwie war es auch lustig

und anstrengend, weil sein Glied nicht einfach eindringen konnte. Die Entjungferung hat kaum weh getan. Aber ich hatte mehr erwartet. Noch ein Jahr lang war ich mit diesem Freund zusammen. Immer war ich geil. Ich hatte nichts anderes mehr als Sex im Kopf. Aber nach jedem Mal war ich ein wenig enttäuscht. Vielleicht war ich deshalb so unersättlich, weil ich mir mit jedem weiteren Versuch mehr erhoffte. Bald fing ich an, mich zu fragen, ob ich etwa frigide sei. Noch nie hatte ich einen Orgasmus gehabt. Das war ein Wort, welches man immer und überall zu hören bekam, und unter dem ich mir trotzdem nichts vorstellen konnte. Was ist das - ein Orgasmus? Mit meinem Freund konnte ich über alles offen reden. Er versuchte, mich zu lockern, indem er sagte, ich soll einfach den Moment geniessen. "Es ist nicht gut, wenn man eine feste Zielvorstellung im Kopf hat. Dann verkrampfst du dich. Es gibt bestimmt keine feste Regel, wie ein Orgasmus sein soll." Aber ich konnte mich nicht richtig gelöst fühlen, wenn wir miteinander schliefen. Manchmal ertappte ich mich, wie ich mittendrin an etwas ganz anders dachte. Zum Beispiel: "Soll ich morgen den blauen oder den roten Pulli anziehen?" Manchmal verflog meine Lust, sobald er in mir drin war. Meine Scheide wurde dann so trocken, dass es mich schmerzte. Im Mund kein Speichel mehr, so dass das Küssen keinen Spass mehr machte. Meine Mutter hat mich beruhigt: "Vielleicht musst du noch andere Männer kennenlernen. Irgendwann wird einer kommen, der dir hilft, den Knopf zu lösen." Das konnte ich mir damals noch nicht vorstellen. In all den anderen Bereichen haben mein Freund und ich gut harmoniert. Eines Tages lernte ich Chrigi kennen. Ich habe mich Hals über Kopf in ihn verliebt. In der ersten Nacht, die wir zusammen verbracht haben, löste sich auch der Knopf! Ich entdeckte, oder besser: ich fand das, was ich ein Jahr lang gesucht hatte! Ich musste überhaupt nichts dazutun. Dieser Körper war mit dem meinen verwandt. Wir hatten dieselbe Haut, denselben Rhythmus, ja es kam mir vor, als hätten wir ein und dieselbe Seele. Ich hatte das Gefühl, als könnte ich in seinen Körper hineinlangen, in ihm ertrinken, mit ihm verschmelzen...

Unheimlich schön war das! Als mich Chrigi verliess (ich weiss heute noch nicht genau, warum), brach eine Welt für mich zusammen.

Alles, was ich von da an erlebte, in Sachen Liebe und Sex, war irgendwie frustrierend. Ich kam jahrelang nicht von Chrigi los. Nichts konnte das in mir auslösen, was ich in der Zeit mit ihm erlebt hatte. Alles andere war völlig unter dem Hund. Ich litt darunter. Klar, äusserlich hatte ich die Geschichte überwunden. Ich war in Fritz verliebt. Aber oft wurde ich traurig und musste mich zurückziehen, um von Chrigi zu träumen. Das klingt verrückt. Aber Chrigi beherrschte meine Tag- und Nachtträume. Jahrelang. Er wusste nichts davon. Fritz auch nicht. Es blieb mein Geheimnis.

Das einzige, was mir am Sex Spass bereitete, war, wenn ich spürte, dass ich meine Männer in grosse Lustgefühle steigern konnte. Sehr aktiv konzentrierte ich mich auf die Wünsche dieser Männer. Mit ihrer Befriedigung war meine Aufgabe erfüllt. Selten konnte ich mich selber richtig gehenlassen. Ich bleib innerlich kühl. Als ich mit Fritz zusammen war, bin ich (unbewusst) unbefriedigt gewesen. Er war auch ziemlich passiv. **ICH** war meistens die Dominante im Bett. Ich fand, dass ich zu kurz käme. Auch alle anderen Männer waren meist zu wenig ausführlich und zärtlich in ihren Liebkosungen. Dabei hätte ich mich gern einmal richtig entspannen wollen. Einfach hinliegen und mich bedienen lassen, und abfahren... Aber immer war es umgekehrt. Im nachhinein finde ich, dass ich mir das nicht hätte gefallen lassen sollen. Warum habe ich den Männern meine Ansprüche nicht deutlich machen können? Vielleicht habe ich einfach die falschen Männer ausgesucht. Es waren sogar solche darunter, die gern nur schnell die Hose runterlassen, um schnell drüberzusteigen. Solche, die mittendrin aufstehen, um die Platte zu wenden, damit die ganze Stimmung zur Sau geht. Kurz bevor ich Mac kennenlernte, habe ich zum ersten Mal nach vier Jahren wieder mit Chrigi geschlafen. Es war auch diesmal schön, aber endlich konnte ich mich befreiter fühlen, weil ich einsah, dass es vor allem unsere Verliebtheit war, die unsere

Sexualität früher so einmalig machte. Jetzt war ich nicht mehr verliebt. Durch dieses Erlebnis konnte ich einen Schlussstrich unter die Geschichte setzen. Abgeschlossen! Jetzt war ich wieder aufnahmefähig für neue, schöne Erfahrungen. Ja, und dann lernte ich Mac kennen, mit dem ich wieder in denselben grossen Glückszustand verfallen konnte. Diese Sexualität wollte ich nun wieder in vollen Zügen geniessen und ausleben. Ich war ganz verzückt und hingerissen. Unsere Sexspiele wurden vielleicht beinahe zu wichtig in unserer Beziehung. Ich war in einer Weise abhängig davon geworden, ohne dass ich es merkte. Um so mehr begriff ich nicht, als Mac plötzlich nicht mehr wollte. Das hat mich umgehauen. Für mich wäre die Zeit gekommen, wo ich alles nachholen wollte. Körperlich wie auch emotional. Denn jetzt habe ich das Licht erblickt, und ich wusste endlich wieder, was ich wollte, was ich brauchte. Jeder Mann, der von nun an unter meine Decke kommen würde und der sich nicht die Mühe geben würde, meinen **GANZEN** Körper gern zu haben, den würde ich in hohem Bogen wieder rausschmeissen. Oder ich würde ihm mal zünftig meine Meinung sagen...

Mac erklärt mir die Sache aus seiner Sicht: Er hat sich von mir unter Druck gesetzt gefühlt. Als er spürte, wie wichtig für mich das Liebemachen war, wurde er plötzlich misstrauisch. Wahrscheinlich wunderte und beängstigte ihn die Tatsache, dass da eine dermassen auf ihn abfährt. Denn für ihn war diese Einstimmung nichts Fremdes. Er hat immer wieder erlebt, wie schön er es mit Frauen im Bett haben kann. Vielleicht hat er noch anderen Frauen etwas geben können, was sie bisher vermisst haben. Denn am liebsten würde er der ganzen Welt zeigen, wie beglückend die körperliche Liebe sein kann. Ein neuer Casanova? Ein Sexualmagie-Prediger?

Mac sagt: "Ich überlegte mir manchmal, ob du mich auch dann noch gern hast, wenn wir nicht mehr miteinander schlafen. Anfangs war auch für mich alles sehr schön. Deine Art, wie du Liebe machst, hat mir gefallen. Ich erlebte es auch als nichts Alltägliches. Aber mit der Zeit hat es sich dann geändert. Ich hatte nur noch Lisa und andere unerreichbare Frauen im Kopf. Du wolltest unbedingt mit mir Liebe machen, und ich hatte einfach keine Lust mehr."

Ich überlege mir, ob dies wohl eine ganz ehrliche Antwort ist. Oder verheimlicht er mir noch anderes, was ich wissen müsste?

Während wir reden, würgt das Tränenwasser in meinem Hals und in den Ohren. Ich fühle mich plötzlich so nahe am Ursprung eines alten, sehr tiefliegenden Problems. Ein Problem, welches ich oft zu verdrängen versucht habe. Ein Problem, welches ich nicht durch reden oder denken bewältigen kann. Aber eben doch. **EIN PROBLEM!**

Und wieder regnet es in Strömen! Wir sitzen in unserer Kammer. Blättern in Illustrierten. Laben uns an Wein, Brot, Oliven und Sardinen. Einer unserer letzten Tage in Portugal. Das Geld geht aus. Wir suchen eine Mitfahrgelegenheit. Ein deutsches Auto vielleicht. Jemand, der froh ist, wenn wir uns am Benzinpreis beteiligen.
Mac hat Sehnsucht nach Lisa. Er äussert das einige Male am Tag. Er schreibt ihr einen Liebesbrief. Er singt den ganzen Tag ein Lied von den "Einstürzenden Neubauten": Seeehnsucht! Seeehnsucht! Seeehnsucht...!
Ich weiss nicht, wie er das empfindet, aber ich finde, dass Sehnsucht auch schön sein kann. Leidenschaftlich, intensiv, spannend! Ich fühle mich manchmal allein. Wenn Mac überall ist - nur nicht bei mir. Oft habe ich das Gefühl, ich müsse mir Mühe geben, dass ich ihm nicht auf den Keks gehe. In solchen Momenten ziehe ich mich von ihm zurück. Versuche, mich mit mir selber zu beschäftigen. Mit **MEINER** Sehnsucht. Aber diese muss ich geheimhalten. Ach Gott, da singt der Mann den ganzen Tag von nichts anderem mehr als von Sehnsucht. Und ich kriege Bauchschmerzen davon, weil ich doch selber nichts anderes als dieses Wort im Kopf habe, und das schon monatelang! Wenn ich immer davon singen würde, müsste der Mann die Flucht ergreifen - und das wollen wir ja nicht. Ich bin erregt. Ich zittere am ganzen Körper. Meine Möse brennt! Ich tarne mich mit dieser dummen Illustrierten. Ich schliesse die Augen, und ein Film läuft ab. Der romantische Bums in der düsteren Kammer in Portugal. Und der Regen platscht in die Töpfe und auf unsere Köpfe...
Ich erwache und blättere die Seite um. Starre auf die Bilder in diesem Heft und sehe nichts anderes als Körper, Haut und Erotik. Heute können mich solche Bilder in Erregung bringen. Ein anderes Mal lässt mich das alles kalt oder bringt mich gar zum Kotzen! Was soll ich tun? Ich muss mich irgendwie abreagieren können! Was würde er wohl davon halten, wenn ich jetzt einfach drauflos onanieren würde? Nur so eine Idee. Vorläufig kann ich das nur, wenn ich alleine bin. Wenn ich ihn

anschaue, versuche ich mit aller Kraft, ihn langweilig und reizlos zu finden. Für Augenblicke gelingt es mir sogar. Es gibt nämlich auch Zeiten, in denen unsere Beziehung auch für mich jegliche Erotik verliert. Mac ist oft wie ein Bruder für mich. Aber das kann von einer Sekunde zur anderen wieder ganz anders werden. Klick! Und während fünf Minuten bin ich sterbens verliebt. Ich liebe dieses Geschöpf für Momente dermassen heftig. Ich liebe seine Ausstrahlung, seine Gestik, seine Worte, seine Stimme... Ein Schauer durchfährt mich. Klick! Und wieder ist alles wie weggeblasen. Er ist wieder der alte, vertraute Bruder. Der mir manchmal auch auf den Wecker fällt.

Wir kommen vom Strand zurück. Es ist schon Nacht. Fast den ganzen Nachmittag habe ich mit den Kindern rumgeblödelt. Das Zusammensein mit Kindern tut mir gut. Aber auf die Dauer kann es auch anstrengend werden. Die Eltern kenne ich aus Zürich - vom Sehen. Zufälligerweise machen sie ihre Ferien auf demselben Hof wie wir. Ja. Die Welt ist klein.
Heute abend haben wir alle zusammen Sardinen, Frites und Salat gegessen. Wein getrunken und für die Kinder den "Hampelmann" gemacht. Wir sind alle ziemlich müde. Die Eltern bringen die Kinder zu Bett. Sie möchten Mac und mich noch in ihr Zimmer zu einem Glas Wein einladen. Das freut mich. Mac will lieber schlafen gehen. Etwa zwei Stunden verbringe ich bei unseren Nachbarn. Bald sind wir alle angetrunken. Zufrieden schwanke ich zurück in unsere Bude. Eine Kerze brennt. Da liegt Mac krumm im Bett und pennt. Er hat sich im Kabel des Walkmans verheddert. Ich mache ihn frei davon und stelle das Gerät ab. Er murmelt undeutliches Zeugs im Schlaf und wälzt sich auf die andere Seite. Ich lege mich neben ihn und streichle seinen Bauch. (Alkohol macht mich leichtsinnig und mutig.) Ich will ihn nicht wecken. Jetzt spricht er schon wieder im Schlaf vor sich hin. Was sagt er?
- "Hmmbloummn..." Was? Pause.
- "Mac, was?"
- Hmnoulmm..."
- Ja?" Ich warte. Er dreht sich von mir weg, und ich vernehme ein undeutliches "Liitha". Ach so, der träumt von Lisa.
Da gibt es doch dieses Spiel, welches wir als Kinder immer ausprobierten. Man versucht, mit den im Traume liegenden Leuten zu sprechen. Ich selber habe noch nie Erfolg damit gehabt. Und wenn man das mit mir machen will, dann wache ich meistens vorher auf. Ich habe einen ziemlich leichten Schlaf.
- "Liitha, Litha." Was jetzt?
- "Ja, Lisa", sage ich. "Was ist mit Lisa? Liisa!" Und Mac antwortet:
- "Liisa." Viel mehr kann man da anscheinend nicht aus ihm rausholen. Oder kann man seine Träume in eine Richtung steu-

ern, indem man ihm bestimmte Wörter ins Ohr flüstert? Ich überlege. Aber es kommt mir nichts Gescheites in den Sinn. "Lisa! Wo ist Lisa?" Nichts. "Lisa ist nicht hier." Auch blöd.
- "Aber Barbara. Barbara ist da", sage ich, und das ist noch blöder!
- "Bärbel", sagt Mac. (Das ist zwar nicht die Barbara, die ich gemeint habe, aber immerhin mal etwas anders.) Träumt er jetzt von Bärbel?
- "Lisa... Bärbel..." Er wiederholt sich.
- "Und Barbara?" frage ich ihn und gleichzeitg auch mich selber. Plötzlich zuckt er zusammen.
- "Chrigi!" Na ja. Von Lisa auf Bärbel, und von Bärbel auf Chrigi. Das ist mehr oder weniger nachvollziehbar. Macht er etwa Vergangenheitsbewältigung im Traum? Bärbel war seine Freundin, bevor er Lisa fand. Chrigi war der Freund von Bärbel, bevor sie Mac fand. Und Chrigi war mein Freund, nachdem er von Bärbel verlassen wurde, weil sie eben Mac traf. Und nun bin ich die Freundin von Mac geworden, da Lisa und er eine Pause nötig hatten. Verzwickt!
- "Und was ist mit Barbara", frage ich wieder uns beide. Antwort:
- "Lisa!"
Die Gänse schnattern. Mac erwacht. "Hallo. Du hast im Traum gesprochen."
- "Und was habe ich denn erzählt?"
- "Nicht sehr viel. Anscheinend hast du von Lisa geträumt. Du hast immer wieder ihren Namen genannt. Dann wollte ich dich ein paar Dinge fragen, aber das hat nicht geklappt. Sowas hab ich noch nie gemacht. Du hast "Bärbel" und "Chrigi" gesagt, der Rest war undeutlich. Erinnerst du dich nicht mehr an den Traum?" - "Nein." Seltsam.

Durch ein Gespräch am anderen Tag kommen wir wieder darauf zu sprechen. Wir sitzen uns gegenüber am Tisch in der Strandbar. Wir essen. Mac quatscht viel. Ich bin mit meinen Gedanken ganz woanders. Ich kann nur einen Teil aufnehmen von dem, was Mac erzählt. Ich habe heute keinen Bock, auf ihn und seine Philosophien einzugehen. Lieber will ich die frischen

Sardinen geniessen und auf das Meer blicken. Er redet und redet wie ein Endlosband. Jetzt beginnt mich das zu nerven. Ich werde ihm gleich sagen, er soll mich mit seinem Gerede verschonen. **ICH MAG NICHT!** Aber vorerst lasse ich ihn noch den Satz zu Ende sprechen. Mac sagt im selben Moment: "Weisst du, was mich manchmal nervt, ist, dass du dir immer soviel gefallen lässt. Warum kannst du es mir nicht einfach sagen, wenn es dich überhaupt nicht interessiert, wovon ich rede? Du sitzt einfach da und lässt alles über dich ergehen. Das provoziert mich dermassen, dass ich einfach weiterquassle, bis du dich endlich wehrst. Ich will deine **GRENZEN** spüren. Aber Mac kann alles sagen, und du schluckst alles."

- "Sorry! Aber es ist nämlich so, dass ich jetzt eben hätte sagen wollen, dass ich deinem Gerede nicht mehr zuhören mag." Ich weiss genau, dass er mir das nicht abnimmt. "Ja, und nun glaubst du mir das natürlich nicht. Ich kann und will dir auch gar nichts beweisen; ich selber kenne die Wahrheit. Das genügt."

- "Ich glaube, dass du nicht immer ehrlich bis. Manchmal willst du besser dastehen, als du in Wahrheit bist. Warum hast du das nötig? Wenn ich dich angreife, dann bist du immer gleich verletzt, und du beginnst, dich zu rechtfertigen... das ist etwas, was ich überhaupt nicht an dir mag."

Und ich hasse es, wenn man mir vorwirft, dass ich mich rechtfertige! Das ist seine ewige Masche, mit der er mich unterkriegen kann.

Ich bin etwas perplex über die freche Behauptung, ich sei unehrlich! Dieses Gefühl habe ich überhaupt nicht von mir. Im Gegenteil!

Übrigens, am Tisch nebenan sitzt Georg und kann alles mithören. Es kackt mich ein bisschen an, dass Mac keine Rücksicht nimmt und mich in aller Öffentlichkeit niedermacht.

Er fährt fort:

- "Es ist nämlich so, dass ich gestern gar nicht geschlafen habe. Als du ins Zimmer gekommen bist, bin ich aufgewacht. Ich habe das Ganze nur gespielt. Du musst doch zugeben, ich bin ein guter Schauspieler! Das Schnattern der Gänse war ein Grund, um

so zu tun, als wäre ich aufgewacht. Ich habe dich dann gefragt, was war. Und du hast, zu deinem Vorteil, ein paar Dinge weggelassen!"
Jetzt bin ich noch perplexer! Ich kriege rote Ohren. Ein guter Schauspieler? Weniger! Eher bin ich einfach ein Vollidiot!
- "Ja, ja, Mac. Du hast mich reingelegt. Ich habe dir nicht alles erzählt, weil der Rest eher mein eigenes Problem ist."
- "Und noch etwas will ich dir sagen, Barbara. Ich finde es unfair, wenn man versucht, sich in das Traumgeschehen anderer einzumischen. Du hast in völlig eigennütziger Sache versucht zu bewirken, dass ich dir etwas über **DICH** erzähle. Aber den Gefallen konnte ich dir nicht tun. Deshalb bin ich von "Barbara" auf "Bärbel" gekommen."
Das wird ja immer komplizierter! Muss ich mich jetzt wieder rechtfertigen? Nein, ich will mich erklären:
- "Mir gingen die Ideen aus. Ich wollte, dass du mal was anderes als immer nur "Lisa" sagst. Die "Barbara" steht mir am nächsten. Ich wollte damit bestimmt nicht ein: Barbara, ich liebe dich! aus dir rausquetschen!"
- "Siehst du. Jetzt bist du schon wieder daran, dich zu rechtfertigen. Vergiss es! Wir **BEIDE** wissen, was gestern war!"
Verdammt, er will wieder das letzte Wort haben! Und ich? Ich fühle mich verarscht und an der Nase herumgeführt. Ertappt und nackt ausgezogen! Ich könnte auf der Stelle in den Erdboden versinken! Trotzdem, er bauscht die Dinge allzu sehr auf! Ich habe doch keinen Grund, dass mir das dermassen peinlich ist? Er ist noch nicht fertig:
- "Weisst du, bei Mac muss man aufpassen. Er hat die Art, manchmal die Leute zu testen. Ohne dass sie es merken." (Ich habe mich schon oft gefragt, warum er von sich immer in der dritten Person spricht. Schafft das die nötige Distanz, zu sich selber?) Er kommt mir vor wie ein Papa, der das Kind an den Ohren nimmt, um ihm dann grosszügig und überlegen noch eine Lehre für das zukünftige Leben zu erteilen.
Nun folgt die Moral von der Geschicht´. (Aber die lässt zu wünschen übrig.) Mac meint: "Das ist der Grund, weshalb ich

Lisa **LIEBE! SIE** ist immer ehrlich. Sie ist ein Mensch, der es nicht nötig hat, etwas anderes darstellen zu müssen, als er wirklich ist! **SIE** ist und bleibt immer Lisa, ganz gleich, in welchem Zustand du sie antriffst. Sie ist immer natürlich. Ich spreche manchmal mit ihr im Traum. Aber nicht so, dass ich ihre Träume beeinflussen würde. Ich will nur, dass sie von sich erzählt. Auch dann ist sie immer noch diese Lisa, wie ich sie kenne! Solche Menschen gibt es nur sehr wenige auf der Welt. Ich kann deshalb sehr viel von ihr lernen. Ich **BRAUCHE** Menschen um mich herum, von denen ich lernen kann. Ich **BRAUCHE** Freundschaften, an denen ich wachsen kann."

Während er mich belehrt, überlege ich, ob er etwa noch nichts an mir gefunden hat, das ihn weiterbringen könnte. Mich gibt es schliesslich auch nur einmal! Es ist schlecht, dass ich mich so schnell verunsichern lasse. Ich sollte mich nicht dauernd mit Lisa vergleichen. Vergleiche sind ohnehin nichts Gutes. Aber er reibt mir auch ständig die prächtigsten Charakterzüge dieses Menschen unter die Nase. Ohne dass ich selber jemals die Gelegenheit hatte, sie richtig kennenzulernen. Er macht sie zu einer Art Göttin, so wie er immer von ihr spricht.

Ich hasse meine ewigen Minderwertigkeitskomplexe, welche immer wieder an die Oberfläche treten. Mac hasst sie noch mehr. Es scheisst ihn an, dass ich alles, was er sagt, immer auf mich selber beziehe. Bin ich immer so? Oder nur, wenn ich mit Mac zusammen bin?

Apropos, von Freunden lernen können... Er erwähnt noch, dass das Zeichnen etwas ist, was er von mir lernen möchte. Das heisst, er wünscht sich, dass ich ihm die Hemmungen nehmen könnte, die er hat, sobald er einen Bleistift in der Hand hat. Und dass er sich erhofft hat, ich könne ihm den Einstieg in dieses für ihn fremde Ressort erleichtern. "Aber als ich dir gestern eine Zeichnung von mir gezeigt habe, bist du überhaupt nicht darauf eingegangen." Wirft er mir das nun vor? Es handelt sich doch nur um eine Zeichnung, die er aus Plausch für die Kinder schnell hingekritzelt hat. Ich sage: "Ich bin der Meinung, dass jeder Mensch zeichnen kann. Hauptsache ist, dass er Freude daran

findet. Das Resultat ist, vor allem anfangs, noch nicht so wichtig. Einem Kind würde ich auch nicht zeigen, was es besser machen soll. Ich würde es nur dazu ermutigen, weiter zu zeichnen. Ich habe nicht gewusst, was ich dir zu jener schnellen Zeichnung hätte sagen sollen. Ich habe nicht mal deine Unsicherheit wahrgenommen. Vielleicht ist es für mich viel zu selbstverständlich, dass die Leute Bilder malen... Ich kann dir nicht mehr geben, als dass dich meine ewige Zeichnerei anspornt, es selber auch zu versuchen. Ich komme auch nicht zu dir und erwarte, dass du mir Gitarrengriffe beibringst, wenn ich noch nie eine in der Hand gehabt habe. Aber vielleicht kriege ich durch dich Lust, das Ding auch mal in die Hand zu nehmen und darauf rumzuklimpern."
Ich bin mir nicht sicher, ob er verseht, was ich meine.

Zwei sympathische deutsche Jungs nehmen uns mit ihrem Auto mit, bis an die Schweizer Grenze. Ich bin nun daran, mich von allem und allen zu verabschieden. Ein letztes Mal am Strand. Der letzte Blick aufs Meer. Die letzten Sardinen essen. Der letzte Schnaps. Die letzte Nacht. Das letzte Frühstück. Tschau Georg, tschau Jochen, tschau Pluto! Ins Auto sitzen, und die lange Fahrt beginnt. Portugal, Spanien, Frank-reich, Schweiz. Wir fahren die ganze Strecke in einem Stück durch. Es wird Nacht, dann wieder Tag und wieder Nacht. Mac steigert sich immer stärker in sein Heimweh hinein. Für ihn kann es nicht schnell genug gehen. Er wird beinahe unerträglich. Und er wird betrunken. Er schläft ein. Ich versuche, wach zu bleiben, wenn alle - ausser dem Fahrer - schlafen. Vielleicht kann ich ihm das Wachbleiben erleichtern. Ich drehe ihm Zigaretten, streiche ihm Sand-wiches und unterhalte mich mit ihm. Im Rückspiegel beobachte ich seinen Gesichtsausdruck. Ist er überhaupt noch fähig, sich auf den Verkehr zu konzentrieren? Autofahren kann mich ängstlich machen. Ich schaue aus dem Fenster und geniesse die Landschaft, die an mir vorüberzieht. Die Lichter der entgegenkommenden Autos. Die unendlich lange Strasse, die vor uns liegt, die nach Hause führen soll. Der Zustand, immer in Bewegung zu sein, verändert meine Denkweise. Das Immer-vorwärts-gehen. Das Alles-hinter-sich-lassen. Das regelmässige Geräusch des Motors, der die Kiste antreibt. Das alles hat eine sehr meditative Wirkung auf mich.
Wenn ich sehe, dass Mac oder der Beifahrer wach werden, dann kann ich mich besser entspannen und döse schnell ein. Ich träume wirres, undeutliches Zeug. Ab und zu erwache ich, weil der Wagen anhält. Wir tanken, pissen, vertreten die Beine und strecken das steif gewordene Rückgrat. Alle sind schweigsam und stoned vom Fahren. Manchmal überwinden wir die Krise. Dann wird es lustig. Im Auto herrscht plötzlich Hochstimmung. Wir geniessen die laute Musik, lachen über jeden dummen Witz und sind hungrig und durstig. Bis wir wieder in eine neue Müdigkeitskrise fallen. Ich bewundere den Mann am Steuer, der im Alleingang, Stunde um Stunde, die Kontrolle und die

Verantwortung behält. Er bringt uns heil nach Hause. Ich versuche, mir vorzustellen, was mich zu Hause erwartet. Wie geht mein Leben da weiter? Das Gefühl, dass alles anders werden könnte - werden müsste! Ich will nichts überstürzen. Ich will mir viel Zeit nehmen und mich langsam wieder einleben.
Zuerst kommt Mac mit mir nach Zürich. Er hat noch einen Teil seines Gepäcks bei mir. Ich glaube, das scheisst ihn an. Er wirkt so gestresst. Er sagt: "Ich will diese Kraft, die ich von Portugal in mir habe, nicht in Zürich verschleudern. Ich will frisch sein, wenn ich nach Holland komme. Ich bin noch lange nicht zu Hause. Ich habe noch eine lange Zugfahrt vor mir." Das kann ich nachvollziehen, aber es ist nicht mein Problem.
So kommen wir in Zürich an, und Mac redet von nichts anderem mehr, als dass er so schnell wie möglich nach Amsterdam will. Die ganze Zeit schnödet er über diese Stadt, in der ich nun mal zu Hause bin. Alles und jeder scheisst ihn an. Ich muss jetzt sagen: "Komm, hör auf, mir die Ohren vollzuklagen. Hör auf, ständig rumzumotzen. **ICH** bin zu Hause hier. Für mich ist es schön zurückzukommen. Verdirb mir bitte nicht die ganze Stimmung mit deiner Klönerei, sei so gut. Unternimm lieber was, damit du so schnell wie möglich von hier abhauen kannst!" Ich habe das Gefühl, dass ich nun zum **ERSTEN MAL** frei heraus sagen kann, was ich denke. Zum ersten Mal kann ich problemlos sagen, was mir nicht passt! Ohne dass ich deshalb unsachlich wäre. Ich brauche jetzt meine Ruhe!
Ich bin froh, als er endlich weg ist. Von nun an verbringe ich meine Nächte wieder alleine in meinem Bett...

Es gibt Filme und Romane über Menschen, die aus den Konventionen ausbrechen. Es spornt mich jedesmal an und weckt die Abenteuerlust in mir. Aber es stimmt mich auch unzufrieden. Ich sehe mein Alltagsleben vor mir und erkenne, wie weit ich noch von meinen Idealvorstellungen entfernt bin. Ich möchte mit meinem Leben viel spielerischer, mutiger und fantasievoller umgehen können. Ich möchte jeden Tag in voller Intensität ausschöpfen! Ich sehne mich nach dem Gefühl der Gelassenheit und des Ungezwungenseins! Aber meine Ängstlichkeit und mein niedriges Selbstwertgefühl setzen Schranken! Mein Anpassungstrieb bremst meine Fantasie und meinen Enthusiasmus. Die Unsicherheit ist stärker als der Mut. Ich wehre mich dagegen, in den Gewohnheiten zu versinken, die mir bloss eine oberflächliche Sicherheit gewähren. Manchmal habe ich das Gefühl, dass eine allzu geordnete Lebensweise meine innere Bequemlichkeit fördert. Ich fürchte mich vor Langeweile. Häufig sage ich mir: Barbara, du lebst nur einmal - und zwar jetzt! Mit diesem Gedanken setze ich mich unter Druck. So flösse ich mir ein Streben nach Leistung ein, die meinen Erwartungen gar nicht entsprechen könnte. Ich bin überfordert.
Arbeit und neue Eindrücke verändern den Menschen. Er wird breiter und lernt an sich andere Seiten kenne.
Ich will mehr sein. Reicher, gefüllter, stärker!
In Portugal habe ich zum ersten Mal gefühlt, was eine einfache Ortsveränderung bewirken kann. Die Landschaft, die Sonne, das Meer, der Sand, die Luft und die Stille haben mich (trotz Problemen) ruhig und ausgeglichen gemacht. Ich fühlte mich näher am Ursprung meines Wesens - als Barbara, als Frau. Meine Sinne haben sich sensibilisiert. Ich ergötzte mich an Farben, Gerüchen und an Geräuschen... Diese Empfindungen machen mich rund und zufrieden. Es wurde mir bewusst, wie das hektische Stadtleben meine Nerven stresst. Mich verzettelt und von mir selber ablenkt.
Nachts habe ich in die Sterne geguckt. Das Himmelszelt hat mich tief beeindruckt! Wie gewaltig und unendlich es ist! Als ob

ich dort oben die Antwort auf das Geheimnis des Menschseins finden könnte. - In der Natur! Mir wurde schwindlig beim Gedanken daran, dass es noch so viel gibt, von dem ich nichts weiss. Was ich beim Betrachten der Sterne empfand, kam einer Erleuchtung nahe. Es gibt Augenblicke, wo ich plötzlich alles ganz klar sehe und zu verstehen glaube. Eine grosse Antwort auf alle meine Fragen, die ich Tag für Tag vor mir her schiebe. Das ist, wie wenn ich immer in einem dunklen Raum tappen würde, und jemand knipst das Licht an. So, dass ich plötzlich alles erkennen kann. - Und schon ist es wieder dunkel...

Im nachhinein ist es oft schwierig, solche Erkenntnisse zu fassen und zu formulieren. Was bleibt, ist die Erinnerung an dieses starke Gefühl, das so glücklich macht. Und ich wandle von neuem wie hypnotisiert durchs Leben. Ich falle zurück in den Sog der Routine. Die Erkenntnisblitze sind immer nur ganz kurz. Aber sie lösen in mir ein Gefühl von Freiheit aus. Wäre es möglich, solche Augenblicke anhalten zu lassen? Durch den Alltag zu gehen mit dem Gefühl für all die Möglichkeiten, die in mir stecken?

Es liegt bei mir und meinen Erfahrungen, mich diesem Ziel zu nähern. Und das macht mir Hoffnung! Mein Leben ist weder Film noch Roman. Es ist Realität!

Eine lange, erregte Nacht. Ich treffe Menschen, in solchen Nächten. Ich führe Gespräche, in denen ich mich genau das sagen höre, was ich seit langem schon zu schreiben versucht habe. Hier! In diesem Buch! Über dieses Buch! Ich bereue immer wieder, dass ich kein Diktiergerät zur Hand habe, welches all diese Gespräche auf Band nehmen könnte. Aber das gehört zum Leben! Das Leben findet direkt (sprich: live) statt. Das ist das schönste am Leben. Ich sage mir immer wieder: Barbara, du kannst **ALLES** aufschreiben. Du kannst **ALLES** sammmeln. alle Eindrücke, alle Gedanken und Erfahrungen. Aber **NIE** wirst du das wiedergeben können, was du **JETZT** und im Moment **LEBST!** Du kannst der gesamten Öffentlichkeit alles erzählen. Du kannst versuchen, Tabus zu durchbrechen, und deine Intimitäten offenbaren. Du kannst den Lesern dieses Buch und sogar dein ganzes Leben zu Füssen legen, und sie werden glauben, nun **ALLES** über dich zu wissen. Aber was nützt ihnen dieses Wissen, wenn sie es nicht erlebt haben?

Eine Freundin hat mal zu mir gesagt: "Weisst du, Barbara. Du bist jemand, der immer sehr viel von sich erzählt. Auch dann, wenn man dich gar nicht danach fragt. Du wirst immer sofort persönlich! Ich finde, es wäre besser, wenn du nicht so viel über dich erzählen würdest. Das würde dich viel geheimnisvoller erscheinen lassen."

Ich fühlte mich damals unverstanden. Diese Worte verletzten mich. Ich finde, dass ich alles über mich ausplaudern kann und deswegen noch lange nicht uninteressanter oder eben weniger geheimnisvoll bin als andere Menschen. Denn ich bin der Meinung, dass in jedem Menschen sehr viel unausgeschöpft bleibt. Wir alle können soviel Selbstdarstellung betreiben, wie wir wollen, und trotzdem ist in jedem von uns noch ein riesiges Reservoir an Verborgenem enthalten. Ich bin mir selber ein grosses Geheimnis! Wer auf der Welt will sich herausnehmen zu behaupten, er kenne mich besser als ich mich selber?! Ich kann in Worten meine Erlebnisse wiedergeben. Aber wirklich erlebt habe **ICH** es selber! Und das ist und bleibt mein Geheimnis, welches zu lüften jedem unmöglich ist!

Schreiben macht mich süchtig. Selten bin ich erschöpft. Unaufhörlich dieses Klappern auf der Schreibmaschine, und die Zeit vergeht im Flug! Bald schon bricht der Morgen an, ich unterbreche meine Ergüsse und lege mich zu Bett. Aber an Schlaf ist überhaupt nicht zu denken. **NEIN!** Ich denke an ganz andere Dinge und komme überhaupt nicht zur Ruhe. Mein ganzes bisheriges Leben spielt sich nochmals vor meine Augen ab. Ich kann beliebig von einer Geschichte zur nächsten hüpfen. Ich erinnere mich an jedes Detail so, als wäre es erst gestern passiert. Ich versuche, mir alles einzuprägen. **DAS** muss ich auch noch schreiben, und dort hab´ ich noch was Wichtiges weggelassen, und jenes wäre auch noch erwähnenswert... Einschub dort und Lücke da. Und all das Material in meinem Kopf will ich so schnell wie möglich schriftlich verarbeitet haben. Ich schreibe auf einem Zettel Stichwörter auf, damit nichts verlorengeht.
Verdammt nochmal! Warum kann ich nicht abschalten und endlich schlafen? Von was anderem als vom Schreiben träumen! Ich stehe wieder auf, ziehe mich an und gehe auf die Strasse. Denn es ist bereits sieben Uhr morgens, und die Bäckerei hat geöffnet. Ich staune über all die Menschen, die um diese - für mich unchristliche - Zeit schon wach sind und sich zur Arbeit begeben. Ich kaufe ein paar Gipfel. Zuhause braue ich mir eine Honigmilch, weil das beruhigend wirken soll. Endlich müde, lege ich mich ins Bett. Am nächsten Tag dasselbe - oder ähnlich. Schön, dass ich nun etwas gefunden habe, was mich fesseln kann, woran ich arbeiten kann. Ich schreibe. Nun gut, aber worüber schreibe ich? Über mein Leben! Also, ich arbeite an meinem Leben, oder: Ich verarbeite mein Leben. Ich verarbeite meine Vergangenheit! Wieso? Andere Menschen scheinen in aller Ruhe, und trotzdem keinen Deut weniger intensiv, von einem Tag zum nächsten zu leben. Aber ich! Ich habe diese Gelassenheit nicht in mir. Ich muss immer alles in Worte fassen. Ich kann erst schlafen, wenn ich die Sicherheit habe, dass alles schwarz auf weiss niedergeschrieben ist. Wovor habe ich Angst? Dass das Leben an mir vorübergeht, ohne dass ich begreife, was das alles **BEDEUTET!** Diese Bedeutung! Mensch, warum geht´s nicht

einfacher? Warum kann ich nicht wie andere in der Gegenwart leben? Dauernd setze ich mich mit meiner Vergangenheit auseinander. Und mit jedem vollendeten Tag kommt noch mehr Geschichte hinzu! Ich bin in einen steten Kampf verwickelt: Ich kann und konnte nie leben, ohne zu schreiben. Wenn die Sache, die mich beschäftigt, einmal aufgeschrieben ist, dann atme ich erleichtert auf. Ich kann es endlich vergessen! Denn ich kann es ja jederzeit zum Vorschein rufen, indem ich nachlese, was da geschrieben steht.

Quintessenz: Ich **BRAUCHE** das Schreiben. Es ist tatsächlich lebenswichtig für mich. Würde ich mit dem Schreiben auch noch Geld verdienen, dann hätte ich erreicht, dass ich von meinem Leben leben kann. Die Schlange beisst sich in den Schwanz. Kreis geschlossen.

Das alles habe ich heute zum ersten Mal formulieren können, als ich mit Stefan in ein Gespräch vertieft war. Plötzlich wurde mir bewusst, weshalb ich überhaupt dieses Buch schreiben musste. Stefan ist ein Mensch, der gut zuhören kann. Ich brauche einen Anstoss, ein Gegenüber, das reflektieren kann. Dadurch begreife ich erst die Dinge richtig, welche zuvor noch in keinem Zusammenhang standen. Wäre ich allein mit meinen Gedanken, dann würde ich immer wieder auf denselben Punkt stossen, wo es nicht mehr weitergeht. Ich brauche Freunde, die über ihre Grenzen hinaustreten können und mir entgegenkommen. Ich selber habe erfahren, dass es Wille und ein Stück Mut braucht, auf einen Menschen wirklich einzugehen. Sich darauf einlassen, was mir dieser Mensch von sich zu sagen hat. Manchmal muss ich den Mut haben, Neuland betreten zu wollen. Um andere Interessenbereiche kennenzulernen. Ich profitiere schlussendlich selber davon. Schon bald stelle ich fest, dass so ein Gespräch auch Türen öffnen kann, die in Räume führen, in denen auch ich zu Hause bin. Schlagabtausch! Die Energie kommt immer wieder zurück. Begegnungen, die solche Gefühle heraufbeschwören, machen mich glücklich. Das Vertrauen, das in solchen Momenten entsteht, ist unbezahlbar. Es sind **MOMENTE**. Man kann sie nicht fassen. Will man sie am Leben erhalten, verkrampft man sich und begibt sich bereits in Erwartungshaltung. Erwartungen stellen sich meist quer zu der Energie, die fliessen muss. Das ist der Grund, weshalb ich solche Freundschaften meist nicht bis in alle Ewigkeit am Leben erhalten kann. Man trifft sich, man einigt sich, oder vereint sich, aber die Wege können sich wieder trennen. Ich habe viele Freunde. Aber ich würde behaupten, dass die Prioritäten ständig wechseln. Eine liebgewonnene Person bleibt in meinem Herz drin. Zu allen Freundschaften kann ich stehen. Auch dann noch, wenn ich den Kontakt zu jener Person wieder veloren habe. Es begegnen mir immer wieder neue Menschen, die mein Leben beeinflussen. Die mir ein Gefühl von Geborgenheit vermitteln, welches mich am Leben hält. Jene Menschen, die mich durch viele Jahre hindurch begleiten, die kann ich an einer Hand abzählen. Ich glaube nicht, dass es immer dieselben bleiben werden. Falls dem aber tatsächlich so wäre, dann erscheint mir das wie ein Wunder. Dann muss es mehr sein. Vielleicht sowas wie **WAHRE LIEBE!**